그리고
다시
한순간

그리고 다시 한순간

1판 1쇄 인쇄 2012년 11월 25일   **1판 1쇄 발행** 2012년 12월 05일

글 우봉스님   **그림** 최나리

펴낸곳 (주)중앙출판사   **주소** 경기도 파주시 문발동 526-8 1층
펴낸이 이상호
편집책임 조지흔   **편집** 김유나   **디자인** 김영욱
마케팅 이홍철 김경연

등록 제406-2012-000034호(2011.7.12.)
구입 문의 031-955-5887   **편집 문의** 031-955-5888   **팩스** 031-955-5889
홈페이지 www.bookscent.co.kr   **이메일** master@bookscent.co.kr

ISBN 978-89-97357-23-9 03810

그리고 다시 한순간

우봉 글 | 최나리 그림

(주)중앙출판사

Mayo

그림 **최나리**

인간이 지닌 욕망을 마토(Mato)와 마요(Mayo)라는 캐릭터를 통해 묘사해 내는 최나리 작가는 성신여자대학교 미술대학과 일반대학원에서 서양화를 전공하였다. 2009년 첫 개인전 〈Mato&Mayo-마토와 마요가 만나는 '사이' 혹은 '관계'〉를 시작으로 2010년과 2011년 〈Garden of desire〉, 2012년 〈Take it〉까지 매년 꾸준히 개인전을 열어 왔으며, 대만, 일본 등을 오가며 단체전과 아트 페어를 통해 수많은 작품을 선보이고 있다. 뿐만 아니라 최나리 작가의 작품은 국내외 곳곳에 소장 전시되어 있기도 하다.

작품소개

선명한 색과 선 그리고 평면으로 환원된 최나리 작가의 그림은 모호한 경계는
사라지고 구체적인 형상을 통해 '사이' 혹은 '관계'에서 발생하는 감각을 일깨
우며 욕망의 결핍을 채운다. 마요네즈와 토마토케첩을 먹다가 남성(Mayo)과
여성(Mato)이라는 캐릭터를 탄생시키면서 욕망의 결핍은 채워졌지만, 작가의
손과 마음에서부터 자라는 결핍의 확장은 더 확고한 생명력으로 개인과 집단
사이에서 다양한 연결고리로 소통의 새로운 장을 만들어 갈 것이다. 작품 초기
에는 상호간의 대립을 주로 다루면서 은유적으로 현대인의 욕망을 보여주었다
면, 근작에서는 인간 본연의 욕망을 좀 더 직설적으로 표현하고 있다.

Mato

탁월한 지혜로 내 생애 39년을 보살펴 이끌어주신 나의 친애하는 스승이자 영적 멘토이셨던 숭산대선사의 영전에 이 책을 바칩니다.

이 책 안의 가르침들은 사실 대선사께서 당신의 제자들에게 베푸신 지도와 헌신의 결과가 아닐 수 없습니다. 혹여 빠뜨린 것이나 오류가 있다면 그것이야말로 전적으로 나의 불찰일 것입니다.

특히, 나의 예순 번째 생일 선물이라고 이 책을 만들어준 유럽의 내 제자들에게 감사를 표합니다. 그들이 큰 노고를 기울이고 시간과 열정을 바치지 않았던들 이 책이 세상에 나올 수는 없었을 테니까요.

이 책이 한국에서 출간된 데는 두 한국 스님께서 징검다리가 되어주셨습니다.

먼저, 이 책의 한국어판을 내는 것이 좋겠다는 생각을 내고 영문판 원고를 출판사에 소개해주신 의연스님께 감사드리지 않을 수 없습니다.

그리고 두 번째는, 번역자의 초고를 세심하게 검토하여 다듬고, 글의 배열과 내용, 그리고 책의 디자인적 측면에 대해 값진 조언을 해주신 덕현스님께 진심으로 감사합니다. 나와 함께 유럽과 이스라엘의 법회를 다니면서 스님은 우리 유럽의 관음선종을 잘 이해하게 되었고 거기에 스님의 한국 선에 대한 깊은 이해가 합해져, 이처럼 힘 있고 큰 도움이 되는 충고를 해주셨을 것입니다.

애초에는 이 책이 우리 관음선종 내부에서나 쓰일 것으로 생각했지만, 차제에 숭산대선사의 가르침이 한국어권에 알려지게 되어 저는 매우 기쁘고 가슴 설레게 생각합니다. 아울러, 이 번역본을 통해 독자들 모두가 각자의 인생과 수행에 무엇인가 보탬이 되는 것을 꼭 발견하시길 바랍니다.

부처님의 가르침에 귀의하며,
충북 음성군 삼성면 법화수련원에서 2012년 10월 7일
우 봉

禪시계의 초침
時間밖에서 가는

-우봉선사 법어집 Zen Life, Moment Life의 한국어판에 부쳐-

8세기에 인도로부터 티벳에 불교를 전한 파드마 삼바바는, 먼 훗날 쇠로 된 새가 하늘을 날고 쇠로 만든 말이 땅 위를 달릴 때쯤, 부처님의 가르침이 얼굴 붉은 사람들에게 전해지리라고 시간을 투시했다. 당시 사람들에게는 뜬구름 잡는 이야기로 여겨졌을 법한 이 예언들은 이미 역사 안에서 실현되었다.

역사학자 아놀드 토인비는 20세기 인류에게 일어난 가장 큰 문명사적 사건은 동양의 불교가 서양에 전해진 것이라고 단언했다. 과연, 오늘날 불교는 빠르게 시대의 선구자들에게 삶의 지향으로, 이 비틀거리는 문명을 바로 세울 영적 축으로 여겨지고 있으며, 이 흐름은 서양을 정신없이 뒤따라가려 하는 동양보다, 동양의 옛 정신을 등불 삼으려 하는 서양의 나라들을 다녀보면 훨씬 피부 깊숙이 감지된다.

부처님께서 영취산에서 마하가섭에게 연꽃을 들어 보이신 이래, 불법의 정화인 선의 등불이 멀리 동토로 옮겨와, 바야흐로 법륜이 힘을 잃어가는 이 시대에까지 살아 우리에게 이르고 있음은 얼마나 눈물겨운 일인가.

숭산대선사는 몇 십년 전, 단신으로 조국을 떠나 이역만리를 떠돌며, 참혹한 세계대전과 동서 이념의 대립각 속에서 무참히 찢기면서도 활로조차 찾지 못하는 서양의 영혼들에게 온 생애를 바쳐 대보살의 만행으로 선의 감로수를 베푸셨다. 그 끝에 그분은 다음과 같이 예견하셨다고 한다. 한국 땅의 선풍은 이제 너무 노쇠하여 고사해가는 나무와 같아 장차 서양에 이식한 새 묘목을 되옮겨 심게 되리라고…….

나는 숭산대선사의 전법제자인 우봉선사를 만나 그의 질직한 행리를 보며, 우주의 봉우리에서 울려오는 사자후를 들으며, 그새 이 땅에 선의 새 나무가 굳건히 터잡아 이미 뿌리내리고 있음을 본다.

조용한 아침의 나라에 이제 태양은 중천을 향해 솟으려 하고, 한반도엔 저 서천 가에서 날아와 이제 막 우주의 봉우리 위로 웅비하는 독수리의 서상이 우리 혼을 흔들어 깨운다.

선각자여, 어서 우봉의 선문으로 들어오라. 순간순간 그대 안에, 이미 선의 초침이 시간 밖에서 가고 있다.

충북 음성군 삼성면 법화수련원에서 2012년 10월 7일
덕현스님

머
리
말

　우봉선사님의 환갑을 맞이하여 어떤 선물을 드릴까 고심하다가 이 책을 준비하게 되었습니다. 처음에 저희 제자들은 우봉선사님의 가르침에 진심으로 감사한다는 뜻으로 우봉스님과 함께했던 일들에 대해 쓸 계획이었습니다. 그러나 책을 써 나가다 보니 우봉선사님이 지난 27년간 각지각처에서 펼치셨던 설법을 포함하지 않을 수 없었습니다.

　우봉선사님은 한국을 비롯해 전 세계적으로 널리 알려진 숭산큰스님의 첫 제자 중 한 분이십니다. 프로비던스 선 센터에서 계시는 동안 우봉스님은 수년 동안 주지부터 지도법사에 이르기까지 많은 소임을 도맡으셨습니다. 마침내 숭산큰스님에게서 인가를 받고, 우봉이라는 법호와 함께 불법을 전수받으십니다. 이후로 우봉선사님은 세계 각지에서 법을 전하고 안거를 이끄는 등 끊임없이 활동하고 계십니다. 우봉선사님은 최근 한국에 자리를 잡으셨기 때문에 선사님을 만나거나 설법을 듣고 싶다면 한국으로 가시는 게 좋을 겁니다.

이 책은 크게 다섯 부분으로 이루어져 있습니다. '지혜의 단상들'이라는 첫 번째 장부터 보석과 같은 이야기가 전개됩니다. 제자인 저도 들어보지 못했던 감동적인 선의 파편들입니다.

두 번째 장에는 우봉선사님과 제자 스벤의 대담으로 이루어져 있습니다. 스벤이 던지는 무척 흥미로운 질문들을 통해 우봉선사님의 경이로운 삶을 들여다볼 수 있습니다.

세 번째 장에는 부처님 오신 날과 성도절, 선 센터 개원식을 비롯한 다양한 행사, 그리고 안거에 드는 동안 우봉선사님이 펼치신 설법을 모아 놓았습니다.

네 번째 장에는 제자들이 설법 도중 던진 질문과 우봉선사님의 날카롭고 재치 있고 현명한 답을 모았습니다.

마지막 다섯 번째 장에는 우리 제자들이 처음 우봉선사님을 만나게 된 계기와 함께했던 재밌는 일들에 대해 아주 솔직하게 써 놓았습니다. 어디에서도 찾아볼 수 없는 소중한 이야기들이니 꼭 읽어보셨으면 합니다!

우봉선사님은 다음과 같이 말씀하셨습니다.

"승가의 정진에는 여러 방법이 있지만, 함께 행동하는 것이 이 중 가장 강력하다. 함께 행동하다 보면 스스로의 한계와 마주치게 되고, 함께 행동하기에 이 한계도 극복할 수 있다. 반야심경에는 '보살은 반야바라밀다를 의지하므로 마음에 걸림이 없고, 걸림이 없으므로 두려움이 없다.'라는 구절이 있다. 이와 같이 두려움을 버리는 것이 우리가 사람으로서 남겨야 할 유산이다. 두려워하고 있다면, 모든 생각을 버려라. 좋은 것도 싫은 것도 버려라. 그대가 가장 깊은 깨달음이라고 생각하는 것조차 버려라."

우봉선사님의 법을 고스란히 담은 이 책을 즐겁게 읽으셨으면 합니다.

본심선사
2011년 6월 바르샤바에서

Rooftop party

Acrlic & Oil | on canvas130.3×162cm | 2010

목차

지혜의 단상들

우리가 하는 수행은 깨달음에 관한 것이 아닙니다.
다른 사람들을 돕기 위한 것입니다. 그게 정진의 진짜 목적이에요.
깨달음은 그대를 위한 것이 아닙니다. 그러므로 우리는
깨달음을 강조하지 않습니다.

오직

모름의 수학

🌸

우리가 하는 수행은 깨달음에 관한 것이 아닙니다. 다른 사람들을 돕기 위한 것입니다. 그게 정진의 진짜 목적이에요. 깨달음은 그대를 위한 것이 아닙니다. 그러므로 우리는 깨달음을 강조하지 않습니다.

스승님은 제게 이렇게 말씀하신 적이 있습니다. "너는 수학자고, 수학자들은 공식을 좋아하지. 깨달음을 얻는 공식이 있는데, 알려줄까?" 저는 말했습니다. "당연하죠! 전 수학자니까 이 공식을 알고 싶은데요!" 그러자 스승님은 이렇게 말씀하셨습니다. "올바른 방향 + 노력 = 깨달음."

올바른 방향이란 무엇일까요? 사실 올바른 방향은 깨달음과 아무런 상관도 없습니다. 올바른 방향은 제가 '다른 사람들을 위하는 것'이라고 부르는 것입니다. 노력이란 무엇이든 하는 것입니다. 이렇게 하는 것이 이미 깨달음입니다, 아시겠나요? 우리가 하고 있는 선수행은 오직 모르는 마음을 지키는 것입니다.

만일 당신이 과학자라면, 오직 모르는 마음을 가지는 것은 무엇보다 중요합니다. 사람은 누구나 어느 정도의 지식을 지니고 있습니다.

지식의 문제는, 지식이 곧 그 사람의 지평선이 된다는 것입니다. 지평선 너머를 보는 것이 불가능해지기도 합니다. 하지만 '나는 누구인가?' 또는 '이건 무엇인가?'와 같은 큰 물음을 가진 사람들에게는 오직 모르는 마음이 나타납니다. 오직 모르는 마음은 아주 어리석고, 아무런 생각도 없으며, 여기에는 지평선도 없습니다. 그러므로 어떤 것도 가능합니다. 모르는 마음을 가지고 나면 직감이 강해집니다. 제가 천재라고 부르는 것 또한 여기에서 시작됩니다. 여기 계신 분 중 과학자가 계신다면 이런 마음을 가지시는 것이 무엇보다 중요한데, 만일 우리가 이미 알고 있는 것에 집착하고 있다면 새로운 생각이 나타날 수 없기 때문입니다. 이에 관련하여 제가 직접 겪은 일을 들려드리도록 하겠습니다.

저는 프로비던스 선 센터라고 불리는 미국의 선 센터에서 한동안 산 적이 있는데, 이 선 센터는 제가 다녔던 브라운대학에서 매우 가깝기도 했습니다. 하루는 새로운 제자 한 명이 나타나, 매일 아침과 저녁마다 선 센터를 찾았습니다. 하루는 이 제자가 브라운대 대학원생이라는 이야기를 들었는데, 또 다른 사람이 말하기를 지금 응용수학 박사 과정을 하고 있다고 하더군요. 제가 배웠던 이론수학이나, 이 제자가 배우고 있던 응용수학이나 수학이기는 마찬가지였기 때문에 이 제자에게 인사를 건네기로 마음먹었습니다.

이 제자는 아주 예민한 귀를 가지고 있었는데 제 억양을 알아채자 이렇게 물었습니다. "혹시 폴란드 사람 아니신가요?" 저는 대답했죠. "예." 그러자 제게 폴란드어로 말을 걸기 시작했습니다. 나중에 알게 되었지만 이 제자는 폴란드에서 태어나 독일에서 성장했고 지금 미국에서 학업을 마무리하고 있는 도중이었습니다. 우리는 친한 친구가 되었죠.

매일 선 센터를 찾던 그 제자는 어느 날부터 나타나지 않았습니다. 2주 동안이나 나오지 않았고 마침내 저는 그를 찾아갔습니다. 그는 저를 만나자 무슨 일이 있었는지 말해주었습니다. 그 대학에서는 보통 대학원생에게 지도교수를 붙여주는데, 박사 과정을 이수하고 있는 대학원생의 경우에 특히 그랬습니다. 지도교수는 어떤 졸업논문을 써야 할지 결정하는 데 도움을 줍니다. 그 제자의 지도교수는 이렇게 말했습니다. "마침 자네가 폴란드인이니 좋은 생각이 있네. 한 유명한 폴란드 수학자가 제시한 문제가 있는데, 그 수학자는 이 문제에 답이 있다고 믿었지만 결국 답을 찾지 못하고 죽고 말았어. 그 후로 20년 동안 수많은 수학자들이 문제의 답을 찾으려고 노력했지만 모두 실패했지. 자네도 폴란드인이고 그 수학자도 폴란드인이었으니, 자네가 이 문제를 가지고 무언가 해보는 것이 어떻겠나? 어쩌면 졸업논문에 걸맞는 성과를 거둘지도 모르지!"

그래서 그 친구는 이 문제를 들여다보고 있었는데, 어떻게 접근해야 할지 도무지 알 수 없었습니다. 실은 정진에 더 많은 시간을 보냈죠. 그리고 어느 날 꿈을 꾸었습니다. 꿈에서는 이 문제가 나왔고, 문제의 정답도 나왔습니다. 그는 일어나자마자 정답을 바로 써 내려갔습니다. 그러고는 2주 동안 방에서 한 발자국도 밖으로 나가지 않고 음식은 전부 배달시켜 먹으면서 이 정답의 오류를 찾았습니다. 분명 오류가 있을 법했지만, 2주 동안 쉬지 않고 계속 일했는데도 아무런 오류를 찾을 수 없었습니다. 바로 그 순간 제가 그를 찾아가 이야기를 나누었고, 그는 마침내 이 정답을 교수에게 보여 주었는데 교수조차 아무런 오류를 찾을 수 없었습니다. 결국 그는 이 정답을 주제로 졸업 논문을 썼습니다. 저도 그 논문을 보았는데 겨우 두 장밖에 되지 않았습니다. 아주 짧았죠! 그리고 그 논문은 친구를 아주아주 유명하게 해주었어요. 이것이 오직 모르는 마음의 이야기입니다.

수행은 필수다

🌿

최근에 한 종교인이 쓴 책을 보게 되었습니다. 사람은 모두 '이것'을 가지고 있기 때문에 모든 종교의 가르침과 수행은 헛되다는 것이 아마 그 책의 요점이었던 듯싶습니다.

이는 선의 가르침과 아주 흡사한데, 이 깨달음만으로는 어떤 사람의 삶에도 도움이 되지 않는다는 점이 선과 다릅니다. 이 깨달음을 삶에 적용하는 것이 무엇보다 중요합니다. 그렇기 때문에 수행이 필요한 것이죠. 저희의 수행은 특별한 것이 아닙니다. 수행, 혹은 정진이란 깨끗한 마음을 지니고 다른 사람을 돕는 것입니다.

수행에는 여러 방법이 있지만, 승가 안에서 다른 사람과 함께 정진하는 것, 즉 함께하는 행동이 가장 강력한 수행법입니다. 이 수행법은 사람들로 하여금 자신의 한계와 마주치도록 하고, 또 이 한계를 극복하는 것을 돕습니다. 반야심경에는 "보살은 반야바라밀다를 의지하므로 마음에 걸림이 없고, 걸림이 없으므로 두려움이 없다."라는 말이 있습니다.

여기서 "두려움이 없다"라는 부분이 우리가 사람으로서 남겨야 할 유산입니다. 두려움을 가지고 있다면 모든 생각을 버리세요. 좋은 것도 싫은 것도 모두 버리세요. 가장 깊은 깨달음이라고 생각되는 것조차 버리세요.

그럼, 지금 이 순간 무엇을 하는 것이 옳을까요?

Don_t want to be beautiful
Acrylic & Oil | on canvas 53×45.5cm | 2008

깨어나라

🌸

아무도 우리의 삶을 보장해주지 않습니다. 쓸 만하다고 생각하는 것이 있으면, 지금이 바로 그것을 쓸 시기입니다. 살아가는 동안 과거의 마음은 결코 붙잡을 수 없습니다. 현재의 마음도 잡을 수 없습니다. "현재"라고 말하는 순간, 그 현재는 이미 현재가 아니라 지나간 순간이 됩니다. 지금 이 순간은 한 번 놓치면 다시는 되찾을 수 없습니다.

우리는 부처님의 선례를 따릅니다. 부처란 깨어났다는 뜻입니다. 깨어날 생각이 있다면 내일은 이미 늦습니다. 한 시간 후도 너무 늦습니다. 지금 이 순간 깨어나세요. 여러분 모두가 살아가면서 바르게 수행해서 이 깨어남을 얻으시기를 바랍니다. 그리고 그 다음에 남은 일이 가장 중요합니다. 이 깨어남을 통해 모든 존재를 돕는 것입니다.

이해하는 것, 실천하는 것

🌸

최근에 제 도반 하나가 설법하는 도중 선의 역사에 나오는 흥미로운 인물 하나를 언급했습니다. 이 스님은 명료하고 간단한 가르침으로만 유명했던 것이 아니라, 독특한 생활 방식으로 더욱 잘 알려져 있었습니다. '둥지 스님'으로 알려진 이분은 나무 위에서 살면서 제자들이 가져다주는 생필품으로 생활했습니다.

하루는 근방에 사는 위대한 불교학자 한 명이 이 스님을 찾아왔습니다. 이 불교학자는 연세가 여든 살 되는 스님이었는데 모든 경전과 가르침에 정통했고, 자기보다 아는 것이 많지 않은데도 이름은 더 유명한 스님이 도대체 어떤 사람인지 궁금했습니다. 학자는 스님에게 가르침을 여쭈었습니다. '둥지 스님'은 이렇게 말했습니다. "나쁜 일을 하지 말고, 좋은 일을 하세요." 학자는, 이런 단순한 가르침은 다섯 살짜리 아이도 이해할 수 있는 것이라며 경멸하는 어조로 쏘아붙였습니다. 그러자 스님이 답하기를, 다섯 살짜리도 이해할 수 있는 것은 사실이지만 여든 살 먹은 노인도 실천하기 어려운 일이라고 말했습니다.

선의 가르침은 무척 단순하고 무척 명료합니다. 이를 나타내는 방법 중 하나는 "나쁜 일을 하지 말고, 좋은 일을 하세요."입니다. 안타깝게도 이 가르침을 이해한다고 해도, 심지어는 믿고 따른다고 해도, 이 가르침 자체는 나쁜 일을 하지 않고 좋은 일을 하는데 아무런 도움이 되지 않습니다. 무엇보다 수행이 중요합니다.

걸프전은 이의 좋은 예지요. 분쟁이 시작되기 전 미국 대통령과 이라크 대통령은 각자 기자회견에서 전쟁을 거부하고 평화를 지지한다는 성명을 발표했습니다. 길거리에서 국민들을 대상으로 인터뷰를 했을 때도, 분쟁을 피했으면 좋겠다는 비슷한 반응이 나왔습니다. 하지만 이 문제에 대한 미국인과 이라크인의 입장은 아주 다릅니다.

'우리 미국인들이 우리의 의견과 생각을 고집하는 한, 우리의 행동은 우리가 생각하는 것에서 더더욱 멀어져 갈 것입니다.'

'나, 나의 것'을 버리고 나야 바른 생각과 바른 의견을 볼 수 있습니다. 바른 생각과 의견이란 곧 보살의 마음, 보살심인데 이는 모든 생명체를 생각하는 마음입니다. 내 가족, 내 나라, 그리고 심지어는 사람을 넘어서, 동물, 식물, 물, 공기를 비롯한 이 세상 전체를 생각하는 것입니다. '나, 나의 것'이 없다는 것은 괴리감, 즉 우리의 생각과 행동을 나누는 벽이 사라진다는 것을 말합니다.

'나 그리고 나의 것'을 버리는 일에 대해 말하려면, 다시 수행이라는 주제로 돌아가야 합니다. 무엇을 완성하기 위해서 노력이 필요하듯이, 수행은 늘 필수적입니다. 지금 말한, 자신을 버리는 것이 가장 자연스러운 상태이자 인류의 유산이어야 마땅하다고 이해하는 것으로는 충분하지 않습니다. 모든 사람은 결국 깨달은 존재이자 '부처님'이라는 사실을 이해하는 것으로는 충분치 않습니다. 가장 필수적이고 중요한 단계가 하나 남아 있습니다. 자신이 이해하는 사실을 완전히 자신의 것으로 만들어야 합니다. 그 이해를 직접 이루어야 합니다.

선 센터와 안거, 그리고 스승이 중요한 까닭이 바로 이것입니다. 늘 하는 수행에 더불어, 매일 정해진 시간에 규칙적으로 수행을 하는 것이 중요한 까닭이기도 합니다.

마지막으로, 제 말이 그럴듯하게 들리시나요? 그럼 하세요.

매일 수행할 계획을 세우세요. 규칙적으로 수행하려는 노력을 승가의 다른 도반들과 함께하세요. 안거에 자주 참가하세요. 설법을 자주 들으세요. 이 모든 행동이 정진에 도움이 될 겁니다. 그리고 여러분의 참여는 다른 수행자를 돕는 힘이 될 겁니다.

우리에게 주어진
유일한 순간은
지금뿐이다

❀

하루하루 살아가다보면 애매한 부분이 한 가지 있는데, 삶을 자세히 살펴보면, 삶에 대해서 깊이 생각하고 분석해보면, 사실 살아가는 동안 중요한 일은 그렇게 많지 않다는 것을 깨닫게 됩니다. 중요한 의미를 지닌 일은 많지 않아요. 한순간 한순간 떼놓고 보면 삶의 대부분은 별 볼일 없고 사소한 것들로 이루어져 있습니다.

그리고 이건 어떻게 보면 인간적인 실수이기도 한데, 사람들은 대개 이런 사소한 일에 신경을 쓰지 않습니다. 하지만 이런 사소한 일들도 중요한 일 못지않게 중요합니다.

저는 눈사태가 어떻게 일어나는지에 대한 이야기를 즐겨 합니다. 눈사태의 근원을 추적하다 보면 눈사태를 일으킨 것이 보통은 아주 작은 일이라는 것을 알 수 있습니다. 누가 큰 목소리로 떠들었는데 그 목소리 때문에 작은 돌 하나가 느슨해지고, 그 작은 돌 때문에 큰 돌이 느슨해지고, 이런 식으로 계속 되풀이됩니다. 처음에는 아주 작고 보잘것없는 일이지만 여러 사건을 거치면서 결과적으로는 큰 의미를 지니게 되고 큰 효과로 나타납니다.

어떻게 보면 우리가 하는 수행도 이와 같습니다. 하지만 대부분의 경우 수행의 힘을 깨닫지 못합니다. 여느 일요일 아침 선 센터에 와서, 저희가 늘 하듯이 하루 동안 용맹정진을 하는 거죠. 이게 뭐가 중요할까요? 하지만 지금은 알 수 없습니다.

선에서는 어떤 것이 중요한지 아니면 중요하지 않은지 분간하려 들지 말라고 가르칩니다. 하지만 살아가는 매 순간마다 주의를 기울이라고 가르칩니다. 바로 지금 이 순간에 자신을 백 퍼센트 쏟아 부으라고요. 지금이 중요한 순간이든 평범한 순간이든, 우리에게 주어진 시간은 이 순간뿐입니다.

그러므로 우리가 가질 수 있는 유일한 것, 유일한 진실은 바로 이 순간이라는 점을 강조하고 싶습니다. 과거에는 손이 닿지 않습니다. 미래는 움켜쥘 수 있는 것이 아닙니다. 그리고 현재는 잡으려 하는 순간 이미 사라지고 없습니다.

지금 이 순간이
그대의 스승이다

✺

설법을 시작하면서 이미 말했지만, 우리가 어디에 있든, 무엇을 하고 있든, 그 순간 하고 있는 일이 바로 우리의 스승입니다. 가장 중요한 것은 오직 모르는 마음입니다. 스승에게서 도움을 구할 때도 똑같습니다. 날카롭게 핵심을 꿰뚫는 스승의 말보다는, 그것을 진심으로 받아들이는 태도가 무엇보다 중요합니다.

아주 멍청했던 한국 스님에 대한 놀라운 이야기가 하나 있습니다. 이 스님은 워낙 멍청해서 어떤 설법도 이해할 수 없었고, 결국은 설법을 듣는 일도 그만두었습니다. 공안을 이해할 수 없었기 때문에 공안 탁마도 그만두었습니다. 가만히 앉아서 참선하는 것도 어려웠기 때문에, 자신이 너무 멍청하다고 생각한 스님은 참선도 그만두었습니다. 그리고 나자 절에서 스님이 할 수 있는 것은 일밖에 남지 않았습니다. 일 빼고는 할 수 있는 것이 없었거든요.

스님이 하루는 스승을 찾아가 이렇게 여쭈었습니다. "스승님, 저는 너무 멍청해서 아무것도 할 수 없습니다. 어떻게든 저를 도와주실 수 있나요? 수행을 하는 데 보탬이 될 만한 것이 있을까요?" 스승은 그 스님에게 한 마디의 화두, 즉 공안을 가지고 정진하도록 했습니다. '즉심시불(卽心是佛).' 마음이 곧 부처다, 라는 뜻입니다. 하지만 이 스님은 하도 멍청했던 나머지 이것도 '짚신시불'로 들었습니다.

스님은 스승의 방에서 나오면서 혼란에 빠졌습니다. 이렇게 생각했죠. '이토록 어려운 공안이라니! 내가 어떻게 이걸 이해할 수 있을까?' 매일 일하면서도 이 물음은 항상 스님의 머릿속을 떠나지 않고 마침내 아주 강해졌습니다. '짚신이 부처라니, 대체 이게 무슨 뜻일까?'

하루는 스님이 돌에 발이 걸린 나머지 신발이 벗겨지고 말았습니다. 그 시절에는, 물론 짚으로 만든 신발을 신었죠. 멀리 날아가 땅에 떨어진 짚신은 찢어져 있었습니다. 그리고 그걸 본 스님은 즉시 깨달음을 얻었습니다.

스님은 너무나 행복한 나머지 곧장 스승에게 달려가 소리쳤습니다. "알겠습니다! 알겠습니다!" 스승이 물었습니다. "무엇을 알겠느냐?" 스님은 짚신을 들어 스승을 때리고는 말했습니다. "짚신이 찢어졌어요." 그러자 스승은 무척 행복해했지요.

우리에게는 특별한 것이 필요하지 않습니다. 대단한 가르침이 필요한 것도 아니에요. "짚신이 부처다."는 엄밀히 따지고 보면 지혜로운 말은 아니죠. 중요한 것은 마음속에서 질문을 키우는 것, 우리 모두의 마음속에서 타오르고 있는 불꽃을 키우는 것, 그리고 이 불꽃이 꺼지지 않도록 하는 것입니다. 거기에 모든 지혜가 있습니다.

스승은 지금 이 순간, 바로 우리 앞에 있습니다. 우리가 어디에 있든, 무엇을 하든, 그게 우리의 스승입니다.

여행하는
부처님

사람들은 여행에 대해 이야기하곤 하죠. 몇 달 전 파리에서 무척 흥미로운 영화를 보았습니다. '위대한 비상'이라는 영화였어요. 영화의 주인공은 사람이 아니라 여행하는 철새입니다. 아주 아름다운 영화예요. 아주 멀리 여행하는 여러 종류의 새를 관찰하는데, 이 중에는 2만 킬로미터를 여행하는 새도 있습니다.

물론 이 여행에는 여러 위험이 도사리고 있습니다. 사냥꾼, 폭풍, 오염을 비롯한 이유로 여행길에서 많은 새가 죽습니다. 하지만 다른 새들은 포기하지 않고 계속 날아가죠.

영화를 보니 프로비던스 선 센터 시절이 떠올랐습니다. 매년 두 차례, 캐나다 기러기 두 마리가 그곳 호수를 찾아 휴식을 취했죠. 제가 첫 안거에 들고 참선을 하는 동안, 기러기들도 선 센터를 처음 찾아왔습니다. 기러기들의 울음소리를 듣자 곧 봄이 오리라는 것을 알 수 있었죠. 기러기들은 가을에 남쪽으로 내려가는 길에도 선 센터에 들릅니다. 그때부터 기러기들은 매년 선 센터를 찾았고, 아직도 살아 있는 것으로 알고 있습니다.

새들이 이렇게 먼 거리를 여행하는 까닭은 다름이 아니라 살아남기 위해서입니다. 먹을 것을 찾고, 번식을 하기 위해서는 이 무거운 짐을 걸머져야 합니다. 어떤 이유가 되었든, 그 이유는 항상 번식과 연결되어 있습니다. 즉, 생명입니다.

저희의 수행도 철새의 여행과 비슷한 점이 많다는 생각을 했습니다. 부처님이 깨달음을 얻고 나서 처음으로 보인 반응은 이랬습니다. '우아, 모든 생명체는 이미 깨달음을 얻었구나. 모두가 부처님이구나!' 그리고 부처님은 애초에 가르치는 것을 염두에 두지 않으셨습니다. 이야기에 따르면 범천을 비롯한 많은 신들이 부처님을 찾아와 가르침을 베풀어달라고 간청했답니다. 신들은 부처님을 설득할 수 있었고, 부처님은 불법을 펼치기 시작했습니다. 부처님이 깨달으신 것은 이러했습니다. 모든 것에게는 불성, 즉 부처님이 들어 있지만, 단지 꿈속에서 살고 있을 뿐이며 꿈에서 깨어나야 한다는 것이었습니다. '부처'라는 말은 '깨어난 사람'을 뜻합니다. 우리가 욕망과 분노, 그리고 무관심으로 가득한 꿈속에서 머문다면, 우리는 진정 살아 있는 것이 아닙니다. 저는 이를 '걸어 다니는 시체'라고 부릅니다. 사람들은 누구나 자신이 살아 있다고 믿지만, 이것은 삶이라기보다는 오히려 죽음에 가깝습니다. 깨어나고 나서야 진정한 삶이 시작됩니다. 그러므로 불교의 길은 여행하는 철새의 삶과 비슷합니다. 생명을 찾아가는 것이죠.

진정한 본성을 찾으려면, 마음속 여행에도 충실해야 합니다. 마음속 여행에도 여러 위험이 도사리고 있으며 간혹 많은 노력이 들기도 합니다.

정진과 철새의 또 다른 공통점은, 여행이 늘 시작한 곳에서 끝난다는 점입니다. 짧은 여행이든 긴 여행이든, 철새는 늘 다시 시작한 곳으로 돌아갑니다. 우리의 여행도 똑같습니다. 늘 시작한 곳에서 끝나죠. 새로 온 제자들은 가끔 오래 있던 제자들이 아는 것도 더 많고 경험도 훨씬 많을 것이라고 생각합니다. 하지만 사실 오래 있던 제자들에게는 처음 제자가 되었을 때 가졌던 마음, 새로 온 제자들이 가지고 있는 그 초심자의 마음을 지켜내는 것이 무척 큰 어려움입니다.

그러니까, 새로 오신 분들은 오래된 다른 분들에 비해 훨씬 유리한 위치에 있는 거죠. 하지만 언젠가는 오래된 제자가 될 것입니다. 그리고 그때는 똑같은 문제를 겪겠죠. 아는 것이 너무 많아서 탈이 됩니다! 그러고 나면 마치 철새처럼, 즉 몇 년 전에 자신이 있던 곳으로 다시 되돌아가야 하는 어려움과 마주치게 됩니다.

처음 오는 사람은 누구나 마음속에 질문을 품고 있습니다. 오래된 제자들은 이 마음속의 불꽃이 죽도록 내버려둡니다. 지금 하는 말을 새겨들으세요. 절대 이 불꽃을 꺼트리면 안 됩니다! 모두 처음의 큰 질문으로 되돌아가세요.

나는 누구인가?

내가 무엇인지 잘 모르겠다면, 오직 모르는 마음을 가지세요. 그러면 불꽃이 사그라들지 않습니다. 그렇게 우리가 성장하면 언젠가는 이 마음 속 불꽃이 '나, 나의 것'을 완전히 태울 겁니다. 이게 부처님이 말씀하신 '깨달음'입니다. 하지만 이 깨달음이라고 불리우는 순간은 또 다른 수행의 출발점이죠.

세상은 무척 복잡한 곳입니다. 많은 고통이 있고, 많은 문제가 있습니다. 우리의 정진은 자신의 몫을 챙기기 위한 것이 아닙니다. 하지만 무언가 얻게 된다면 그것은 다른 사람을 위해 쓰여야 합니다. 모든 깨달음은 실천할 때에만 의미 있는 것입니다.

그러므로 여러분 모두가 이 모르는 마음을 매 순간마다 지녔으면, 그리고 모르는 마음을 완전히 얻어 다른 모든 존재를 돕는 데 쓰셨으면 합니다.

언젠가 여러분을 다시 만났으면 좋겠네요. 그때는 수행에 대해 이야기하는 것만이 아니라 함께 정진했으면 합니다.

진정한
사랑과 자비

❋

진정한 사랑과 자비는 그 어떤 감정에도 의존하지 않습니다, 심지어는 진정한 사랑과 자비에도 의존하지 않습니다.

짤막한 이야기를 하나 들려드릴까요. 제가 브라운대에서 대학생이었던 시절, 브라운대에서는 근처에 있는 유명한 미대, 로드아일랜드

디자인대학교와 결연을 맺고 있었습니다. 한 대학교의 학생이 따로 돈을 내지 않고도 상대 학교의 수업을 들을 수 있었고, 들은 수업은 원래 다니는 학교에서 학점으로 인정해 주었습니다. 저는 이 결연을 기회로 삼아 로드아일랜드디자인대학에서 서양화 수업을 한두 개 들었습니다. 제 수업을 가르치던 교수는 뉴욕의 유명 화가였는데, 곧 설명하겠지만, 아주 밝고 활기찬 성격의 소유자인 동시에 현실적인 지혜를 지니고 있었습니다.

하루는 화실에서 이젤 앞에 서 있는데, 그릴 것이 도무지 생각나지 않았습니다. 앞에서 포즈를 취하고 있는 모델을 바라보았지만 아무런 영감도 떠오르지 않았어요. 분주히 움직이는 다른 학생들을 보았지만 역시 아무런 영감이 떠오르지 않았습니다. 저는 그대로 완전히 얼어붙었고, 아무것도 그리지 못했습니다. 그동안 교수님은 학생들 사이를 돌아다니면서 의견을 제시하고, 용기를 북돋아주고 있었습니다. 마침내 교수님은 제 옆에 나타나서, 이젤 위에 있는 캔버스가 텅 빈 것을 보고는 이렇게 물어보셨죠. "무슨 일이니?"

교수님은 영감이 떠오르기를 기다리고 있다는 제 설명을 주의 깊게 들으시더니 이렇게 말했습니다. "제이콥, 붓을 들어!" 그리고 나서는 이렇게 말했습니다. "물감을 찍어!" 그러고는, "칠해!"라고 하셨죠. 저는 물감을 캔버스에 아무렇게나 바르기 시작했습니다. 그러자 교수님은 제 등을 두드려 주면서 이렇게 말씀하셨어요. "영감은 그리는 데에서 나오는 거지, 기다림에서 나오는 게 아니야." 그 말씀 그대로, 그날은 좋은 그림이 나왔습니다.

사랑과 자비도 이와 같습니다. 특별한 감정을 기다리지 마세요. 그 냥 하세요. 그대가 선생님이라고 가정해봅시다. 여느 사람과 같이, 착한 아이와 짓궂게 구는 아이에게 각각 다른 감정을 느낄 것입니다. 그리고 분명 다른 아이들보다 아끼는 아이가 있을 겁니다. 아이들이 시험을 쳤는데, 가장 아끼던 아이는 열 문제를 틀렸고, 가장 짓궂고 버릇없던 아이도 똑같이 열 문제를 틀렸습니다. 이 두 아이에게 다른 점수를 주실 건가요? 아니죠. 바로 이것입니다. 그게 이미 사랑과 자 비이며, 즉 좋거나 싫다는 감정에 의존하지 않는 것입니다.

그냥 결정하고, 그 다음에는 노력하고 노력하고 또 노력하세요. 자 신의 감정을 평가하지 마세요. 자신이 이해하는 것을 평가하지 마세 요. 수영할 줄 아세요? 아신다고요, 좋아요. 물에 처음 들어가자마자 수영할 수 있었나요? 자, 수영을 하지 못하던 때와 수영을 할 수 있게 된 그 사이에 뭐가 있었나요? 맞아요, 연습이죠. 다른 모든 존재를 구 제하는 것도 똑같습니다. 결정을 내렸다면, 노력하고 노력하고 또 노 력하세요, 그러면 언젠가는 완전히 이룰 수 있을 거예요.

5:45pm - 10am

Guggenheim's 5.45pm-10am
Acrylic & Oil | on canvas 194×130.3cm | 2012

흔적도 없고
특별하지도 않은

🌸

우리는 선이 특별하지 않다는 말을 자주 합니다.

중국 선종의 4조 선사 도신스님이 하루는 어떤 산에 범상치 않은 사람이 정진하고 있다는 이야기를 듣고 그 사람을 찾아갔습니다. 그 산을 올라가니 절이 하나 있었고, 도신스님은 절로 들어가 새로 들어온 스님이 있는지 물었습니다.

절의 스님들은 이렇게 답했습니다. "뭐, 스님은 있죠. 무슨 말씀이신지 잘 모르겠는데, 진짜 스님을 찾으시는 겁니까? 산을 더 올라가면 암자가 하나 있다는데, 거기에 홀로 살면서 아주 열심히 수행하는 스님이 있다더군요. 찾으시는 분이 혹시 그분 아닐까요?"

도신스님은 이 사람이 맞을 것이라는 느낌이 들어, 계속 산을 타고 마침내 암자에 이르렀습니다. 그곳에서 정진하고 있던 스님은 아주 오랫동안 수행을 해 왔고, 혼자 기거한지도 오래되었습니다. 그 스님에게는 주변의 동물들을 끌어 모으는 특별한 능력이 있었습니다. 새도 있고, 호랑이도 있고, 늑대도 있고, 이런 온갖 동물들이 암자 근처에 모여 살았지만 서로 싸우는 법이 없었습니다.

도신스님이 찾아오자, 암자에 살던 스님은 차를 내오겠다며 자리에서 일어섰는데 바로 그 순간 옆에 있던 호랑이 한 마리가 크게 울부짖었습니다. 도신스님은 흠칫 놀랐습니다. 그러자 암자 스님이 도신스님을 바라보더니 이렇게 말했습니다. "흠흠, 아직도 그걸 가지고 계시군요." 그러고는 차를 준비하러 갔습니다. 암자 스님이 차를 달이는 동안 도신스님은 바랑에서 붓을 꺼내 암자 스님이 앉아 있던 방석에 한자로 부처님이라고 썼습니다. 암자 스님은 차를 들고 와서, 막 자리에 앉으려는 참에 그 글자를 보고는 놀라서 벌떡 일어났습니다.

그러자 도신스님이 이렇게 말했습니다. "아, 아직도 그걸 가지고 계시군요."

기록에 따르면 이 사건이 있은 이후로 새들을 비롯한 동물들이 더 이상 스님을 만나러 암자를 찾지 않았다고 합니다. 암자에 살던 스님은 도신스님의 제자가 되었고, 나중에는 아주 큰 스님으로 알려졌지만 더 이상 깨달음의 흔적은 찾아볼 수 없었습니다.

잘 알려진 이 이야기는, 자유롭다는 것의 의미를 다시금 생각해보게 하는데, 사람은 늘 무언가에 매달리고 의지하려는 경향이 있기 때문입니다. 보통 우리는 스스로를 어떠한 사람으로 여깁니다. 동시에 다른 사람들이 자신을 어떤 사람으로 봐주었으면 하고 기대합니다. 그러나 다른 사람들에게 기대하는 자신의 모습은, 보통 자신이 스스로 생각하는 자신의 모습과는 다릅니다. 그러므로 우리는 대개 다른 사람들이 우리를 아주 대단한 사람으로 여겨주었으면 하고 기대합니다. 사람들이 우리의 지혜, 우리의 깨달음, 또는 우리의 다른 어떤 것을 보고 감탄하면 기분이 무척 좋아지죠.

간추려 말하면, 사람은 특별해지고 싶어합니다. 특별해지면 아주 편안한 기분이 들죠. 그러나 특별해지기를 바라는 순간 우리는 무언가에 의존하게 됩니다. 도신스님이 부처님이라는 한자를 쓰자 깜짝 놀라고 말했던 암자 스님은, 부처라는 생각에 집착하고 있었던 거죠.

물론 부처님을 깔고 앉는 것 또한 바른 일이 아닙니다. 하지만 이 만남을 계기로 암자 스님의 마음속에서는 무엇인가 부서지고 말았죠. 무엇인가를 이해하게 되었고, 더 이상 특별한 사람이 아니게 되었습니다. 그러자 동물들도 새들도 암자 스님을 떠났죠. 암자 스님은 성스러움을 잃었습니다. 그리고 성스러움을 잃음으로써 완전히 자유로워졌습니다. 그러므로 아무런 흔적도 남기지 않았습니다.

수행의 고통

앉아서 수행을 하는 데에는 두 가지 고통이 따릅니다.

몸의 고통은 큰 문제가 되지 않는데, 허리가 아픈 사람은 일어나면 되고 필요에 따라서는 의자에 앉아도 되기 때문입니다. 큰 문제는 아닙니다. 아시겠죠?

마음의 고통은 훨씬 큰 문제입니다. 앉아 있는 것을 크게 어려워하지 않는 사람들도 있습니다. 좀 오래된 제자일지도 모르죠. 그러면 한 시간이고 두 시간이고 끄떡없습니다. 하지만 마음속으로는 아주 고통스러워합니다. 복잡한 감정이나 나쁜 생각들 때문이죠. 그리고 늘 하던 생각이 떠오릅니다. '왜 큰스님은 늦으실까? 참선은 왜 아직도 안 끝나지?' 아니면 '왜 내가 이런 일을 하고 있지, 하기 싫어!'

그리고 사실 참선하는 동안 생기는 더 큰 문제는 따로 있습니다. 앉아 있는 것도 괜찮습니다. 몸의 고통도 없고, 마음의 고통도 없습니다. 오직 잠들 뿐, 잠잘 뿐. 정말 나쁜 현상입니다. 가부좌를 틀고, 그리고 잠시 후에 죽비 소리가 울립니다. '무슨 일이 일어났지? 30분 동안 무슨 일이 일어난 거지? 모르겠는데.' 아주 어려운 일이죠. 이 문제는 극복하기가 매우 힘듭니다. 그리고 사람들은 안간힘을 다해야 합니다.

허리가 아프다고요? 별일 아닙니다. 그래요, 등을 곧게 편 다음 긴장을 푸세요. 긴장을 푸시고, 여기에만 집중하세요. 아시겠죠? 그렇게 시간이 지나면 고통도 사라집니다. 긴 안거에 들게 되면 그 고통은 사라질 겁니다. 저도 처음 100일 안거에 들기 전까지는 허리 때문에 많은 고생을 했죠. 이 안거에서도 처음 2주 동안은 허리가 찢어질 것만 같았습니다. 무척 고통스러웠지만, 2주가 지나고 나자 거짓말처럼 사라졌습니다.

공안 탁마

공안 탁마는 관음선종의 수행에서 많은 몫을 차지하고 있습니다. 탁마의 형식과 내용은 탁마 받는 제자에 따라 바뀌고 가르치는 스승에 따라 달라지지만, 그 목적은 제자가 스스로의 능력과 한계를 느끼도록 하는 데 있습니다. 수행의 정도를 가늠하는 것은 쓸모없는 짓이고, 사실 수행의 정도를 평가하는 것 자체가 불가능하지만, 공안 탁마를 통해서 정진이 어떤 것인지를 느낄 수 있습니다.

공안에 접근하는 방식에는 '틀린 방식'과 '옳은 방식'이 있습니다. 만일 '옳은 방식'에 집착한다면, 그러니까 공안에 맞는 답을 하는 데만 집착한다면, 그 답으로 자신의 깨달음과 능력을 나타내려고만 한다면, 공안 탁마는 꽤나 힘든 일이 됩니다. 맞는 대답을 하려는 욕망, 약점 그리고 마음의 더러운 구석을 드러내지 않으려는 욕망, 이 욕망으로 인해 두려움이 나타납니다. 실수를 저지르기가 힘들어지고, 어리석은 행동을 하기 힘들어지지만, 이에 개의치 않고 계속 답만을 찾습니다. 불제자들 중에는 이런 상황을 피하려고 대담 자체를 피하는 경우도 있지요.

그리고 또 다른 극단이 있는데 이 또한 정진에는 별다른 도움이 되지 않습니다. 공안 자체에, 또는 탁마에 지나치게 빠져드는 경우 이런 현상이 나타납니다. 공안을 답하는 것이 수행의 전부인 제자의 경우에 특히 그렇습니다. 이런 제자는, '오직 모른다'는 마음의 불꽃 없이는, 그리고 꾸준한 노력이 뒷받침하지 않는다면, 공안을 답하는 것과 공안 탁마를 하는 것이 삶으로 이어지지 않고 결국 쓸모없는 일이 된다는 사실을 잊습니다.

마지막으로 공안 탁마는 무척 중요한 일이지만, 수행의 일부일 때만 중요한 일이 됩니다. 두려움이나 경외심을 품지 않고 올바르게 사용한다면, 공안은 아주 강력한 도구가 되어 제자와 스승 양쪽에 도움이 됩니다. 참선과 삶 사이를 잇는 생명줄이 되지요. 바깥에서 전쟁이 일어나는 도중에도 안전하게 수행을 시험해 볼 수 있는 실험실과 같습니다. 탁마에서 나오는 공안은 대부분 지극히 단순하고, 실수를 하더라도 별다른 대가를 치르지 않아도 됩니다. 하지만 실제 삶은 그리 너그러운 편이 아니며, 매일 마주치는 일상조차 아주 복잡하고 섬세한 요소로 가득 차 있습니다. 하지만 이렇게 비비꼬인 매듭도 단번에 잘라낼 수 있지요. 공안 탁마, 그리고 공안이 가르치는 것은 바로 매듭을 자르는 방법입니다.

Porter
Acrylic & Oil | on canvas 91×72.7cm | 2008

공안 사용법

공안에 대해서 조금 더 이야기할 텐데, 공안은 불교에서도 선불교에만 있는 독특한 수행법이기 때문입니다. 불교에는 여러 종파가 있고, 이들 종파 사이에는 가르침의 방향이나 구체적인 방법에 있어서 전반적인 공통점도 있지만, 반면 각자의 개성도 있습니다. 선불교의 개성, 선불교를 다른 종파로부터 구분하는 것은 바로 이 공안 수행법입니다. 유명한 선불교 책을 읽어보셨다면(유명한 경전이라기보다는, 마치 인기가요처럼 대중적으로 잘 알려진 책을 말하는 겁니다) 거기에 나오는 공안들, 예를 들어서 '한 손으로 내는 박수 소리는 무엇인가?' 같은 공안을 보신 적이 있을 겁니다. 방금 말한 공안은 대중적인 선불교 책에서 흔히 볼 수 있는 공안이지요.

공안은 두 스님이 나누는 대화, 제자와 스승이 나누는 대화, 또는 어떤 상황의 묘사도 될 수 있습니다. 이런 대화나 상황에서 특이한 점이 있다면, 대화나 상황에서 어딘가 모자란 부분 혹은 어떤 식으로든 모순된 부분이 있다는 것입니다. 제자에게 이렇게 모자라고 모순된 상황을 제시하고, 제자가 그 상황을 완성하거나 옳게 만드는 것이 바로 공안입니다.

공안의 예를 하나 들어볼게요. 유명한 공안이 아니라 공안이 어떤 것인지 알려드리기 위해 제가 만드는 겁니다.

(통역사에게) 안녕하세요!

통역사: 봉주르!

좋은 답입니다! 옳은 답입니다! 완성해야 하는 상황이 있을 때, 이런 답은 아주 좋은 답이에요.

선불교에는 1700여 개의 공안이 있고, 그것 말고도 전통적이지 않은 공안, 그러니까 기록되지 않은 공안들도 있습니다. 아주 많은 공안이 있죠. 하지만 1700개의 공안을 하나하나 들여다보다 보면, 이 중 몇몇 공안은 특정한 상황이 반복되는 것, 비유컨대 같은 사람이 옷만 갈아입고 다시 등장하는 걸 볼 수 있습니다. 저희 종파의 창시자 숭산 큰스님께서는 열 개의 공안을 추려 열 개의 문이라고 부르셨고, 나중에 몇 개를 덧붙여서 총 열두 개가 되었습니다. 선사가 되기 위해서는 기본적으로 이 열두 공안을 마쳐야 합니다. 이 열두 공안을 정말로 이해한다면 1700공안의 대부분을 이해하는 것인데, 아까 말했듯이 1700공안의 대부분은 반복되는 내용이기 때문입니다.

왜 공안을 쓰는 걸까요? 공안을 사용하는 데에는 두 가지 이유가 있습니다. 제자의 입장에서 볼 때, 공안은 오직 모르는 마음을 기르는데 도움이 됩니다. 또한 공안은 제자의 한계를 짚어주기도 합니다. 자신의 한계를 이해하는 것은 아주 중요합니다. 자신의 한계를 알게 된다면, 노력을 통해 그 한계를 조금씩 넓혀 가는 것도 가능해지거든요.

스승의 입장에서 볼 때도 공안은 아주 중요한데, 공안을 통해 제자가 어떻게 수행하고 있는지를 이해할 수 있기 때문입니다. 공안이 없다면 제자와 계속 이야기를 나누면서, 제자에게 어떤 일이 일어나고 있는지 느끼려고 하는 수밖에 없습니다. 그렇게 할 수도 있죠. 예를 들어 자동차 정비사 중에는 차가 내는 소리만 듣고 무슨 문제가 있는지 알아내는 사람도 있으니까요. 이에 비해 공안은 이를테면 측정공구를 이용해서 차를 점검하는 것과 같습니다. 기계에 나오는 수치를 보면서 어디가 괜찮은지 그리고 어디에 문제가 있는지를 알 수 있죠. 이렇듯이 공안은 아주 훌륭한 도구입니다.

공안 수행법에는 문제도 있습니다. 공안에 지나치게 집착하게 되면 선병(禪病)에 걸릴 수 있습니다. 집착이 강한 경우에는 정신병원 신세를 질 수도 있어요. 폴란드에 있는 제자 중에 실제로 그런 경험을 한 제자가 있습니다. 아주 똑똑한 수학자였는데 공안에 지나치게 집착했어요. 그러자 일상 속에서 온갖 미친 짓을 벌이기 시작했습니다. 물론 공안을 싹 잊어버리고 앞으로는 건드리지도 말라고 여러 번 말했지만, 당연히 듣지 않았죠. 결국 이 제자는 정신병원에 입원하게 되었고, 마침내 깨어난 다음 다시 선 센터를 찾아 정진하기 시작했습니다. 그러고 나서 제자는 공안을 아무런 문제없이 버릴 수 있었습니다.

공안 수행에는 이것 말고도 다른 위험도 있습니다. 공안 수행은 본래 하다 보면 거만해지기 쉬운 수행법입니다. 선불교 불자들이 꼭 기억해야 할 위험이에요. 공안에 답하는 것은 사실 그렇게 중요한 것이 아닌데도, 공안 여러 개에 답하고 나면 거만해지는 사람이 꼭 있습니다. "나는 여러 공안을 마쳤다!" 이런 식으로요.

보통 사람들이 이해하기 힘들어 하는 것은, 공안에 답하는 것과 공안을 얻는 것이 서로 다르다는 점입니다. 정말 중요한 것은 공안을 얻는 것이고, 공안을 얻기 위해서는 그렇게 많은 공안이 필요하지 않습니다. 하나의 공안을 얻는 것으로 충분해요. 무술과 비슷합니다. 어떤 사람들은 여러 가지 무술을 배우고 싶어 하지만, 사실 무술가가 되기 위해서는 단 하나의 무술만 통달하면 됩니다. 대부분의 무술가들은 여러 가지의 무술을 배우고 싶어 하고, 여러 종류의 무술을 알고 있지만, 단 하나의 무술도 통달하지 못하지요.

삶의 모든 순간은 일종의 공안입니다. 공안과 삶은 다른 것이 아닙니다. 진정으로 공안을 얻는다면 '이 순간의 삶'도 얻는 것입니다. '이 순간의 삶'을 얻고 나면 자기 자신의 삶이 해결되는 것뿐만 아니라, 다른 수많은 존재도 도울 수 있게 됩니다.

여러분 모두 살면서 계속 정진하고, 노력하고 노력하고 또 노력하고, 순간에 사는 삶을 얻고 모든 존재를 도왔으면 좋겠네요.

초심자의
마음을 지켜라

✿

공안 수행을 하면서 긴장하는 사람들이 있는데, 바로 좋은 답을 찾아내고 싶어 하기 때문입니다. 하지만 공안의 요점은 좋은 답이 아닙니다. 좋은 답만을 원한다면 공안 수행은 이미 죽은 것이나 마찬가집니다. 실제로 이렇게 말하는 사람도 꽤 보았죠. "아, 이 공안 수행은 진짜로 죽었네요." 그리고 그 말이 맞습니다, 공안에 집착하는, 그리고 답에 집착하는 사람에게는 공안이 진짜 죽은 것처럼 보이죠.

그러므로, 오직 모르는 마음을 지키는 것이 무엇보다 중요합니다. 공안을 제대로 사용한다면 바로 이 오직 모르는 마음이 자라납니다. 오직 모르는 마음이 늘 살아서 맥박치게 되고, 결코 죽거나 일정한 형태로 굳어지지 않습니다. 공안을 일종의 공식으로 생각하는 사람들이 있습니다. 땅바닥을 치고, "하늘은 파랗고, 풀은 푸르다."같이 대답하면 된다고 생각하는 거죠. 하지만 저런 행동은 공안과 아무런 상관도 없습니다. 일정한 규칙은 있죠. 마치 일상 속에도 일정한 규칙이 있는 것처럼요. 선 센터에 있든 아니면 가족이랑 있든, 살면서 사용하는 일정한 규칙이 있습니다. 하지만 그 규칙에는 목적이 있습니다. 사람들은 집에서 음식을 먹을 때 젓가락을 씁니다. 하지만 여기서 목적은 젓가락이 아닙니다. 음식을 입에 넣는 게 목적이죠. 사람들이 공안에서 규칙을 배우는 것도 이와 비슷합니다. 그러나 사람들 중에는 공안을 일종의 공식으로 생각하게 되는 사람도 있죠. 그러고 나면 아까 말했듯, 공안 수행이 죽어버립니다. 이런 건 올바른 수행이 아니지요.

오래된 제자 중에는 저런 식으로 공안에 답하는 제자들도 있습니다. 저는 오래된 제자를 상대로도 아주 단순한 공안을 던지는 것을 좋아합니다. 그리고 오래된 제자일수록 이런 단순한 공안에 대답하지 못하는 경우가 많습니다. 놀라운 일이죠. 아주 어렵고 복잡한 공안을 공부하고 있으면서, 오히려 무척 단순한 공안에는 답하지 못합니다. 그러니까, 오래된 제자들은 단순한 공안을 받은지 이미 몇 년이 지났기 때문에 답을 까먹은 겁니다. 공안 수행이 죽었다는 증거이지요.

공안과 같은 상황에 마주칠 때마다 그것은 늘 새로운 것이어야 합니다. 지금 이 순간일 뿐이죠. 그러니까 전에 대답을 해보았는지, 해보지 않았는지는 아무런 상관이 없습니다. '전에는 어떻게 대답했었지?' 하고 생각하는 것 자체가 이미 실수입니다. 공안은 지금 이 순간입니다. 공안은 새로운 것입니다. 똑같은 공안을 백 번을 물어보아도, 그리고 그 공안에 백 번 답했던 적이 있더라도, 설사 그 답들을 기

억한다 하더라도, 지금 이 순간의 답을 해야 합니다. 지금 이 순간은
매우 중요합니다.

　이런 초심자의 마음과 오래된 제자의 마음은 아주 다릅니다. 모두
조심하면서 이 초심자의 마음을 지켜야 합니다.

Camouflage
Acrylic & Oil | on canvas 91×116.7cm | 2008

고통이 오거나
행복이 오거나

🌸

부처님이 살아 계시던 시절, 하루는 손님이 부처님을 찾아와 이렇게 물었습니다. "부처님, 부처님의 가르침은 무엇입니까?" 부처님은 가부좌를 한 상태 그대로 앉아 계셨을 뿐, 아무런 말도 하지 않았습니다. 오직 침묵뿐이었죠. 그러자 손님은 무척 기뻐하면서 고개를 깊숙이 숙여 절하고는 말했습니다. "부처님이여, 부처님의 거룩한 지혜가 제 눈에 진리를 보여주었습니다!" 그러고서는 떠나갔습니다.

부처님의 제자 중 하나, 아난다는 혼란에 빠졌습니다. '무슨 일이 일어난 거지?' 그리고 부처님께 여쭈었습니다. "방금 일어난 일이 무엇이었기에 이 남자가 그토록 기뻐했습니까?" 속으로는 '이 사람이 도대체 무엇을 얻은 걸까?'라고 궁금해하면서요.

부처님은 이번에도 아무런 답을 하지 않았습니다. 그저 조용히 앉아 계실 뿐이었죠. 그러고 나서 부처님은 말씀하셨습니다. "이 남자는 명마와 같구나. 채찍의 그림자만 보아도 달리기 시작하는 명마와 같구나."

이 이야기의 남자와 같은 사람들도 있습니다. 이런 사람에게는 고통도, 고통이 없는 것도 아무런 문제가 되지 않습니다. 고통의 조짐만

으로도 깨어나죠. 이런 사람에게는 고통의 그림자를 보는 것만으로
도 충분하기 때문입니다. 하지만 대부분의 사람들은 아주 둔한 말이
죠. 채찍질을 해야만 달리기 시작합니다.

저는 형을 사랑합니다. 하지만 형은 살면서 많은 실수를 저질렀고
많은 고통을 겪었죠. 하루는 어떤 사람이 제게 이렇게 말했습니다.
"오, 선사님의 형은 너무나 많은 고통을 겪고 있어요!" 저는 답했습니
다. "아직 모자라요, 더 겪어야 합니다." 이 사람은 제게 정말로 화가
났죠. "선사님, 왜 그런 말을 하셨죠? 선사님의 형은 아주 좋은 사람
입니다. 형을 미워하시나요?"

저는 말했죠. "아니요, 그 반대입니다. 저는 형을 사랑하기 때문에
그렇게 말했습니다. 형에게는 더 많은 고통이 필요해요. 지금까지 받
은 고통으로는 모자랍니다. 형은 아직 깨어나지 않았으니까요."

대부분의 사람들에게는 같은 이유 때문에 고통이 필요합니다. 아
시다시피 삶에는 행복도 있고 고통도 있죠. 하지만 일부 우수한 사람
들에게는 행복도 고통도 필요하지 않습니다. 이런 사람들은 무엇에
서든 배웁니다. 예를 들어, 우수한 선수행자라고 치죠. 우수한 제자
에게는 고통이나 행복 모두가 정진에 도움이 됩니다. 그리고 무엇보
다 이런 제자는 늘 열렬히 수행하죠.

안타깝게도, 대부분의 제자들은 이렇게 뛰어나지 않습니다. 보통

의 제자들은 삶에 문제가 있기 때문에 선 센터를 찾죠. 그러고는 수행하고, 수행하고 또 수행합니다. 그러고 나면 삶이 보다 명료해지고, 모든 것이 나아지고 나아지고 또 나아집니다. 그렇게 시간이 흐르다 보면 선을 이해하게 되고, 삶이 괜찮아지고, 모든 것이 괜찮아집니다. 그러면 수행도 그만두죠. 간혹 가다 이렇게 생각하는 겁니다. "이야호! 모든 게 수행이라고 했지, 이제 모든 것이 잘 풀리는군." 이렇게 게으른 마음을 먹죠.

관음선종에 이런 지도법사가 있습니다. 비교적 최근에 지도법사가 되었는데, 제가 아주 오래전에 알았을 때는 무척 열심히 정진하는 사람이었습니다. 그때 저는 이 사람이 얼마 안 지나면, 저보다 훨씬 먼저 지도법사가 될 거라고 생각했죠. 그러던 어느 날 이 사람은 갑자기 선 센터에서 사라졌습니다. 그리고 십 년이 지나서 이 사람은 또 갑자기 다시 선 센터에 나타나서, 무척 열심히 수행하더니 마침내 지도법사가 되었죠. 그러고는 프로비던스 선 센터를 찾았습니다. 저는 이 사람에게 물었죠. "어느 날 갑자기 선 센터를 떠나셨었죠. 왜 그러셨나요?"

그 사람은 이렇게 말했습니다. "오, 그렇죠, 그때는 그랬죠. 저는 너무 바빴어요. 의사 일을 비롯해서 여러 가지 일이 있었죠. 아, 그리고 여자가 생겼어요." 어느 순간부터인가 삶이 무척 풍요로워졌죠.

그는 성공했고, 큰 병원의 피부과 주임이 되었고, 그것 말고 따로 개인 치료도 병행하면서 돈을 아주 많이 벌었고, 게다가 좋은 여자까지 만났으니 더 바랄 것이 없이 근사한 삶이었죠. 그러므로 선, 선 센터, 수행, 정진, 이런 건 모두 사라졌죠. 그 사람은 이 근사한 삶을 즐기고 있었습니다.

그래서 저는 물었습니다. "그러면 왜 선 센터에 돌아왔죠?"

그는 말했습니다. "어, 그러니까, 간단히 말하면 삶이 저를 걷어찼죠." (웃음) 저도 정확히 무슨 일이 일어났는지는 모릅니다. 물어보지 않았으니까요. 그 상황에서는 굳이 물어볼 필요가 없었습니다. 엄청난 고통이 그 사람의 삶에 찾아왔다는 것을 알 수 있었으니까요. 아시다시피, 사람은 누구나 이 세상이 고통으로 가득한 곳이라는 걸 알고 있어요. 단지 이 고통은 늘 멀리 있고 대개는 우리를 찾아오지 않을 뿐이죠.

언론 덕분에 우리는 아주 먼 곳의 비극도 볼 수 있고, 이럴 때 감정이 일기도 합니다. 예를 들어, 지난 번에 쓰나미가 있었을 때에는 도움이 말 그대로 쏟아졌죠. 사람들이 여기저기서 많은 돈을 냈습니다. 하지만 결국에는 다른 흥미로운 일이 생겼고 이 비극은 점차 뉴스에서 사라져갔습니다. 무엇이 일어나든 그것은 먼 곳의 일이었고, 우리와는 큰 상관이 없다고 생각하는 거죠.

그러므로 간혹 좀 더 직접적인 고통이 필요할 때도 있습니다. 가족에게 무슨 일이 일어나고, 그로 인해 모두가 깊은 충격을 받거나, 아니면 곧바로 자신에게 무슨 일이 생기는 거죠. 제가 말하는 고통이란 바로 이런 것입니다. 여기에서는 교훈을 얻을 수 있죠. 어떻게 보면 행복이 찾아올 때가 가장 큰 위기입니다. 행복에서 무언가를 깨닫는 것, 이걸 할 수 있다면 그것이야말로 정말 훌륭한 정진입니다.

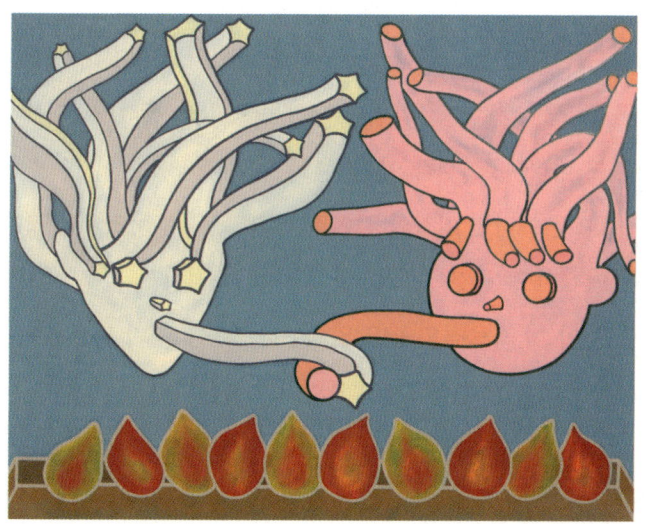

Piping hot talk
Acrylic & Oil | on canvas 91×116.7cm | 2007

나는
누구인가?

숭산큰스님께서는 이런 말씀을 하셨습니다. "만들지 말고, 집착하지 말며, 평가하지 말고, 원하지 마라." 이 네 가지 가르침을 성실히 따르면 수행이 강해집니다. 사람들은 늘 무엇인가를 만들고, 만든 것에 집착하고, 그것을 계속 평가하는데, 그러다 보면 욕망 즉 무엇인가를 원하게 되고, 이 욕망 때문에 또 무엇인가를 만들고 집착하고 평가하고 욕망은 그렇게 계속 불어납니다. 이게 사람의 보편적인 버릇이죠.

우리의 수행은 바로 이런 버릇을 없애기 위한 것입니다. 만일 모든 사람이 '나는 누구인가?'라는 큰 질문을 품고 있다면, 그리고 진심으로 답을 찾는다면, 곧 오직 모르는 마음이 나타납니다. 이 오직 모르는 마음은 모든 생각을 잘라냅니다. 모든 생각을 잘라내면 생각 이전의 마음이 나타나죠. 생각 이전의 마음을 계속 지켜낸다면 아무것도 만들지 않고, 그러면 집착할 것이 없어지고, 평가할 것도 없으며, 욕망도 일어나지 않을 것이고, 곧 원할 것이 없습니다.

사실은 이 네 가르침도 필요 없습니다. 이 네 가지 가르침은 '나는 누구인가?'라는 큰 물음에 이미 포함되어 있습니다.

숭산큰스님에게 마지막으로 이 설법을 들은 것은 일 년 전이었습니다. 한 달 동안 안거에 들기 위해 한국을 찾았지요. 겨울안거의 마지막 한 달이었습니다. 한국 관음선종은 각각 세 곳의 선 센터에서 안거를 나누어 진행하는데, 안거가 끝나면 모든 제자들이 서울의 화계사로 모입니다. 제자들이 화계사에서 숭산큰스님을 만나 삼배를 올리고 나면 숭산큰스님께서 설법을 하시는 것이 하나의 전통이었지요.

제자들은 모두 큰 방 하나로 안내받았습니다. 저희가 모두 자리에 앉고 나서, 사람들이 숭산큰스님을 방 안으로(숭산큰스님은 혼자서 움직이실 수 없었습니다) 모셔왔습니다. 저희는 삼배를 올렸고, 숭산큰스님께서는 짧게 설법을 마치시고서는 질문을 받기 시작하셨습니다.

제게는 무척 흥미로웠는데, 숭산큰스님께서 가르치는 방식이 처음 미국에 오셨을 때 제자들을 가르치던 방식과 정말 똑같았기 때문입니다. 사람들이 질문을 물을 때마다 "누굽니까?"라고 말씀하시는 것도 똑같았죠. 숭산큰스님의 가르침은 기본적으로 '너는 누구인가?'에 관한 것이었습니다. 어떤 질문을 하든, 오직 '너는 누구인가?'였죠. 그건 정말로 훌륭한 설법이었습니다.

그러니까 '나는 누구인가?'라는 질문을 끝까지 간직하세요. 그러면 이 모든 가르침이 그대와 함께할 것입니다. 모든 가르침은 바로 이 질문에 담겨 있습니다.

지혜의
단상들

Ssh~!
Acrylic & Oil | on canvas 130.3×324cm | 2008

생각하지 마라

무술에서는 깊게 생각하지 말라고, 고민하지 말고 생각하지도 말라고 가르칩니다. 하지만 생각하지 않는 것에는 두 가지 종류가 있습니다. 생각하지 않으려고 노력하는 사람은, 다른 사람이 공격을 해올 때 움직이지 못하고, 방어하지도 못한 채 그냥 얼어붙어 있습니다. 이건 생각하지 않는 것을 잘못 이해한 것입니다.

생각하지 않는 것의 또 다른 종류는, 역시 생각하지도 않고 고민하지도 않지만 움직일 수 있고 무엇이든 할 수 있는 상태입니다. 누군가 공격해오면 방어할 수 있습니다. 처음 말한 '생각하지 않는 것'은 생각하지 않는다는 것에 집착하는 상태입니다. 진짜로 생각이 없어지는 것은 아니죠. 나중에 말한 것은 완전히 유연하고, 완전히 열린 상태입니다. 이것이 바로 '생각하지 않는 것'의 올바른 상태입니다.

그리고 오직 모르는 마음 역시 두 종류가 있습니다. 작게 모르는 마음은 이렇습니다. "그래, 이 일을 해야 되는데, 어떻게 해야 될지를 모르겠어⋯⋯." 또는 누군가 "이러저러한 곳에 어떻게 가야 하나요?"라고 물었을 때 모르겠어, 설명할 수 없어, 난 잘 모르겠어라고 대답하는 것이죠. 당황하고 있다면, 그 마음은 작게 모르는 마음일 뿐입니다.

작게 모르는 마음은 중요하지 않습니다. 중요한 것은 크게 모르는 마음입니다. 큰 질문을 가지고 있는 사람에게는 크게 모르는 마음이 생겨납니다. 크게 모르는 마음을 가진다는 것은, 마음이 보다 깨끗해지는 것을 뜻하고, 마음이 깨끗해지면 모든 것이 깨끗해집니다. 그러고 나면 바른 행동, 바른 말, 모든 것이 생겨날 겁니다. 얼어붙는 것이 아니에요. 아시겠습니까?

Central park
Acrylic & Oil | on canvas 130.3×194cm | 2012

평화

사람들은 늘 평화를 말합니다. 많은 사람들이 평화를 위해 다투지요. 또 많은 사람들이 평화를 위해 죽어갑니다. 가끔씩은 싸우는 양쪽 모두가 평화를 위해 싸우며 서로를 죽이기도 합니다.

전설에 따르면 부처님은 태어나실 때 어머님의 뱃속에서 뛰쳐나왔다고 합니다. 그러고는 곧장 두 발로 일어섰습니다. 손 하나로는 하늘을 가리키고, 손 하나로는 땅을 가리켰습니다. 그러고는 이렇게 말했답니다. "천상천하 유아독존(天上天下唯我獨尊)." 하늘 위에도 하늘 아래에도 오직 나만이 존귀하다는 뜻입니다.

많은 법맥을 거쳐, 조주스님은 부처님의 탄생에 대해서 이렇게 말했습니다. "내가 그곳에 있었다면 주장자를 들어 부처를 때려죽인 다음 그 몸은 배고픈 개한테 주었을 것이다. 그랬다면 지금 온 세상이 평화로울 것이다."

그렇다면 어떤 평화를 말하는 걸까요?

아기 부처님의 말은 어쩌면 아주 나쁜 말일지도 모릅니다. 모든 사람이 평화를 바라죠, 하지만 동시에 모든 사람이 의견과 생각을 가지고 있습니다. 어떤 의견이고 어떤 생각인지는 중요하지 않습니다. 불자의 의견, 또는 불자의 생각을 가지는 것도 도움이 되지 않습니다. 특히 종교에 관련된 경우에는 생각을 가지는 것 자체가 위험합니다.

사람은 누구나 평화를 바라지만, 이는 '자신이 생각하는 평화'를 바라는 것입니다. '자신이 생각하는 평화'를 바라는 사람은 결코 평화를 얻을 수 없습니다. 그러나 자신의 생각을 버리면, 즉시 온 세상이 평화로워지죠.

부처님과 조주스님 모두 아주 좋은 가르침을 남기셨습니다. 실로 간단한 가르침이죠. 지금 이 순간, 모든 생각을 버리세요. 그러면 평화는 이미 그대 안에 자리 잡고 있을 겁니다. 평화는 그대의 것이 됩니다. 그러면 선의 모든 수행이 끝나는 거죠.

아하!
✿

한국의 스님들은 전통을 따라 매년 두 번씩 세 달간의 안거에 들어갑니다. 안거에 드는 것을 결제라고도 하죠. 안거를 하던 도중 어느 날 만공스님은 정원을 산책하고 있었습니다. 마침 정원에는 출가하지 않은 일반인이 일하고 있었습니다. 이 사람은 만공스님께 물었습니다. "제발 가르쳐주세요, 스님. 이 스님들은 하루 종일 방석에 앉아서 벽을 보면서 도대체 뭘하는 건가요?"

만일 당신이 만공스님이었다면 이 사람의 질문에 어떻게 답하실
건가요?

"아무것도 하고 있지 않습니다."라고 말한다면, 그것도 이미 대답
하는 거지요. 그 사람은 당신을 한 대 치고 이렇게 말할 겁니다. "스
님, 정신 차리세요!"

어쩌면 오늘 밤에는 좋은 답을 생각해낼 수 없을지도 모릅니다. 내
일부터 우리는 3일 동안의 안거에 들어갑니다. 안거를 해제할 즈음,
즉 끝낼 즈음에는 좋은 답이 나타날지도 모르죠. 공안의 답은 일종의
선물입니다. '오직 모르는 마음'이라는 선물이죠. 답을 이해하지 못해
도 괜찮아요. 답이 잘 이해되지 않는다면 오직 모르는 마음을 계속 가
지세요. 오늘은 오직 모르는 마음이 그렇게 강하지 않을지도 모릅니
다. 아직도 마음속에 많은 분노와 욕망과 무관심이 있죠⋯⋯. 하지만
오직 모르는 마음으로 돌아오기를 반복한다면, 모르는 마음이 점점
자라나기 시작할 겁니다. 오직 모르는 마음이 커질수록 욕망과 분노
와 무관심은 천천히 천천히, 줄어들고 줄어들고 또 줄어들 거예요. 계
속 정진하세요. 정진이란 오직 모르는 마음으로 계속 돌아오는 것입
니다. 그리고 어느 날, 꽝하고 무한한 시간과 공간이 펼쳐집니다. 그

럼 저절로 (바닥을 치며) "아하!"라는 말이 나올 거예요.

사람들은 순간순간마다 점점 늙어가고 있습니다. 이 몸은 곧 있으면 죽겠죠. 몸이 죽기 전에, 방금 말한 "아하!"라는 순간을 한 번쯤은 가져야 합니다.

오늘 밤 여기에 모인 여러분 모두는 이 자리에 오기 위해 무엇인가를 포기하셨습니다. 그 말은, 여러분 모두가 마음속에 이 질문을 이미 품고 있다는 것입니다. 여기 모인 분 모두가 이미 '오직 모르는 마음'을 가지고 있습니다. 필요한 것은 여러분에게 이미 다 있습니다. 가꾸기만 하면 될 뿐이에요. 이는 마치 정원과 같습니다. 씨는 이미 심어져 있어요. 씨를 잘 가꾸면 곧 나무로 자라서 열매를 맺을 겁니다. 열매는 새로운 나무로 자라날 수 있습니다. 한 개의 나무가 열매를 맺기만 한다면 여러 나무가 자라날 수 있어요. 여러분의 수행이 열매를 맺게 된다면, 곧 여러 존재를 돕는 것입니다. 열매를 심으면 또 나무가 자라나겠지요.

우리는 모두 그저 한 사람에 지나지 않습니다. 세상에는 이런 한 사람 한 사람이 수십억 명이나 있습니다. 하지만 수행의 힘은 강합니다. 한 사람은 더 이상 한 사람이 아닙니다.

여러분이 삶의 모든 순간에서 "나는 누구인가?"라는 질문을 곱씹었으면 합니다. 이것은 어린아이 질문이에요. 아주 기초적이고 유치한 질문이에요. 여러분이 그렇게 노력하고 노력하고 또 노력하여, 그렇게 유치함을 얻었으면 합니다. 이 유치함을 얻는 순간 모든 것이 가능해집니다. 어느 날 "아하!"를 깨닫게 되고, "아하!"로 다른 사람들을 돕게 될 겁니다.

진정한
종족

캘리포니아에 살던 때가 아직도 기억납니다. 꽤 어렸던 시절인데, 저는 친구와 함께 창고를 하나 빌려서 자동차 수리하는 일을 시작하기로 했습니다. 하루는 제가 실수를 해서 전기 퓨즈가 나가고 말았습니다. 하지만 마침 그때 집 주인이 나가고 없었기 때문에 아무것도 할 수 없었죠. 집 주인이었던 여자가 마침내 돌아왔는데, 그제야 저희는 창고만이 아니라 온 집의 전기가 나갔다는 사실을 알게 되었습니다. 모두 그 퓨즈 하나 때문이었죠. 주인 여자는 냉장고의 냉동실에 들어 있던 음식들까지 모조리 녹은 걸 보자 격노했습니다. 창고로 곧장 와서는 저희를 쫓아내면서 이렇게 말했어요. "외국 놈들아, 네 나라로 꺼져!" 정말 웃기는 점은, 바로 이 여자가 중국인이었다는 겁니다! (요란한 웃음소리) 그리고 그 여자보다는 제가 영어를 잘했는데도요! 하지만 이 여자는 스스로를 미국인으로 여기는 동시에 저는 진짜 미국인이 아니라고 보았던 거죠. 물론, 미국 원주민들은 '미국인' 모두가 진짜 미국인이 아니라고 할 권리가 있습니다. 하지만 사람들은 이렇게 늘 서로를 다른 종족으로 분류하죠.

관음선종의 개산조(開山祖) 숭산큰스님께서는 이것을 '동물의 마음'이라고 부르셨습니다. 동물들은 늘 자기들끼리만 어울리고 다른 동물과는 어울리지 않습니다. 사자는 사자끼리, 표범은 표범끼리, 뱀은 뱀끼리만 어울리죠. 그리고 다른 동물이 나타나면 잡아먹습니다. 요즘 사람들은 이렇게 동물처럼 행동합니다. 세르비아인은 세르비아인만 좋아하죠…… . 아, 러시아인도 조금 좋아할 수 있겠네요. (웃음) 세르비아인들은 원래 미국인을 좋아했어요! 지금은 아니지만요.

사람들의 관계는 늘 이렇게 꼬여 있죠. 그러므로 수행은 아주 중요한데, 수행으로 이런 동물의 마음을 없앨 수 있기 때문입니다. 그러고 나면 진정한 종족을 이룰 수 있습니다. 우리의 본성에는 경계가 없습니다. 경계는 사람들이 만들어낸 것이죠. 폴란드인이라든가, 미국인이라든가, 프랑스인이라든가 하고 말이죠. 진정한 본성에는 그런 경계가 없습니다. 진정한 본성은 늘 조화를 이루고 있습니다. 진정한 본성 속에서는 온 우주가 하나로 합쳐집니다.

Letis shake on it!
Acrylic & Oil | on canvas 116.7×91cm | 2011

좌선과 절

🌸

일본의 불교 명상 종파에서 사람들을 가르치는 친구가 있습니다. 이 친구가 하루는 저를 회의에 초대했습니다. 회의를 하는 동안 질문하고 답하는 시간이 여러 번 있었습니다. 한 번은 어떤 사람이 절을 하면서 수행하는 것에 대해서 물어보았는데, 그 명상 종파에서는 절을 하지 않았기 때문입니다. 저는 그때 대부분의 사람들에게는 절 수행법이 앉아서 명상하는 좌선보다 낫다고 답했는데, 앉아 있는 동안 사람들은 생각하고, 생각하고 또 생각하기만 합니다. 하지만 절하는 동안에는 몸을 움직여야 하는 동시에 마음도 수행이 되죠. 전체적으로 보았을 때 절을 하는 동안에는 별 생각이 들지 않습니다.

그리고 또 다른 날, 질문하고 답하는 시간이 돌아왔습니다. 그 선 센터의 주지는 약간 화가 났는지 제게 이렇게 물었습니다. "저번 회의에서는 참선보다 절이 더 좋은 수행이라고 하셨죠. 하지만 좌선은 가장 높은 단계의 수행법입니다. 어떻게 좌선보다 더 나은 수행이 있다고 말씀하실 수 있죠?"

저는 이렇게 되물었습니다. "좌선이 뭔지 좀 알려주실래요?" 그 여자는 곧장 가부좌를 틀고 앉았습니다. 그리고 나서 제가 웃고 있는 것을 보았죠. 여자는 잠시 생각에 잠기더니 말했습니다. "아, 잘 모르겠어요."

저는 말했습니다. "예, 몸의 한 자세에만 집착해 있다면, 그것은 몸으로 하는 좌선일 뿐입니다. 진짜 좌선이 아니에요. 가만히 앉아 있기로만 한다면 암탉을 이길 사람이 없죠! 몸을 움직이지 않는 것은 그렇게 중요하지 않아요. 하지만 마음을 지키는 것은 무척 중요합니다. 걷고 있든, 절을 하고 있든, 달리기를 하든, 먹고 있든, 마음이 고요하다면 그것이 바로 좌선입니다."

그러자 모두 즐거워했습니다. 좌선을 이렇게 이해한다면, 모든 수행이 같다는 것도 이해하실 수 있겠죠?

늘
그대 앞에
있다

❋

선의 가르침은 아주 단순합니다. 선 센터에 있었는데, 하루는 어떤 사람이 저에게 이렇게 물었습니다. "선사님 그거 아세요? 선사님의 가르침은 너무 뻔해요." 그렇습니다, 저희가 사람들에게 가르치는 것은 진정한 자신을 찾으라는 것 밖에 없으니까요. 당신은 누구입니까? 이렇게 물어보면 모든 사람이 "잘 모르겠네요!"라고 답합니다. 그리고 저희가 "그 모르는 마음을 간직하세요."라고 말합니다. 이게 다니까, 단순하기는 단순하죠. 하지만 사람들은 코앞에 있는 것도 알아보지 못하는 경우가 있습니다.

이슬람교의 수피교파에는 이런 이야기가 전해집니다. 한 남자가 매일 아침 당나귀 여러 마리를 몰고 국경을 넘어가서 무슨 거래를 하고 저녁에 다시 돌아왔습니다. 국경에서 아침마다 세관 근무를 서는 관리는 이 남자가 분명 밀거래에 연루되어 있을 거라고 생각했죠. 관리는 매일 아침 당나귀들을 털끝 하나하나까지 샅샅이 뒤졌지만, 아무것도 찾아낼 수 없었죠. 시간이 흘러 관리도 남자도 모두 은퇴했습니다. 그리고 어느 날 우연히 서로를 만나게 되었죠. 세관 관리는 이렇게 말했습니다. "이봐, 내가 세관 관리를 하던 때 얘기긴 하지만, 난 자네가 틀림없이 무언가를 밀거래하고 있을 거라고 생각했네. 자네도 이제 일을 그만두지 않았나? 좀 알려주게, 밀거래를 했나, 안 했나?" 그러자 남자가 말했습니다. "당연히 밀거래를 했지!" 관리가 물었습니다. "도대체 뭘 밀거래한 거야?" 남자가 답했습니다. "당나귀!" (웃음)

대략 이런 식이죠.

숭산큰스님께서도 이렇게 말씀하신 적이 있습니다. "진정한 스승은 늘 네 앞에 있다."라고 자주 말씀하시곤 하셨죠. 지금 여러분 앞에는 무엇이 있나요? 여러분이 보고, 듣고, 냄새를 맡고, 맛보는 것이 있겠죠. 그게 이미 진정한 스승입니다. 이 스승이 무엇을 가르치냐고요? 이 스승이 가르치는 것은 그게 다입니다. 하지만 자신의 눈과 귀와 코와 혀 같은 것을 믿을 수 있게 되기까지는 수행이 무엇보다 중요합니다. 정진의 진정한 목적이 바로 그것이기 때문입니다. 진정한 자기 자신을 백 퍼센트 믿는 것이 그것입니다. 진정한 자신을 백 퍼센트 믿는다면, 눈도, 귀도, 코도, 혀도 믿을 수 있어요.

자신을 완전히 믿게 되면, 이 벽을 볼 때는 벽과 하나가 됩니다. 하늘을 볼 때는 하늘과 하나가 됩니다. 하늘과 나 사이에 아무것도 없다는 뜻입니다. '나 또는 나의 것'이 없다는 뜻입니다. 이건 무척 중요한데, 지금 우리가 살고 있는 세상이 문제로 가득 차 있기 때문입니다. 이런 문제들의 원인이 무엇인가요? 정치를 못해서 그런 건가요, 경제가 안 좋아서 그런 건가요? 어떤 원인을 찾아내든, 그 뒤에는 또 다른 원인이 있습니다. 방금 말한 정치를 예로 들어 보면, 정치를 못하는 이유는 무엇일까요? 뒤에 숨은 원인을 추적하고 추적하면, 모든 원인을 일으키는 두 가지를 찾아낼 수 있습니다. 바로 '나, 나의 것'입니다.

'나와 나의 것'은 어디에서 시작되는 걸까요? 데카르트는 이렇게 말했습니다. "나는 생각한다, 고로 나는 존재한다." 이 모든 것은 우리의 생각에서 비롯됩니다, 즉 세상의 모든 문제는 우리의 생각에서 시작된다는 것이죠. 생각을 버리면 어떻게 될까요? '내'가 사라지고, '큰 나'가 나타납니다. 우리는 이 '큰 나'를 보살이라고 부르기도 합니다. '작은 나'가 사라지고 나서야 비로소 다른 사람을 위한 행동이 생겨납니다. 깨달음을 얻거나, 사랑과 자비를 얻는 것은 특별한 것이 아닙니다. 사람들은 누구나 이런 것들을 이미 다 가지고 있어요.

비유하자면, 수행은 이미 있는 것을 다시 발굴하는 것과 같습니다. 우리가 발굴하는 것이 바로 인류의 진정한 유산입니다. 우리는 모두 사람이기에, 백 퍼센트 온전한 사람이 되어 이 유산을 찾는 것이 우리에게는 무엇보다 중요합니다. 모두 바르게 정진하기를 빌겠습니다. 수행하다 보면 모든 순간이 보다 명료해질 것이고, 어느 날인가 완전히 명료해지면서 깨달음을 얻어 모든 존재를 고통에서 구해낼 것입니다. 지금 빨리 시작하세요!

잠선

선심초심은 스즈키 슌류가 쓴, 널리 읽히는 책의 제목입니다. 이 책은 주로 소토 젠 즉 일본에서 주로 알려진 조동종의 수행법을 다루지만, 초심을 끝까지 지키는 것은 종파의 경계를 초월한 가르침입니다.

우리 관음선종에서는 이것을 '오직 모르는 마음'이라고 부르지만, 중요한 것은 명칭이 아니라 진리를 찾아가는 과정에서 정말 진지한 마음을 가지는지, 모든 것을 받아들일 준비가 되어 있는지입니다. 바로 처음 수행을 시작했을 때 가지는 마음이죠. 안타깝게도, 오래된 제자는 '잠선'이라는 병에 걸리는 경우가 많습니다. 애초 가지고 있던 물어보는 마음이 전부 사라지거나 혹은 사라지기 직전의 상태를 말하지요.

얼마 전에, 제 친구 한 명에게 이렇게 말한 적이 있습니다. 의사 일이 분명 많은 사람에게 도움을 주는 것이긴 하지만, 그렇다고 수행을 게을리하면 안 된다고요. 그러자 친구는 자기 일이 곧 수행이라고 말했습니다. 물론 일을 수행으로 삼는 것은 정말 훌륭한 것이지만, 머리로 이해하는 것과 실제로 하는 것 사이에는 엄청난 간극이 있습니다. 오래전 위대한 스승 한 분은 이렇게 말했습니다. "혀에는 뼈가 없다." 말로는 무엇이든 할 수 있지만, 매일 꾸준히 수행하고 주기적으로 용맹정진에 참여하더라도 제 친구가 말한 경지까지 오르는 것은 결코 쉽지 않습니다. 그리고 수행이 무척 깊은 사람에게도, 앞으로 어느 방향으로 정진해야 하는가라는 의문이 남습니다. 이것은 나를 위한 것인가, 아니면 다른 사람을 위한 것인가? 다른 사람을 위한 것이라면, 어떻게 해야 가장 효과적으로 도움을 줄 수 있을까? 몸을 고치는 것도 그중 하나겠지만 늘 그런 것은 아닙니다. 몸이 전부가 아니기 때문에 선 센터에 머물며 수행하는 제자들이 있고, 선 센터에 머무르지 못하더라도 주기적으로 용맹정진이나 안거에 참여하는 분들이 있는 겁니다.

부처님께서는 '중도'를 따르라고, 어떤 극단도 피하라고 가르치셨습니다. 살아가면서 하는 여러 가지 일의 균형을 맞추라는 뜻이기도 하지요. 균형이 무엇인지, 어떻게 맞추는 것인지 잘 모르겠다면, 그것을 알기 위해서라도 계속 정진해야 합니다. 삶의 모든 순간에서 다양한 형태의 수행을 해야 합니다. 물론, 삶의 모든 순간을 수행으로 삼는 것은 쉬운 일이 아니지요.

방거사는 중국의 유명한 거사 중 하나인데, 전설에 따르면 방거사의 가족 모두가 깨달음을 얻었다고 합니다. 방거사는 어느 날 가족에게 이렇게 말했습니다. "어렵구나, 어렵구나, 어렵구나! 나무에 열 말의 참깨를 없는 것만큼 어렵구나!" 그러자 아내가 받아쳤습니다. "쉽구나, 쉽구나, 쉽구나! 침대에서 일어나 바닥에 발을 디디는 것만큼 쉽구나." 그리고 딸이 말했습니다. "어렵지도 않고 쉽지도 않아요, 풀잎 끝마다 모든 스님의 가르침이 깃들어 있어요."

방거사 가족 사이에서 오간 말을 제대로 이해한다면, 우리는 생활 속에서 정진할 수 있고 또한 정진 속에서도 생활을 찾을 수 있습니다.

또, 방거사 가족의 말은 모두 날카로운 화살과 같지만, 과녁을 맞춘 화살은 하나도 없다는 것도 알 수 있죠. 모든 스님의 가르침을 어떻게 얻을까요? 모든 가르침을 얻는다는 것은, 우리가 처음 수행을 시작하며 가졌던 마음을 모든 순간에 가진다는 것입니다. 끝까지 초심을 지킨다면 '오래된 제자 증후군'을 미연에 방지하고, 가장 떨쳐내기 힘든 '잠선'도 이겨낼 수 있습니다.

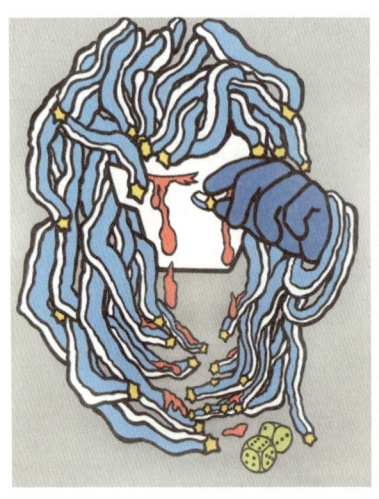

Sad Mayo
Acrylic & Oil | on canvas 91×73cm | 2012

Sad Mato
Acrylic & Oil | on canvas 91×73cm | 2012

아픔으로
수행하라

✿

　전해져 내려오는 이야기에 따르면, 싯다르타 왕자는 네 명의 사람을 보고 크게 느낀 바가 있어, 호화롭고 편안한 생활을 버리게 되었다고 합니다. 싯다르타 왕자는 늙은 사람, 아픈 사람, 죽은 사람, 그리고 수행자를 보았습니다. 처음 세 명을 보고는 삶이 영원하지 않다는 것을 깨달았고, 마지막 수행자에게서는 진리를 찾아야 한다는 생각을 얻게 되었습니다. 싯다르타 왕자는 아픔과 늙음을 직접 경험하기에는 아직도 한참 젊고 건강했지만, 늙어가는 것과 질병이 사람의 삶에서 얼마나 큰 역할을 하는지를 곧바로 깨달았죠.

　안타깝게도 사람들은 대부분 그렇게 사려심이 깊지 않기 때문에, 늙음과 질병을 직접 경험해 보고 나서야 멈추어 서서, 자신의 삶을 그리고 삶의 방향을 되돌아봅니다. 저는 심장마비를 겪었던 사람을 여러 명 만났는데, 심장마비가 있고 나서야 비로소 삶의 모든 순간을 소중히 여기기 시작했다고 하더군요. 그리고 대개는 심장마비에 고마워했습니다. 자신이 기존에 가지고 있던 가치관이 얼마나 부질없던 것인지를 깨닫게 되었다고요.

　불제자들에게 병은 마음을 비울 기회에 지나지 않고, 실제로도 병

지혜의
단상들

81

에 걸리는 것은 그 어떤 수행과도 다른 것이 아닙니다. 아픔으로 수행하는 것은 그 무엇보다 소중한 경험인데, 정진하는 사람들조차 몸이 사라질 위기나, 몸이 제대로 기능하지 못하게 되는 위험을 겪기 전까지는 욕망을 쉽게 버리지 못하기 때문이지요. 벽암록에는 아픔으로 수행하는 것에 대해 재밌는 이야기가 하나 나옵니다.

옛날 옛적, 마조스님은 큰 병을 앓으셨다고 합니다. 마조스님이 기거하던 절의 주지스님은 어느 날 마조스님을 찾아 이렇게 물었습니다. "스님, 요즘은 몸이 좀 어떠십니까?" 좋은 마음에서 우러나오는 질문 같지만, 사실 그렇게 좋은 질문은 아닙니다. 이 주지스님은 마조스님같이 유명한 큰스님에게는 필시 신통력이 있을 거라고 생각했습니다. '왜 이런 큰스님이 손 하나 까딱 못하고 몸져 누워 있는 걸까?' 주지스님은 절에서 일어나는 모든 일을 알고 있었고, 마조스님의 몸 상태 정도는 이미 다 알고 있었기 때문에 굳이 물어볼 필요도 없었습니다. 단지 스승을 시험하고 싶었을 뿐이지요.

마조스님은 이렇게 답했습니다. "태양의 얼굴을 가진 부처여, 달의 얼굴을 가진 부처여."

무척 흥미로운 답입니다. 논리적으로 보자면 이건 크게 어려운 답이 아닙니다. 태양의 얼굴이란, 밝고 눈부시게 빛나는 얼굴을 말하죠. 곧 건강을 상징합니다. 달은 창백하게 질린, 아픈 얼굴을 상징합니다. 태양의 얼굴을 가졌든 달의 얼굴을 가졌든, 부처님은 부처님이죠. 하지만 공안 탁마에서 누군가 "이게 무슨 뜻이냐?"라고 묻는다면, 이렇게 논리적인 대답으로는 끝나지 않습니다. 진짜 요점을 찾아서 보여주어야 하죠.

방금 말한 이야기는 아주 유명한 공안입니다. 아픔으로 정진하는 것에 대해 좀 더 긴 이야기가 있습니다.

한국에서 있었던 일인데, 경전이 많은 절에 사는 스님이 있었습니다. 이 스님은 어느 날 다른 스님 두 명과 함께 이런 결론을 내렸습니다. 경전을 읽는 것으로는 충분하지 않다는 것을 깨달았죠. 아직 맛보지도 못한 것에 대한 책을 읽는 거나 다를 바가 없었으니까요. 스님들은, 여태까지 경전을 읽은 것은 마치 배고픈 사람이 맛있는 음식에 대한 책을 읽은 것과 같다고 결론지었습니다. 배고픔은 하나도 사라지지 않았죠. 그러고는 음식을 먹고 허기를 달래려면 수행을 해야 한다는 것에 동의했습니다. 스님들은 함께 절을 떠나서 산 속으로 들어가 자리를 잡고 3년 동안 안거에 들기로 했습니다.

스님들은 약간의 짐만 챙겨서 절을 떠났습니다. 여행길에서 한 마을에 들르게 되었는데, 그중 한 집에서는 스님들을 친절히 맞이하고 머물 곳을 내주었습니다. 그런데 그 집의 아리따운 처자가 그만 스님과 사랑에 빠지고 말았습니다. 겨우 지나가면서 한 번 봤을 뿐인데, 무슨 일이 있어도 스님을 꼭 붙잡아야겠다고 마음을 먹습니다. 딸이 부모님을 찾아가서 자신의 뜻을 밝히자, 부모님은 크게 화를 내며 이렇게 말했습니다. "너는 어떻게 스님이랑 결혼할 생각을 하니?" 하지만 딸은 완강했습니다. 스님과 무슨 일이 있어도 결혼하겠다고 했죠. 그러고는 결혼을 하지 못하면 살 생각도 없다고 말했습니다. 아주 진지하게요. 더 이상 살지 않을 거라고 말했습니다.

당연한 일이지만, 부모님은 큰 고민에 빠졌고, 결국 이 젊은 스님을 찾아갔습니다. 부모님은 먼저 스님께 사과하고는 이렇게 말했습니다. "우리 딸이 그만 미친 것 같습니다, 스님과 사랑에 빠졌다고, 결혼하고 싶다고 하네요. 화내시기 전에, 일단 우리 딸은 지금 아주 심각하다는 점을 알아 주셨으면 합니다. 스님께서 결혼해 주시지 않는다면 자살하겠다고 했습니다."

부모님도 예상하지 못했던 일이지만, 스님은 이렇게 말했습니다. "그렇다면 따님과 결혼하도록 하죠."

그러자 다른 스님들이 들고 일어났습니다. "어떻게 그럴 수 있냐? 우선 그것은 계율, 스님의 계율을 어기는 일이요, 게다가 우리와 한 약속을 어기는 일이기도 하다. 겨우 결혼해서 편안한 속인의 삶을 살기 위해 이 모든 것을 어기는 거냐?"

스님은 이렇게 말했을 뿐입니다. "상관없다. 난 이 여자랑 결혼할 거야."

다른 스님들은 밤을 새우면서 이 스님을 설득했습니다. 다른 스님들은 이 스님의 도반으로서 그저 스님을 진심으로 걱정하는 마음이었죠. 하지만 아침이 되어도 스님의 마음은 바뀌지 않았고, 다른 두 명의 스님은 결국 이 스님을 두고 길을 떠날 수밖에 없었습니다.

두 스님은 그대로 길을 떠나서 안거에 들었고, 나머지 스님은 남아서 그 집의 딸과 결혼했습니다. 딸은 너무 행복했어요. 하지만 결혼하자마자 스님에게는 무슨 일이 일어났습니다, 아니 스님이었던 남자라고 해야겠네요. 이 사람은 곧장 큰 병에 걸리고 말았습니다. 완전히 진이 빠져 아무것도 하지 못하고 그저 침상에 누워 있을 뿐이었습니다. 음식도 제대로 먹지 못했고, 자기 힘으로는 숟가락도 들어 올리지 못했습니다. 여러 의원이 찾아와서 침도 놓고 온갖 보약도 먹여 보았지만 아무런 도움이 되지 않았습니다. 그저 침상에 누워만 있었죠.

기껏 결혼했건만, 딸에게 남편은 아무런 쓸모가 없었습니다. 게다가 병든 남편을 돌보기까지 해야 했으니 고생만 늘었을 뿐이죠. 그런 나날들이 끝없이 이어졌습니다. 하지만 딸은 그저 이 남자가 자신의 남편이라는 것만으로도 행복했어요. 그렇게 3년이 지났습니다.

하루는 누군가 문을 두드리는 소리가 들렸습니다. 문을 열자 다른 두 스님이 서 있었습니다. 안거를 마치고 돌아오는 길이었죠. 스님들은 잠시 들러 친구가 어떻게 지내는지 보고 싶었습니다. 친구가 몹시 아파서 누워 있다는 이야기를 듣자 한 스님은 이렇게 말했습니다. "계율을 어겨서 벌 받은 게 아닐까?" 그렇게 말하자마자, 누워 있던 남자가 안방에서 걸어 나와서 말했습니다. "자네들 목소리를 듣자마자 병이 씻은 듯 낫더군. 나를 아직도 잊지 않아 주어서 고맙네."

남자가 3년 만에 침상을 벗어나자 집안 사람들 모두가 크게 기뻐했습니다. "자네들이 이곳에 온 것만으로, 자네들이 가지고 있는 신통력 덕분에 내가 일어날 수 있었던 것 같아." 스님들은 의아해했지만, 곧 생각했습니다. "뭐 그럴 수도 있겠지." 그 집 가족은 스님들에게 식사와 마실 것을 대접했고, 식사를 마친 두 스님과 남자는 둘러앉아 차를 마시기 시작했습니다. 남자는 스님들에게 이렇게 물었습니다. "자네들이 3년 동안 산에서 수행을 하는 동안 나는 여기서 아프다고 누워 있기만 했군. 정진에 대해서 말해주게나, 무엇을 깨달았나?"

스님들은 그동안 어떻게 수행했는지 말해주었고, 수행이 깊어질수록 그동안 읽었던 경전의 의미가 점점 또렷해졌다는 것도 말했습니다. 스님들은 이렇게 두 시간 정도를 이야기했습니다. 그리고 남자는 마침내 입을 열었습니다. "정말 대단하네. 산 속에서 그렇게 수행을 할 수 있다니. 하지만 아직까지는 부처님 이야기밖에 하지 않았군. 부처님 이야기 말고, 그 속에 든 뼈를 보여주게." 스님들은 그다지 할 말이 없었고, 결국 이렇게 말했습니다. "글쎄, 자네가 더 잘 아는 것 같은데, 말해주지 않겠나."

"그러지." 하고 남자가 말했습니다. 남자는 아내에게 이것저것을 준비해 달라고 말했습니다. 잠시 후 아내는 물이 담긴 병을 세 개 가져왔습니다. 남자는 병 세 개를 대들보에 매달았습니다. 그러고는 말했습니다. "부처님의 마음을 이해했다면, 손을 대지 않고 이 병을 모두 다 깰 수 있겠나?"

첫 번째 스님은 경전에서 신통력에 관한 이야기를 많이 읽었습니다. 하지만 신통력을 구체적으로 어떻게 부려야 하는지에 대해 읽어본 적은 없었죠. 신통력에 대해서는 많이 알았지만, 지금 무엇을 해야 할지는 알 수 없었습니다. 결국 첫 스님은, 나는 병을 깰 수 없다고 말했습니다.

두 번째 스님은 오랫동안 주문을 외우는 수행을 해 왔습니다. 그래서 주문을 외워보았습니다. 온 힘을 다해 주문을 외워보았지만 아무 일도 일어나지 않았습니다. 결국 두 번째 스님도 이렇게 말했습니다. "좋아, 나도 어떻게 해야 될지 잘 모르겠다."

스님들은 남자를 돌아보고는 이렇게 말했습니다. "그토록 현명한 자네가 한번 시범을 보여주지 않겠나?" 남자는 큰 소리로 외쳤습니다. "할!" 그러자 병 세 개가 모두 깨져나갔는데, 그 안에 들어 있던 물은 그대로 매달려서 빙빙 돌고 있었습니다. 스님들은 모두 깜짝 놀랐죠. 남자가 3년 동안 침상에 누워 있던 시간이 헛된 것이 아니었음을 느낄 수 있었습니다.

남자는 나중에 아주 유명한 거사가 되었습니다. 한국에서 출가하지 않은 거사의 신분으로 이름을 떨친 사람은 지극히 드뭅니다.

제가 아는 한, 이 사람은 실존 인물이었던 것 같습니다. 병 세 개 이야기는 사실인지 아닌지 잘 모르겠지만요. 하여튼 이 사람이 아픈 동안에도 수행을 계속했다는 말은 맞는 것 같습니다.

우리는 살면서 많은 가르침을 얻습니다. 하지만 부처님은 오래전에 이렇게 말씀하셨습니다. "고귀한 경전에 나온 글이라고 해서 무조건 믿지 마라. 위대한 사람이 한 말이라고 해서 무조건 받아들이지 마라. 단지 대부분의 사람들이 믿는다고 해서 그것을 믿지 마라. 삶이라는 실험실에서 그 가르침을 실험해보고, 그 가르침이 제대로 된 것인지 확인하고 나서, 그 다음에 그것을 받아들이고 또 믿어라."

여러분도 마찬가지입니다. 여러분은 오늘 밤 제가 한 이야기를 들었고, 여러 가르침을 얻었습니다. 그러므로 여러분도 이 말을 듣는 것으로 만족하지 말고, 제가 한 이야기가 그럴듯하다면 직접 시험해보시기 바랍니다. 여러분의 삶 속에서 제 말을 실험해보세요. 제 말이 거짓이라면, 즉시 내다 버리세요. 하지만 제 말이 쓸모 있다면 그때는 그 가르침을 따르세요. 그리고 그 가르침으로 다른 사람을 도우세요.

모두 그저 마음을 깨끗이 비우시기만을 기원합니다.

Long-term relationship
Acrylic & Oil | on canvas 72.7×91cm | 2009

숭산큰스님의
발자취를 따라

✿

숭산큰스님의 입적은 물론 저희들 그리고 저희를 따르는 제자들에게 큰일이 아닐 수 없습니다만, 결국 한 시대의 끝에 지나지 않습니다. 그리고 숭산큰스님의 가르침은 아주 포괄적이고 널리 적용될 수 있는 성질의 것이었기 때문에, 저희 관음선종만이 아니라 불교계 전반에 걸쳐 큰 영향을 미쳤습니다.

하지만 이제는 저희들만이 남았습니다. 비유하자면, 이제 횃불을 나르는 것은 저희의 몫입니다. 숭산큰스님은 정말 많은 노력을 하셨지만, 세상에는 아직도 너무나 많은 고통이 남아 있습니다. 숭산큰스님은 온 힘을 다하셨지만 결국 하던 일을 마치지 못하고 입적하셨습니다. 이제 그 일을 마무리하는 것은 저희의 책임입니다.

숭산큰스님의 가르침은, 항상 다른 사람을 돕는 걸 근본으로 삼았습니다. 숭산큰스님은 수행의 방법에 대해서는 단 한 마디도 하지 않으셨습니다. 대신 늘 수행의 방향과 수행 그 자체에 대해서 이야기하셨습니다. 수행의 방향이란 곧 다른 사람을, 다른 사람을, 오직 다른 사람을 돕는 것이었습니다. 모두 열심히 정진하고, 진정한 자신을 얻어 세상에 큰 도움이 되었으면 합니다.

그저
지나는 길

❀

2010년 1월 1일 싱가포르 콴인찬린 선 센터에서 펼치신 설법

제가 여러분 나이 정도의 젊은이였을때, 저는 늘 행복을 좇고 있었습니다. 하지만 제가 아무리 빨리 달린다 해도 행복은 늘 저를 앞서나갔고, 제 손은 결코 행복에 닿지 않았습니다. 그리고 저는 숭산큰스님을 만나게 되었고, 그 순간부터 삶이 달라지기 시작했습니다. 그때부터 저는 수행을 하면서, 정진을 하면서 늘 행복에서 도망쳐왔습니다. 하지만 문제는, 제가 아무리 빨리 달려도 행복은 늘 제 바로 뒤까지 쫓아와 있었다는 거죠!

몇 년 전인가 아주 유명해진 책이 한 권 있습니다. 많은 사람들이 이 책을 읽고 감동을 받았죠. 책의 제목은 〈시크릿: 수 세기 동안 단 1%만이 알았던 부와 성공의 비밀〉이었습니다. 이 책은 원하는 것을 얻는 방법을 설명했습니다. 원하는 것은, 그것이 무엇이든 가질 수 있으며, 원하는 것을 가지게 되면 행복해진다는 이야기였죠.
　그러나 저의 방식은 그와 많이 다릅니다. 부처님의 가르침도 많이 다르죠. 또한 숭산큰스님의 가르침도 많이 다릅니다. 욕망이 있는 한

고통이 생길 수밖에 없습니다. 오직 욕망만을 없애고 나면, 행복은 이미 그곳에 있습니다.

유태교에는 이런 이야기가 전해집니다. 어떤 손님이 아주 유명한 랍비를 만나러 왔습니다. 이 랍비는 위대한 학자이자 거룩한 성인으로도 알려져 있었죠. 손님은 아주 멀리서부터 랍비를 찾아왔는데, 랍비의 거처에 들렀을 때에는 아주 작은 배낭 하나만 가지고 있었습니다. 랍비는 이렇게 물었습니다. "먼 곳에서 오셨다더니, 짐은 다 어디에 두신 건가요? 여행 가방은 어디에 있죠?" 손님은 이렇게 답했습니다. "짐을 두다니요. 아니에요, 잠깐 지나가는 길인데요."

손님은 랍비와 이야기를 나누면서 랍비의 방을 둘러보았습니다. 아주 유명하고, 아주 위대한 인물이었지만 방 안은 텅텅 비다시피 했습니다. 소박한 침대, 역시 소박한 책상, 그리고 의자 두 개가 전부였죠. 손님은 물었습니다. "랍비님, 가구는 다 어디에 있나요? 쓰시는 물건은 다 어디 있나요? 바닥에 양탄자도 없네요."

랍비는 이렇게 말했습니다. "저도 손님처럼, 잠깐 지나가는 길이거든요."

불경에 보면 공수래공수거(空手來空手去)라는 말이 있습니다. 즉 빈손으로 이 세상에 태어나고, 죽을 때에도 빈손으로 떠난다는 말이죠. 이 삶에서 아무리 많은 것을 모은다 하더라도, 떠날 때에는 아무 것도 가지고 갈 수 없습니다.

슬로베니아식 공안

🌸

우봉선사: 공안 탁마를 하는 동안 흥미로운 질문을 하나 받았습니다. 슬로베니아식 공안입니다. 긴 공원 의자에 여자 세 명이 나란히 앉아 있습니다. 한 명은 결혼한 여자고 다른 두 명은 결혼을 하지 않았습니다. 여자들은 모두 다 아이스크림을 하나씩 먹고 있습니다. 한 여자는 아이스크림을 먹는 둥 마는 둥 해서 아이스크림이 녹아 흘러내리고 있습니다. 한 여자는 평범하게 아이스크림을 먹고 있습니다. 마지막 여자는 녹아서 흐르는 아이스크림을 빨고 있습니다. 여기서 결혼한 여자는 누구일까요?

제자: 아이스크림을 빠는 여자겠죠. (웃음)

우봉선사: 왜 그 여자인가요?

제자: 그거야 아이스크림을 그런 식으로 먹고 있으니까 그렇죠. 아마 남편 생각을…….

우봉선사: 다른 답 없나요? 그럼 제가 말하겠습니다. 손가락에 반

지를 낀 여자예요. (웃음) 그게 정답입니다. 하지만 그게 늘 맞는 건 아니죠. 저도 결혼반지를 끼고 다니는 건 아니니까요.

이 농담에는 아주 날카로운 면이 있습니다. 사람들은 말에 쉽게 걸려들곤 하죠. 사람이 아이스크림을 어떻게 먹느냐를 가지고는 아무것도 알 수 없습니다. 다른 곳을 보아야 하죠. 사실은 대부분의 공안이 이런 식입니다. 머릿속에는 말이 가득 차 있지만, 말은 그다지 도움이 되지 않습니다. 말을 따라가면 공안을 결코 이해할 수 없기 때문이죠. 공안의 요점을 놓치게 됩니다. 공안 수행을 하면 말에 걸리지 않게 됩니다. 온 세상이 말에 걸려 있습니다.

동물들의
모임

❀

우봉선사님의 이야기를 재현함

안타깝게도 우봉선사님이 직접 이 농담을 하신 녹음을 찾을 수 없었습니다. 참 아쉬운 일인데, 이 이야기를 한 번 들어서는 곧바로 요점을 깨닫기 힘들기 때문이죠. 정말 훌륭한 가르침을 담고 있는 이야기입니다. 저희 제자들이 기억하는 대로, 최선을 다해 재현해보았습니다.

어떤 농장에서 벌어진 일입니다. 하루는 농장에 사는 개가 동물들을 모두 불러서 모임을 열었습니다. 개는 이렇게 말했습니다. "아까 농부가 아내한테 하는 이야기를 엿들었는데 내일 중요한 손님이 한 분 온다고 하더군. 아마 고기를 대접할 생각인 것 같다. 자, 이제 우리가 주인인 농부를 도와야 한다는 데에 반대하는 동물은 없을 거라고 믿는다. 자발적으로 참여했으면 좋겠다. 미안하게도, 나는 농장을 지키는 중임을 맡고 있기 때문에 지원할 수 없다. 나쁜 사람들과 야생동물에게서 농장을 지키고 여러분 모두를 지켜야 하기 때문이지."

다음으로 말이 말했습니다. "물론 나는 지원하고 싶다만, 내일도 쟁기를 끌어야 한다. 그리고 내일 손님이 온다면, 마차를 끌고 나가서 손님을 태우고 돌아오는 것도 내 몫이지. 미안하지만 난 도울 수 없겠다."

소도 말했습니다. "나는 희생할 준비가 되어 있지만, 농부에게는 내가 만드는 우유가 필요하지. 단지 이 손님이 와서만이 아니라, 우유는 매일 필요해. 내가 없어지면 우유도 없어질 거고, 그럼 버터도 치즈도 만들 수 없어. 내가 맡은 일이 워낙 중요한 탓에 도저히 지원할 수 없어."

그리고 동물들은 모두 수탉을 바라보았습니다. 수탉은 깃털을 잔뜩 부풀렸습니다. "내게도 할 일이 있다는 것을 까먹은 것 같군. 내가 아침마다 모두를 깨워야 하는걸. 그리고 암탉들을 생각하는 거라면, 암탉들은 알을 낳아야 한다고. 달걀 없이 음식을 만들 수 있을 거라고 생각해? 미안하지만, 우리 닭들은 이번 일을 도울 수 없어."

양이 말했습니다. "양고기는 아주 맛있지. 하지만 나는 옷을 만들기 위해서 지금 열심히 털을 기르고 있어. 겨울이 끝나고 나서 털을 깎으러 가야 한다고. 그리고 내 털로 옷을 만들지. 모두 미안해."

그리고 동물들은 모두 돼지를 쳐다봤습니다.
돼지도 동물들을 쳐다봤습니다.
동물들은 계속 돼지를 쳐다봤습니다.
돼지가 말했습니다.

"가서 목욕이나 해야겠군."

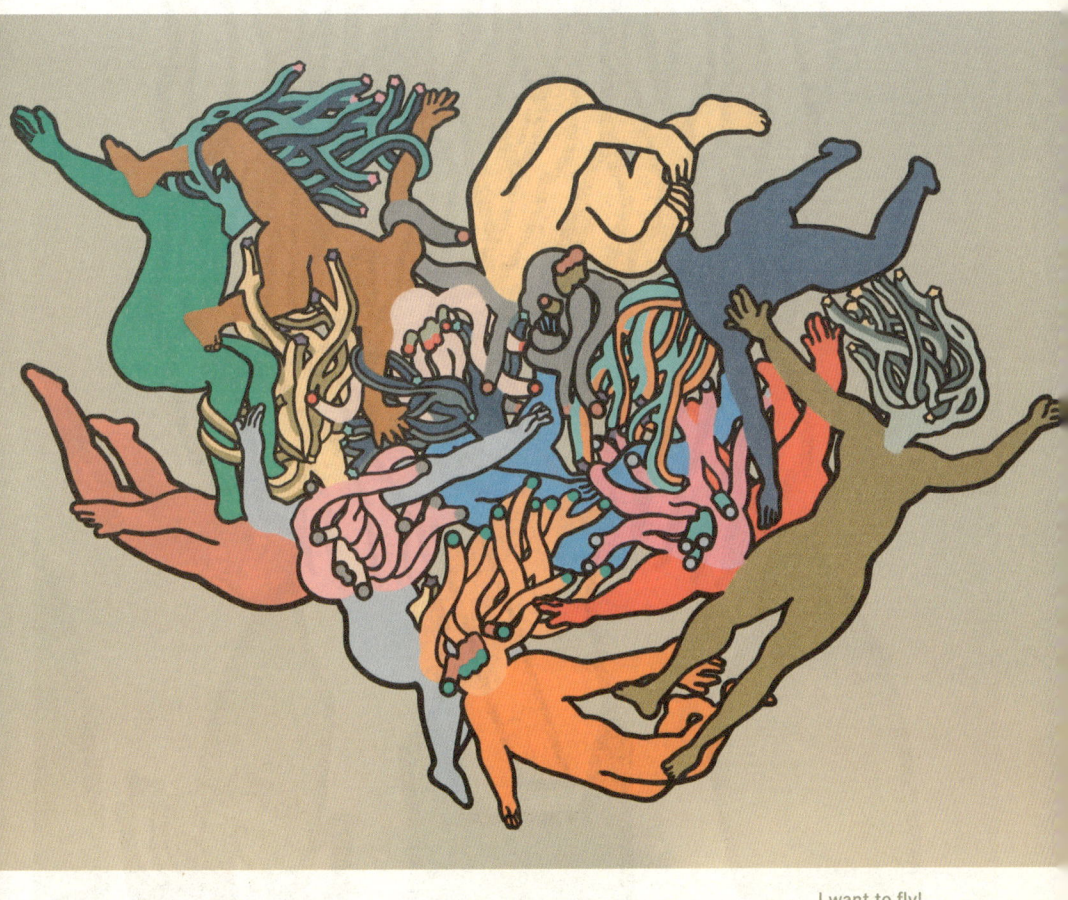

I want to fly!
Acrylic & Oil | on canvas 91×116.7cm | 2009

Eek!
Acrylic & Oil | on canvas 73×60.6cm | 2012

누가 알겠어?

🌼

이것도 유태교 이야기입니다. 오래전 아주 규칙적인 랍비가 한 명 살았습니다. 매일 똑같은 일만 했어요. 정확히 같은 시간에 일어나서 아침을 먹고, 유태교 사원 옆에 있는 학교에 가서 유태교 성전을 읽다가, 정해진 시간이 되면 집에 갔죠. 그게 다였습니다. 랍비는 매일 정확히 같은 시간에 이 일을 반복했습니다.

어느 날 아침 랍비가 유태교 사원에 가기 위해 교차로를 건너고 있었는데, 그 동네 경찰관이 친해지려는 마음으로 이렇게 랍비에게 말을 붙였습니다. "안녕하세요, 랍비님, 어디 가시나요?"

랍비는 말했습니다. "나도 몰라. 누가 알겠어?"

그러자 경찰관이 말했습니다. "하하하, 그것 참 재밌네요, 랍비님. 매일 아침 이 시간에 사원에 가시잖아요. 마을 사람들이 모두 다 안다고요."

랍비는 또 다시 말했습니다. "누가 알겠어?"

경찰관은 조금 기분이 상했습니다. 그냥 친해지려고 한 것뿐인데, 이 랍비가 고지식한 바보처럼 굴고 있다고 생각했죠. 경찰관은 말했습니다. "이봐요 랍비님, 저는 이 마을에서 20년 동안 일했습니다. 랍비님께서는 매일 이 시간에 똑같은 일을 하시잖아요."

하지만 랍비는 또 이렇게 말했습니다. "누가 알겠어?"

경찰관은 이제 완전히 화가 났습니다. 랍비가 자신을 놀려먹고 있다고 생각했기 때문에 경찰관은 랍비를 체포했습니다. 그렇게 랍비를 유치장에 가두려는 참에 랍비가 말했습니다. "거봐, 말했잖아. 내가 어디로 갈지 누가 알겠어?"

사실 이건 매우 진지한 이야기예요. 우리는 결코 우리에게 무슨 일이 일어날지 알 수 없습니다.

랍비와 조수
그리고 개

자, 마지막 이야기입니다. 유태교에 전해지는 이야기예요.

하루는 랍비가 조수와 함께 어떤 마을을 지나가고 있었습니다. 마을 한가운데를 지나고 있는데 갑자기 개가 한 마리 나타났습니다. 개는 뭔지 모르지만 아주 화가 나 있었고, 곧장 랍비를 쫓아오기 시작했습니다. 랍비는 주저하지 않았습니다. 곧장 땅에 끌리는 옷자락을 두 손으로 들고 달리기 시작했죠. 조수도 랍비를 따라 달리기 시작했습니다. 다행히 랍비도 조수도 달리기를 잘하는 편이었고, 개는 집에서 멀리 떨어지지 않도록 훈련을 받았기 때문에 얼마 지나지 않아 다시 돌아갔습니다. 랍비와 조수는 여러모로 운이 좋았지요.

하지만 조수는 무척 실망했습니다. "랍비님, 잘 이해가 안 가는데요. 성전에 보면 동물들은 절대 성자를 해하지 않는다는 말이 있습니다. 랍비님은 성자이시잖아요. 그러면 성전이 잘못된 건가요?"

랍비는 말했습니다. "전혀 그렇지 않단다. 성전에 나오는 말이 맞아. 문제는, 저 개가 성전을 읽지 않았다는 거지!"

Communication gap
Acrylic & Oil | on canvas 91×72.7cm | 2009

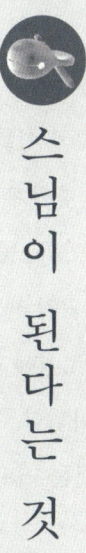

스님이 된다는 것

늘 친절하고 늘 상대방의 말을 주의 깊게 듣고 질문의 핵심을 곧장 찌르시는 선사님은,
가르치면서 일어났던 여러 일들을 다시 가르침에 적용하신다.
이는 우봉선사님의 삶의 전부라고 해도 과언이 아니다.

스님이
된다는 것

　우봉선사님은 지금 베를린 근교에 있는 집의 부엌방에 앉아 계신다. 아침 정진을 하고 나서 공양을 맛있게 드신 선사님은 끊임없이 이어질 질문에 대답할 준비가 되어 있다. 늘 친절하고, 늘 상대방의 말을 주의 깊게 듣고 질문의 핵심을 곧장 찌르시는 선사님은, 가르치면서 일어났던 여러 일들을 다시 가르침에 적용하신다. 이는 우봉선사님의 삶의 전부라고 해도 과언이 아니다. 우봉선사님의 스승님, 그 이름이 널리 알려진 숭산큰스님께서는 어떤 상황 속에서도 삶의 모든 순간을 가르침의 기회로 사용하셨다고 하는데, 우봉선사님도 이에 못지않다. 숭산큰스님과 우봉선사님은 듣기에도 상당히 다른 분들이지만 스승으로서의 진정성에 있어서는 많이 닮아 있다. 우봉선사님은 지금 한국에서 출가한 스님의 신분으로 대부분의 시간을 한국에서 보내시며 가끔 관음선종에서 맡고 계신 직책 때문에 유럽을 찾곤 하신다. 유럽에 있는 우봉선사님의 제자들은 우봉선사님이 출가한다는 소식을 들었을 때 깜짝 놀라고 어느 정도는 충격을 받았는데, 그런 연유로 이야기는 이 주제를 중심으로 시작된다.

· 선사님께서는 지금의 생활이 예전의 생활과 크게 다르지 않다고 하셨

는데요, 맞나요?

물론 제게는 가족이 있었지요. 이건 약간 다른 문제라고 생각합니다. 그럼에도 우리 가족은 모두가 성실한 불자입니다. 그리고 삶에 있어서 사적인 공간이 거의 없었어요. 아내랑 저 둘 다 제자들을 가르치기 때문에 우리 가족은 제자들과 생활하는 데 익숙합니다. 가족끼리 살았다기보다는 늘 공동체 생활을 해왔다고 보는 게 옳겠죠. 결혼하고 나서부터는 프로비던스 선 센터 또는 파리 선 센터에서 살면서 대부분의 시간을 공동체 속에서 보냈습니다. 스님의 삶은 이와 크게 다르지 않아요.

· 계속 가족과 함께 공동체 생활을 하실 수는 없었던 건가요?

아니요, 가능해요, 물론 가능합니다. 하지만 스님이 되어야 할 만한 이유가 있었어요.

· 어떤 이유죠?

그걸 설명하려면 이야기가 길어지죠. 결혼하기 전에, 아내와 저는 약속을 하나 했습니다. 아이를 낳는다는 가정 하에서, 그리고 아시다시피 아이를 낳았죠, 아이들이 다 자라고 나면 다시 헤어지고 저는 스님이 되기로요. 우리는 그렇게 약속했고 이제 그 약속을 지킨 거죠.

두 번째 이야기입니다. 원래 관음선종의 선사님 중에는 수봉스님이라는 출가한 선사님이 한 분 계셨어요. 숭산큰스님이 돌아가시고 나면 이 수봉스님이 숭산큰스님의 자리를 이어받을 예정이었죠. 수봉스님은 미국에서 태어났지만 부모님 중 한 분은 중국인이고 다른 한 분은 한국인이었기 때문에 한국에도 인맥이 있었습니다. 수봉스님은 동양인이면서 미국인이기도 했고, 스님이면서 선사이기도 했습니다. 숭산큰스님께서는 수봉스님을 한국과 서양을 잇는 다리로 보셨어요. 하지만 수봉스님은 아주 일찍 돌아가시고 말았고, 다리는 사라졌죠. 그리고 나자 숭산큰스님께서는 제게 이 한국과 서양을 잇는 다리 이야기를 해주시며, 다리가 되어달라고 하셨어요. 그러나 저와 숭산큰스님의 관계는 수봉스님과 숭산큰스님처럼 가까운 것이 아니었고, 더군다나 이런 중임을 맡길 정도는 아니었습니다. 비유컨대 결코 친구처럼 가까운 관계는 아니었기 때문에 저는 스님이 그냥 해보시는 말씀일 거라고 생각했죠. 그렇다고 숭산큰스님이 단지 기분 내키는 대로 말씀하신 것은 또 아니었죠. 숭산큰스님은 제게 신호를 보내고 계셨습니다. '왜 하필 나일까?'라고 생각했어요. 숭산큰스님의 평소 행적을 미루어 보면 저한테만 신호를 보내셨을 리는 없습니다. 숭산큰스님은 화살을 여러 개 쏘면 한두 개는 과녁에 맞으리라고 생각하는 분이셨으니까요. 저는 숭산큰스님이 이 이야기를 여러 제자에게 했을 거라고 생각했기 때문에 처음에는 큰스님의 말씀을 그저 흘려들었습니다. 그러나 나중에 숭산큰스님이 열반에 드시고 나자 자꾸만 스님 말씀이 떠올라서 마침내 결정을 내렸습니다. 좋아, 나라고 안될 게 어디 있어? 스님은 분명 이 이야기를 여러 제자에게 하셨겠지만, 모두 저처럼 생각하고 있다면 아무도 이 역할을 맡지 않겠죠.

· 한국에는 출가하신 외국인 스님이 이미 꽤 있는 걸로 아는데요.

있습니다. 하지만 그분들은 외국인이면서도 외국에 인맥을 가지고 있지는 않아요. 줄곧 한국에만 있었죠. 그래서 저는 좀 다른 방식, 계속 서양과 한국을 오가는 방식을 택하기로 했습니다. 숭산큰스님은 제게 유럽 관음선종을 맡기셨기 때문에 우선 저는 그 책임부터 다하고 싶었습니다. 하지만 동시에 한국에도 인맥을 넓히고 싶었어요. 그러나 한국에서는 출가하지 않은 속인의 신분으로 할 수 있는 일이 별로 없었습니다. 한국은 아직도 스님 중심으로 돌아가고 있어요. 이게 한국 불교계 전반에 걸친 현실이고, 특히 조계종에서는 더욱 심합니다. 그래서 저는 스님이 되었습니다.

· 스님께서는 대부분의 시간을 한국에서 보내고 계십니다. 서양과 한국을 잇는 다리는 어떻게 된 거죠? 제자들은 아직도 선사님을 그리워하고 있습니다.

그건 사실이 아니군요. 제가 여기에 있다고 해서 무엇이 달라지나요? 그리고 이건 사람들이 저를 그리워한다고 해서 저를 찾아오는 그런 관계가 아닙니다.

· 그렇지만 유럽 관음선종의 중심이 한국에 있는 형국입니다.

중심이 어디에 있는지는 중요하지 않습니다. 잘 아시겠지만 저는 유럽에서도 주로 지도법사들이나 선사들을 상대합니다. 실제로 제자들과 마주칠 일은 드물지요. 최근에는 유럽 지도법사들이 제자들보다는 지도법사랑 선사들에게 더 많은 시간을 할애해 달라고 부탁했습니다. 저도 유럽 관음선종이 성장하기 위해서는 제가 퇴장하는 게 맞는 일이라고 봅니다. 저는 주로 지도법사와 선사를 돕고 있습니다. 그러므로 여기 있든 한국에 있든 크게 상관이 없습니다.

· 스님께서는 아내와 합의하셨다고 하셨습니다. 하지만 아내 분께서는 매우 놀라고, 어떻게 보면 상처를 받으신 것 같기도 한데요…….

사실 헤어지자는 결정은 아내 쪽에서 먼저 내렸습니다. 이혼하자는 것도 아내의 결정이었고요. 아내는 나중에 이렇게 설명했고 저도 이게 아내의 진심이라고 생각합니다. 아내는 제가 다른 일을 해야 한다고 생각했고, 그렇게 하기 위해서 제가 자유로워지기를 바랐습니다. 그게 아내의 진짜 의도였죠.

· 아직도 아내 분과 좋은 관계를 유지하고 계신가요?

예. 우리는 아직도 좋은 친구입니다.

· 스님으로서의 삶은 어떤 식인가요?

한국에서 스님은 보통 석 달 동안 정진하고 나면 다음 석 달 동안은 자유롭게 행동합니다. 자유로운 행동이란 보통 행각을 떠나거나 절에서 절로 돌아다니는 것을 가리킵니다. 옛날에는 스님들이 절에서 절로만 돌아다녔습니다. 하지만 요즘은 여행의 기회, 특히 먼 곳까지 여행할 기회가 많아요. 예를 들어 많은 스님들이 네팔에 등산을 다녀오시곤 합니다. 이 자유 기간에 계속 수행하는 분들도 계십니다. 안거가 몇 년씩이나 계속되는 절도 있는데 이런 곳에는 자유 기간이 없습니다. 특별한 경우를 빼고는 석 달 동안 안거에 들고 석 달 동안은, 한국식으로 표현하자면 만행 그러니까 법을 구하는 행각의 시간입니다.

· 석 달 동안의 안거는 저희가 하는 안거와 비슷한가요?

예, 저희가 하는 안거와 아주 비슷합니다. 한국의 선방에는 저희처럼 경을 읽는 소리가 자주 들리지 않습니다. 스님들은 하루에 한 번 공양하기 전에 사시예불을 드릴 때만 경을 읽습니다. 사시예불은 보통 늦은 아침에 합니다.

· 한국 스님들이 경을 외는 방법도 저희랑 많이 비슷한가요?

예. 아주 흡사합니다. 금방 적응할 수 있었어요. 숭산큰스님의 가
르침에 다시 한 번 놀라게 되었습니다. 숭산큰스님께서는 저희 모두
를 스님처럼 가르치셨던 겁니다. 저희가 스님이 아니었음에도 불구
하고 스님들처럼 경을 읽고 스님들처럼 행동하고 스님들처럼 모여서
함께 살도록 하셨죠. 저희는 스님들처럼 절의 규칙을 따라야 했습니
다. 비록 일반인이긴 했지만 저희는 규칙을 지켰죠. 그래서 제 삶이
전과 크게 다르지 않다는 겁니다.

· 안거가 끝나고 나면 석 달 동안 무엇을 하시나요?

음, 대부분은 유럽에 와서 제가 맡은 일을 하죠. 올해는 한국에서
대학에 다니느라 한 번밖에 오지 못했습니다. 한국어를 배우는 것이
정말 절실합니다. 올해 가을에도 대학에 다닐 생각이에요.

· 그럼 그동안은 서울에 있는 절에 살고 계신 건가요?

예. 길상사에 머무르는 동안에는 아무 직임도 맡지 않았습니다. 덕
분에 대부분의 시간을 마음대로 쓸 수 있었어요. 길상사의 스님들은
주지스님을 제외하고는 거의 참선을 하지 않으시는 듯했습니다. 주지
스님은 참선을 자주 하시긴 했는데 모두 일반인 법당에서 일반인들과
함께 하였습니다. 속인을 만나는 것은 주지스님에게만 허락되었기 때

문에 거기에도 갈 수 없었죠. 그래서 저는 매일 아침 예불을 드리고 나면 다른 방에서 제가 맡은 제자, 체코에서 온 스님과 참선하며 시간을 보냈습니다. 보통은 아침공양 전까지 한 시간 정도 수행을 했죠. 아침 공양이 끝나고 난 다음부터는 쭉 자유 시간이었습니다. 열 시 전후로 사시예불을 드리고, 그때 길상사에는 매일 제사나 추모의식이 있었습니다. 절에 있는 모든 스님은 여기에 참여해야 했습니다. 저도 예외는 아니었죠. 보통 열 시부터 열두 시까지 두 시간이 걸렸고 바로 공양으로 이어지는데, 그 다음부터는 하고 싶은 일을 할 수 있었죠.

· 우봉스님께서는 큰스님으로 여겨지시나요?

아니요, 저는 큰스님으로 여겨지지 않습니다, 다만 법계는 높기 때문에 절에서 무엇을 중요시하느냐에 따라 저를 대하는 방식도 그만큼 다양합니다. 예를 들어 제가 요즘 머물고 있는 향천사에서는 높은 스님 비슷한 대접을 받습니다. 향천사에서는 법계를 우선으로 보죠. 하지만 길상사에 있을 때에는 제 출가 기간이 가장 짧았기 때문에 제일 끝자리에 앉았습니다. 이 두 절에서만 봐도 저를 대하는 방식이 크게 다르죠.

· 어떤 기분이 드시나요? 스님께서는 실로 오랜 기간 동안 스승이셨는데…….

음, 사실 저는 늘 스스로를 제자라고 여겨왔습니다. 그러니까 아무 것도 바뀌지 않았어요. 다만 지금은 정말로 제자가 되었죠, 계 받고 스님이 되는 것이랑 진짜 스님이 되는 것은 같지 않으니까요. 형식상 으로는 지금도 스님입니다. 하지만 스님이 된다는 것을 소화하기 위 해서는 여러 해 더 걸리겠죠.

· 어떤 차이점이 있습니까?

막 의사 학위를 받은 사람과 비슷합니다. 엄밀히 말하자면 의사가 맞죠. 하지만 아직도 인턴과 레지던트를 거쳐야 합니다. 인턴과 레지 던트를 거치지 않은 사람을 의사라고 부를 수 있을까요? 경험을 쌓아 야 합니다. 지식을 내 것으로 만들어야 하고, 그러기 위해서는 실전을 거쳐야 돼요. 형식상 스님이 되는 것은 그렇게 오래 걸리는 일이 아니 지만, 그렇다고 해서 스님이 되는 것은 아닙니다.

· 스님이 되신 것이 단지 의무 때문은 아니겠죠, 전보다 행복하시지는 않나요?

아닙니다, 그런 이유로 스님이 된 것은 아니에요. 저는 예전의 삶 에도 충분히 만족했고 그때도 행복했습니다. 그리고 속인이었기 때 문에 훨씬 더 자유로웠죠. 하고 싶은 것은 무엇이든 할 수 있었죠. 그 래도 뭐라고 할 수 있는 사람이 없으니까요. 스님이 되고 나면 다소

제한받는 부분이 있습니다. 하지만 한국에서는 스님이 됨으로써 얻을 수 있는 것이 많습니다. 유럽 관음선종 사람들, 관음선종 승가와도 이런 것들을 나누고 싶을 뿐이에요. 이미 그런 안거를 성공적으로 이끈 적이 있었죠, 유럽의 일반인들이 한국의 전통 사찰에서 스님들과 한자리에서 안거를 한 일 말이에요. 이는 한국 역사상 처음 있는 일이기도 하지만, 아직까지는 이런 일이 가능한 곳이 딱 한 군데밖에 없습니다. 출가하지 않은 서양인이 스님과 함께 안거를 했던 것은 이 절이 유일하고, 아직까지는 이 절에서만 그럴 수 있습니다.

모험심

이 기나긴 이야기의 시작으로 돌아가자. (나중에 우봉선사님이 되는) 제이콥 펄의 가족은 제이콥 펄이 열네 살일 때 공산주의 폴란드를 떠나 미국으로 간다. 소년은 한편으로는 외국으로 떠나 외국의 말을 배우는 것에 들떠 있었다. 하지만 한편으로 학교에서의 생활은 크게 달라지지 않았다. 펄 가족은 캐나다의 몬트리올까지 배를 타고 갔고, 몬트리올에서 제이콥의 이모와 그녀의 가족이 살고 있던 뉴욕으로 간다. 최종 목적지는 로드아일랜드 주였다.

· 고향을 떠나서 미국에서 새 삶을 시작했던 일에 대해서 기억나시는 것은 없나요?

아주 잘 기억하죠. 어제 일어났던 일보다 잘 기억합니다.

· 폴란드를 떠나 미국에 가고 싶으셨나요?

예. 제게는 늘 모험심이 있었습니다. 어릴 때 아마존이나 아프리카와 같이 이국적인 곳에 대한 책을 읽었던 적이 있습니다. 그때부터 여행을 꿈꿨어요. 세계를 보고 싶었습니다. 그 당시에는 회색으로만 가득했던 제 고국에 갇혀 있는 대신요.

· 가족이 미국으로 이민을 가게 된 까닭이 무엇인가요?

저희 가족이 미국으로 이민을 갈지 안 갈지 결정하는 데에는 여러 해가 걸렸습니다. 당시 폴란드는 공산주의 국가였어요. 여권은 아무에게나 주는 게 아니었습니다. 부모님은 매년 여권을 갱신해야 했고, 그때마다 미국 비자를 새로 발급받았고, 그때마다 미국에 가지 않기로 결정했습니다. 8년을 이렇게 반복했죠.

· 왜 8년이나 걸렸나요?

부모님은 조심하면서도 늘 두려워하고 계셨습니다. 폴란드에서의 상황은 썩 나쁘지 않았습니다. 먹을 것은 충분했습니다. 살 곳도 있었고요. 계속 생계를 꾸려나갈 수 있었습니다. 부모님께서는 폴란드에 사시는 동안 자유미국라디오(Radio Free America)를 듣곤 하셨어요. 이웃들이 듣지 못하도록, 아주 작은 소리로요.

· 미국 방송이 금지되어 있었나요?

예, 당시에는 불법이었지요. 공산주의 폴란드의 부정적인 면은 그뿐만이 아니었습니다. 하지만 아이들에게는 그렇게 나쁘지만은 않았습니다. 친구들과 사귀고 학교도 다녔어요. 형과 저는 공부를 썩 잘하는 편이었지요. 저도 같이 있었기 때문에 기억하는 일인데, 한 번은 주 폴란드 미국 대사가 아버지께 이렇게 물어봤어요. "펄씨, 혹시 우리나라가 싫으신가요?" 아버지는 이렇게 대답하셨죠. "아니요, 좋아합니다. 왜 물어보시는 건가요?" "이미 수년간 여권을 갱신하고 매번 미국 비자를 받으시면서 한 번도 미국을 찾지 않으시잖아요! 뭐가 문제죠?" 아버지가 말씀하셨습니다. "에, 잘 아시다시피 좀 두렵기도 합니다. 미국에 친척이 있긴 하지만 무슨 일이 일어날지는 모르니까……" 대사가 아버지의 말을 중간에서 끊었습니다. "알겠습니다, 무슨 말씀이신지 이해합니다." 그리고선 아버지에게 공산당과의 관계에 대해서 물었고, 아버지가 당시에는 누구나 그렇게 해야만 했다는 사실을 설명하고 나자, 대사가 승낙했습니다. "예, 예. 이해합니다. 괜찮아요, 다 잘될 겁니다." 그리고 이렇게 끝맺었습니다. "펄씨,

우리나라로 오세요. 정말 좋은 나라입니다. 마음에 드실 거예요."

· 부모님은 미국에 와서 어떤 일을 하셨나요?

공장에서 육체노동을 하셨어요. 부모님은 미국에서 힘든 생활을 하셨어요. 전체적으로 볼 때 그다지 좋은 결정은 아니었습니다. 하지만 제가 말씀드리고 싶은 건 어떻게 결정을 내렸는지입니다. 미국인 대사와의 만남이 계기가 되기는 했지만 그것 때문만은 아니었습니다. 나중에 부모님은 가족을 모두 모아 놓고 이렇게 말씀하셨어요. "자, 결정을 내릴 때가 왔다. 완전히 포기하고 비자와 여권을 갱신하는 것을 그만두든가, 아니면 미국으로 가는 거다." 그리고 아버지가 말했습니다. "민주적으로 결정하자. 너희들도 포함해서 모두 다 한 표씩. 그러면 투표를 시작할까?" 아버지는 곧장 반대표를 던지셨습니다. 엄마는 찬성하셨죠. 형은 "어느 쪽이든 상관없어요"라고 말했어요. 그러고는 모두가 저를 바라보고 있었습니다. "그렇다면 미국으로 가요!"라고 저는 말했습니다.

· 가족 중에서 제일 어리지 않았나요?

예! 그렇지만 결정은 제가 내렸죠.

· 왜 그렇게 결정하셨죠?

궁금했으니까요. 저는 다른 나라로 가고 싶었습니다. 더 이국적인 곳에 대한 책도 읽어보았습니다. 하지만 상관없었어요. 일단 미국으로 나가기만 한다면 다른 나라에 갈 수도 있을 테니까요. 어쨌든 저는 폴란드를 떠나게 되었습니다.

· 미국의 첫 인상은 어땠나요?

미국 바깥의 세상에 대한 미국인들의 무관심에 충격을 받았습니다. 사람들은 이렇게 물어보곤 했어요. "폴란드에도 텔레비전이 있니?" 그런 류의, 아주 어리석은 질문을 던지곤 했죠. 제가 이렇게 대답하면 다들 놀랐습니다. "당연히 있죠. 텔레비전뿐만 아니라 자동차도 있어요. 비록 미국에서 쓰는 언어가 다르고 문화도 다르긴 했지만, 미국에 있는 것들 중 낯선 것은 없었어요."

· 그렇게 신나지는 않았나 보네요?

아니, 신나기는 했어요, 새로운 곳에 왔으니까요. 그리고 마침내 폴란드를 벗어났죠. 하지만 마음속으로는 아직도 아마존과 케냐를 꿈꿨어요. 미국은 그냥 쉬어가는 정거장일 뿐이었습니다……. 하지만 일단은 학업을 마치고, 어쩌면 대학까지 다니고, 세계는 그 다음의 일이었죠.

You, me, and everyone
Acrylic & oil | on canvas 180×130.3cm | 2010

제자

　우봉선사님의 지적 호기심은 브라운대에서 물리학과 수학 같은 자연과학을 공부하는 것으로, 나아가 그때까지 손닿지 않았던 마음속을 탐험하는 것으로 나타난다. 제이콥 펄은 대학교에서 선수행을 처음 접하고 나서 다른 학생들과 그의 첫 선 센터를 만들고, 여러 스승들을 거치다가 방금 미국에 도착한, 외국에서 새로운 언어를 배우면서 사람들을 가르칠 준비를 하고 있던 숭산큰스님을 만나서 평생의 스승으로 모시게 된다. 역사적인 만남이었다.

· 대학에서는 수학을 공부하셨습니다. 왜 수학이었죠?

　수학이 좋았고, 무엇보다 쉬웠습니다. 사실 처음에는 물리학을 공부했어요. 나중에 전공을 수학으로 바꿨습니다.

· 학생일 때 이미 수행을 시작하셨다고 들었는데요?

　맞아요. 정확히 몇 년도부터 수행을 시작했는지도 말씀드릴 수 있습니다. 수행에 대한 관심은 물론 한참 전부터 있었죠. 하지만 정식으로 참선수행을 시작한 것은 1970년 대학에서였습니다. 매일 아침 대학 성당에서 만나는 참선모임이 있었죠. 선 센터라고 부를 수도 있겠는데요. 처음에는 학교 기숙사에서 살고 있었습니다. 하지만 곧 학교

밖에 집을 얻었습니다. 집 하나를 통째로 빌렸습니다. 꽤 큰 집이었어요. 저희는 그곳을 '명상의 집'이라고 불렀습니다. 마치 선 센터 같았어요. 여섯 명이 함께 살았죠. 모두가 아침에 두 시간, 그리고 저녁에 두 시간씩 참선을 했죠.

· 아직도 신참 때의 지기들과 연락하고 계신가요?

선배 한 명이랑만 연락하고 있습니다. 이 일을 계획한 사람이자 제가 첫 스승으로 여기는 사람이기도 하죠. 선배는 나중에 제 제자가 되었습니다. 그리고 아직도 프로비던스 선 센터의 일원으로 남아 있죠.

· 스승 없는 선 센터에 살았다고요?

그러니까, 저는 선배를 스승으로 여겼죠.

· 선배도 스님을 스승으로 여겼나요?

그건 나중이고, 그때는 아니었어요.

· 사람들이 서로를 스승으로 여기는 곳……

음, 그것도 나쁘지 않네요. 하지만 저는 선배가 진짜 스승이 되기에는 충분치 않다는 것을 깨달았죠. 그곳에서 수행하는 동안 저는 제대로 된 스승, 선배보다 많은 경험을 가지고 있는 사람을 만나고 싶었

120

어요. 당시 저는 티베트 불교에 관심이 있었어요. 마침내 저는 선배와 함께 위대한 티베트 스님이 살고 계셨던 뉴저지 주로 향했습니다. 스님의 이름은 게셰 왕얄이었습니다. 스님은 뉴저지 주의 아름다운 절에 살고 있었어요. 저는 거기서 그 스님을 만나게 되었고, 스님은 이곳에서 함께 지내지 않겠냐며 저를 초대하셨습니다. 물론 저는 그렇게 하고 싶었죠. 하지만 일단 이렇게 물었습니다. "제가 이곳에서 수행을 하게 되면 참선은 어떻게 하나요?" 저는 이분이 불경에 통달하신 분이라는 것을 이미 알고 있었습니다. 스님은 이렇게 답했습니다. "참선수행은 10년 후에나 시작할 것이다. 먼저 티베트어와 중국어, 그리고 각종 경전과 주문들을 배워야 한다." 이게 전통적인 가르침이었습니다. 저는 답했습니다. "예, 아주 좋은데요." 하지만 속으로는 "고맙지만 사양할게요."라고 생각했습니다. 선배와 저는 미국 서부로 히치하이킹을 했고, 샌프란시스코 선 센터에서 스즈키 슌류와 함께 수행을 시작했습니다. 그렇게 오래 머물지는 않는데, 대충 몇 달쯤 지난 시점에서 버클리에 사는 티베트 스님 타르탕 툴쿠를 만나게 되었고, 샌프란시스코에서 버클리의 절로 옮겼습니다. 학기가 다시 시작할 때까지는 계속 버클리에서 머물렀습니다. 그 다음에는 브라운대학교가 있는 로드아일랜드 주로 돌아왔어요. 1년 동안의 휴학이 끝나고 나자 일단 돌아와서 학업을 마치고 싶었기 때문입니다. 그러던 와중 숭산큰스님을 만나게 되었죠.

· 어떻게 숭산큰스님을 만나게 되셨나요?

아까 말했던 그 선배를 통해서 만나게 됐어요. 선배는 마트에서 우연히 숭산큰스님을 만났죠. 저보다 먼저 로드아일랜드 주에 와 있었습니다. 숭산큰스님은 비행기에서 만난 사람이 추천한 곳으로 갔는데, 그게 로드아일랜드 주였더군요. 숭산큰스님은 단지 싸다는 이유로 빈민가에 집을 얻으셨습니다. 로드아일랜드 주로 오라고 추천한 사람은 어떤 교수였는데, 그 교수의 아내는 자율세탁소를 운영하고 있었습니다. 교수의 아내는 기계를 좀 다룰 줄 알던 숭산큰스님을 세탁기 수리공으로 고용했습니다. 숭산큰스님은 그렇게 살다가 하루는 마트에 가셨는데 거기서 마이클 선배를 만나게 된 거지요. 마이클 선배는 스님이 입고 계신 옷이 법복인 것을 알아보고 스님께 다가가 말을 걸었고, 숭산큰스님과 이야기를 나누고 나서는 바로 저한테 연락했습니다. 저도 우연히 로드아일랜드 주에서 선배를 만났거든요. 우연이라고 하는 이유는, 선배가 샌프란시스코 선 센터에서 갑자기 사라졌을 때 저도 선배가 어디로 갔는지를 몰랐거든요. 이런 우연들이 있었습니다.

· 우연을 믿으시나요?

글쎄, 차 사고는 우연히 일어나죠. (웃음) 어쨌든 마이클 선배를 만나서 다시 연락처를 주고받게 되었고, 갑자기 제게 전화를 걸어서

"여기 한국인 스님이 한 분 사시는데." 하고 말을 꺼냈습니다. 저는 대답했죠. "그럼 만나러 가요." 선배가 말했습니다. "주소를 알아 놨어. 오늘 저녁은 어때?" 저는 말했죠. "오늘 저녁은 안 되는데요. 내일 저녁은 어때요?" 선배가 말했습니다. "그래, 내일 저녁에 가자." 하지만 선배는 그날 저녁에 혼자서 숭산큰스님을 찾아갔어요. 다음날 저녁에 제게 이렇게 말했습니다. "어제 스님이랑 좋은 시간을 보냈어. 그리고 스님에게 친구를 한 명 데려오겠다고 말씀드렸지." 그리고 저희는 스님을 찾아가 아주 좋은 시간을 보냈죠.

· 문이 열렸을 때 스님의 첫 인상이 어땠나요?

아니, 그렇게 특별한 것은 없었어요. 그냥 좋은 스님, 좋은 분 같아 보였죠. 아주 친절하고 늘 웃고 계시고, 약간 살찐 편이셨어요. 제게는 거북이 같아 보였습니다. 저는 이렇게 생각했죠, '오, 웃는 거북이구나.' 스님은 테가 동그란 안경을 쓰고 계셨습니다. 하지만 숭산큰스님은 처음 만난 저희를 법당으로 데려가서 곧장 일원상, 선의 동그라미에 대해 설명해주셨습니다. 대단했어요. 놀라운 가르침이었죠. 예전에 티베트 불교에서 배우기는 했지만 이해하지 못했던 것들, 너무나 복잡하고 너무나 신성해 보였던 것들이 한순간에 모두 다 간단해졌죠. 저는 이렇게 말했습니다. "와, 정말 대단하신데. 이분은 정말 훌륭하셔."

· 하지만 숭산큰스님은 영어를 잘 못하셨죠…….

예. 그렇게 잘하지는 못하셨어요. 핵심이 되는 단어 몇 개만 알고 계셨고, 나머지는 저희가 짐작하는 식이었죠. 어쨌든 숭산큰스님은 설명하실 수 있었고, 그 설명은 아주 좋았어요. 충분히 이해할 만했습니다.

· 숭산큰스님은 그때 미국에 오신지 얼마나 되셨나요?

몇 달 정도요. 처음에는 주로 로스앤젤레스에 계셨습니다. 하지만 언제인가 비행기에서 만난 교수를 기억하셨나 봐요. 교수한테 전화를 거셨을지도 모르죠. 저도 잘 몰라요. 교수가 스님께 집을 구해줬을지도 모르죠. 자세한 것까지는 저도 모릅니다. 정확히 어떤 일이 일어났는지 여쭈어본 적은 없으니까요. 어쨌든 스님은 오셨죠. 세탁기 수리공이라는 직업이 있었고요. 그리고 그 집에 살고 계셨습니다.

· 그 다음부터 정기적으로 스님의 집에 찾아가서 수행을 하고 가르침도 받은 건가요?

예, 매일 다니기 시작했죠. 그러나 얼마 지나지 않아, 겨우 며칠을 다니고 나서 저는 숭산큰스님께 제안했습니다. "제가 여기서 함께 살면 집세도 같이 낼 수 있고 수행도 같이 할 수 있어요." 저는 살 집이 필요하기도 했고, 계속 부모님과 함께 살고 싶지 않았습니다. 숭산큰스님은 매우 기뻐하셨어요. "그래. 돈은 낼 필요 없다. 영어만 가르쳐 줘." 저는 그렇게 했죠. 스님은 집 임대료로는 돈을 한 푼도 받지 않으려고 하셨어요. 그래서 저는 우리가 먹을 것들을 샀죠. 장을 보러 갈 때마다 제가 계산을 했어요. 스님도 이건 말리지 않으셨죠. 나중에 제자들이 더 모이고 나자 저희 제자들끼리 모여서 임대료를 내기로 결정했고, 숭산큰스님은 더 이상 일을 하시지 않아도 되었죠.

· 매일 아침과 저녁마다 수행을 하셨겠네요.

예. 처음에는 좌선, 앉아서 수행을 하는 것이 어려웠습니다. 그냥 할 수가 없었어요. 고통이 너무 심했어요. 생각이 너무 많았고요.

· 숭산큰스님은 매우 현명하신 분이었고, 다른 기법들을 가르쳐주셨다고 말씀하신 적이 있는데요……

스님은 제가 예전에 티베트 불교에서 흔히들 말하는 사마타, 즉 집중하는 수행을 했다는 것을 알고 계셨습니다. 그래서 처음에는 저를 비슷한 방법으로 가르치셨어요. 다양한 종류의 기 수련법을 가르치셨죠. 선수행법은 아니었어요. 기 수련을 하고 나자 점점 강해지기 시작했죠. 그 다음에 좌선을 시작했습니다. 제가 좌선을 할 수 있다는 것을 깨달았죠.

- 최면도 가르치셨다고 하셨죠?

예, 스님과 점점 많은 말을 나누게 됐죠, 같이 살다 보니 많은 이야기를 하게 되었는데, 그 와중에 숭산큰스님이 최면의 달인이라는 이야기도 나왔습니다. 숭산큰스님은 일본의 최면술 학교에서 받은 자격증을 보여주기도 하셨습니다. 원래는 3년 과정인데 3주 만에 수료했다고 하시더군요. 저는, "대단하시네요." 하고 말했죠. 그러자 숭산큰스님이 한번 배워보겠냐고 물으시더라고요. 그리고 나중에 가르쳐주셨습니다. 스님은 선수행에 도움이 되도록 최면을 약간 바꾸시고는, 그것을 '법 놀이'라고 부르셨죠. 제게 가르치신 건 바로 '법 놀이' 이었습니다.

- 법 놀이는 정진에 어떻게 도움이 되었나요?

수행에 도움이 되기보다는 제가 다른 사람들을 도울 때 쓰라고 가르치신 것 같습니다. 숭산큰스님께서는 그때부터 제 미래를 어느 정도 내다보고 계셨던 것 같아요. 제가 스스로와의 약속을 다짐하는 데 도움이 되기도 했습니다.

- 전생에 대해 이야기하신 적도 있으신가요?

예.

· 믿으셨나요?

정확히 말하자면 숭산큰스님께서는 제게 전생을 보는 법을 가르쳐 주셨어요.

· 전생을 보셨나요?

예.

· 놀라셨나요?

그다지요. 제 전생은 이미 이번 삶에 반영되어 있는 것들이었어요. 충분히 납득할 만했죠.

· 아까 숭산큰스님은 통통한 편이었다고 말씀하셨죠, 웃는 거북 같았다고요. 하지만 제가 듣기로 숭산큰스님은 매일 일천 배를 하셨다고 하던데, 천 배를 하면 운동이 많이 되지 않을까요…….

제가 숭산큰스님을 만났을 때는 천 배를 하지 않고 계셨습니다. 예전에 하셨는지도 모르죠. 그리고 그 다음에는 하시는 것을 보았습니다. 하지만 그때는 천 배를 하지 않으셨습니다.

· 일 때문이었나요?

예, 그렇겠죠. 일은 스님에게서 모든 것을 앗아갔습니다. 일이 끝나고 스님을 모시러 갈 때마다 스님은 더럽고 땀투성이에 완전히 지치신 상태였고, 그걸 보면 너무나 죄송한 마음이 들었습니다. 무척 고된 일이었어요.

· 숭산큰스님의 내면에 있는, 한 인간으로서의 숭산큰스님을 만나신 적은 없나요?

아니요. 불가능했습니다.

· 믿기 어려운데요.

그건 숭산큰스님을 만나신 적이 없기 때문에 그래요. 숭산큰스님께서는 항상 스승이셨죠.

· 사적인 순간도 없었나요?

물론 있었죠. 숭산큰스님은 아주 인간적인 분이시기도 했습니다. 하지만 항상 제자들과 어느 정도 거리를 두셨죠. 그리고 제가 처음 제자를 가르치기 시작할 때도, 늘 제자들과 거리를 두라고, 그게 옳은 방법이라고 말씀하셨습니다.

· 숭산큰스님께서는 한국에 자주 들르셨나요?

아주 가끔씩 들르셨습니다. 로스앤젤레스에는 자주 다녀오셨지만,

한국에는 거의 가지 않으셨어요.

· 처음에는 우봉스님과 마이클 선배 이렇게 두 사람밖에 없었습니다. 하지만 그 다음부터 승가는 아주 빠르게 성장했죠?

예, 저는 전단지를 만들어서 여기저기에 붙이고 다녔습니다. 그러자 사람들이 하나 둘 모이기 시작했죠. 그리고 물론 친구들에게도 말했습니다. 마이클 선배도 친구들을 불렀죠. 사람들은 오고가곤 했지만 간혹 남는 사람도 있었습니다.

· 어떻게 계속되었나요? 처음에는 일반 가정집에서 시작했지만 몇 년 후에는 최초의 선 센터를 세우셨는데요.

사실 그렇게 오래 걸리지 않았습니다. 아마 일 년인가 이 년 지나서였을 거예요. 학기가 끝날 즈음이었습니다. 제자들끼리 모임을 열고 이제 곧 방학이 시작하니 일을 해서 각자 최소 천 달러를 가져오고 그 돈을 모아서 집을 사기로 했어요. 한 사람은 이천 달러를 가져왔는데, 그게 지금의 성향선사님이에요. 그때 있던 사람 중 지금 남은 사람은 성향선사님과 저밖에 없죠. 당시 성향선사님은 간호사였기 때문에 저희 중에서는 돈을 제일 잘 벌었고 이천 달러를 모을 수 있었지만, 다른 사람들은 모두 각자 천 달러를 가져왔고 그렇게 수천 달러를 모을 수 있었죠. 당시 브라운대에서 불교를 가르치시던 교수님이 있었는데, 이분은 상당한 부자셨고 은행에서 돈을 빌리는 데 보증까지 서주셨어요. 게다가 저희가 모은 돈에 만 달러나 보태주셨죠. 그렇게 저희는 첫 선 센터를 사게 되었습니다. 바로 프로비던스 선 센터였죠.

· 그게 지금과 같은 장소인가요?

아니요, 거기는 그렇게 좋은 장소가 아니었습니다. 프로비던스 동쪽의 팍스 포인트라는 곳이었는데 어쨌든 빈민가는 아니었습니다. 그렇게 저희는 빈민가를 벗어났어요. 그리고 팍스 포인트의 집값은 무서운 속도로 올랐습니다. 나중에 집을 팔 즈음에는 많은 돈이 들어왔고, 도시를 벗어난 시골 쪽에 큰 집을 살 수 있었지요.

· 또 숭산큰스님은 제자들이 새로운 선 센터를 짓도록 밀어붙이고, 관음선종의 세력을 키우려고 했다던데요…….

숭산큰스님은 누구도 밀어붙이지 않았습니다. 자기 자신을 밀어붙였지요.

· 그리고 우봉스님께서도 숭산큰스님을 보고 스스로를 밀어붙였군요?

당연하죠. 숭산큰스님이 행동하시는 것, 정진하시는 것을 보면 그렇게 하지 않을 수가…… 하지만 '밀어붙였다'는 표현보다는 '영감을 받았다'는 표현이 더 낫겠군요.

· 한국에 처음 가신 것은 언제인가요?

잘 기억나지 않습니다. 봐요, 저는 가난했습니다. 그때는 돈이 없었고 누가 돈을 대주지 않는 한 한국에 갈 수 없었어요. 한국에 가게 된 것은 지도법사가 되고 나서였습니다.

· 스승님이 어떤 나라에서 오셨는지가 궁금하지는 않으셨나요?

아니요, 그닥 신경 쓰지 않았습니다. 사실 처음 한국에 왔을 때에는 시골이 좋았습니다. 도시는 정말 싫었어요. 냄새나고, 시끄럽고, 더러워보이고, 여러모로 불쾌했습니다. 그리고 사람들이 늘 쳐다봤어요. 그 시절에는 한국에 서양 사람이 그렇게 많지 않았어요. 서양 사람이 귀했다고도 할 수 있지요. 버스를 타든, 길에서 걷든, 가는 곳마다 사람들의 시선이 느껴졌습니다. 제 느낌만이 아니라 사람들은 실제로 절 쳐다보고 있었어요. 불편했죠. 반대로 홍콩에 처음 갔을 때는 정말 편안했는데, 아무도 저한테 신경을 쓰지 않았기 때문입니다. 그리고 홍콩에는 외국인이 많다는 사실도 알았죠. 그게 답니다. 특별한 일은 없었어요.

· 숭산큰스님은 젊었을 때 이야기를 자주 하셨나요?

아니요. 저희가 물어보면 대답해주시기는 했지만 스님께서 먼저 말을 꺼내신 적은 없었습니다.

· 숭산큰스님은 젊었을 때 사형선고를 받으실 뻔한 적이 있다고 들었는
데…….

예, 저도 그 이야기를 알아요. 책으로 읽었거든요.

· 책으로 읽으셨다고요? 직접 들으신 게 아니라요?

아니요, 저는 숭산큰스님께 그런 질문을 한 적이 없으니까요. 하지
만 '부처님께 재를 털면'을 엮은 스티븐 미첼은 스님의 삶에 대한 질
문을 했고 숭산큰스님은 대답하셨죠.

· 읽으면서 놀라셨나요?

놀라지는 않았습니다. 하지만 정말 좋은 이야기죠. 많은 영감을 받
았습니다. 숭산큰스님은 아주 젊었을 때도 이미 수행이 깊으신 분이
었어요.

· 우봉스님께서도 나중에는 숭산큰스님처럼 스승이 되셨죠.

아마 1984년이었을 겁니다. 숭산큰스님과 함께 정진한 지 12년 째
였죠. 도합 14년 동안 수행하고 나서였습니다.

· 스승이 되고 싶으셨나요?

예. 스승이 되고 싶었어요. 하지만 어느 때부턴가 스승이 되고 싶

다는 갈망이 사라졌습니다. 그러고 나자 스승이 되었죠. 숭산큰스님이 제게 법을 인가하실 때에는 아무런 관심이 없었습니다. 숭산큰스님이 제게 물어보셨죠. 숭산큰스님께 요구하지 않았습니다. 그다지 바라는 것도 아니었습니다. 그게 그렇게 중요해 보이지도 않았구요.

· 랍비 이야기를 즐겨 하시는데요. 유대교 교육을 받으신 적도 있나요?

랍비 이야기를 자주 하는 이유는 좋은 이야기이기 때문입니다. 랍비 이야기를 좋아하기도 하고요. 수피교 이야기도 하는데, 제게는 이슬람교나 수피교랑 어떤 인연도 없습니다. 신문을 읽고 좋은 이야기가 있으면 설법에 자주 인용하죠. 아주 좋은 이야기이고, 아주 인간적인 이야기들인데다가 뼈, 그러니까 교훈도 가지고 있죠. 유대교 이야기는 폴란드에서 출간한 이야기책에서 인용한 것들입니다. 제목이 아마 '유태인의 지혜'였을 거예요. 웃기는 이야기들도 많이 나와 있었습니다. 그 책을 읽고 나서 머릿속에 남은 이야기들이 한두 개 있었습니다. 아주 오래전이었죠. 선불교라는 것이 존재한다는 것을 알기도 전이었죠. 하지만 나중에 수행을 하고 나자, 그리고 이게 수행을 하는 이유이기도 한데, 이야기들이 다시 의식의 수면으로 떠올랐습니다. 하지만 유대교 전통에 대해서는 잘 모릅니다. 거의 아는 것이 없어요.

"Mato! Take it!"
Oil | on canvas 190×90cm | 2012

"Mayo! Take it!"
Oil | on canvas 190×90cm | 2012

건강과
유머

몸을 전혀 돌보지 않고도 아주 오래 사는 사람들이 있다. 운동을 하고 신선한 야채만 먹는데 병에 걸려 일찍 죽는 사람들도 있다. 대개 우리는 우리가 어떤 업보를 가지고 있는지 알 수 없다. 왜 어떤 일이 나에게는 일어나지만, 다른 사람에게는 일어나지 않는가를. 그리고 사실 자신의 업을 모두 이해할 필요도 없다. 업은 인정하고 지금의 삶을 사는 것이 더욱 중요하다. 지금 몸의 상태가 어떤 이유로 일어났는지는 상관없다. 가장 중요한 것은 지금 무엇을 하는가이다. 우봉선사님은 수년 동안 수행하고 난 시점에서 심각한 건강 질환, 특히 심장 질환을 겪으셨다. 아직 젊었는데도 의사들은 6개월 내에 죽을 거라고 말했다. 하지만 우봉선사님은 두려워하지도 놀라지도 않으셨다. 그저 있는 그대로 받아들이고 계속 정진했을 뿐이다. 이런 태도 덕분에 우봉선사님은 아직도 살아서 제자들을 가르치신다. 모든 물리학의 법칙을 무시하고 떠 있는, 이미 몇 천 번이고 땅으로 떨어졌어야 했을 돌처럼.

· **건강 질환을 겪으신 이유가 무엇일까요?**

심각한 건강 질환은 몇 년 동안 수행을 하고 나서 나타났습니다. 그

낭 나타난 것뿐이에요. 제게 있어서는 일종의 가르침이었습니다.

· 수행하는 동안 나타나는 마(魔)와 비슷한 건가요?

아니요. 저는 건강 질환을 마로 보지 않았습니다. 건강 질환은 걸림돌이 아닙니다. 영원한 것은 없다는 일종의 가르침일 뿐이죠. 딱히 나쁜 것도 아니었습니다. 그저 하나의 새로운 경험이었죠. 입원했을 때, 의사들이 제가 6개월 내에 죽을 거라는 말을 했다고 형이 알려주었습니다. 곧 죽게 될 거라고. 그리고 저는 생각했습니다. 어, 그래, 기대할 만한 일이네. 단지 어머니께 조금 죄송했을 뿐입니다. 어머니가 먼저 돌아가셨으면 나을 거라고 생각했어요. 그 다음에 제가 죽으면 괜찮으니까요.

· 죽음을 두려워한 적이 있으세요?

아니요. 저는 어릴 때 제가 물에 빠져 죽을 거라고 생각한 적이 있는데, 실제로 물에 빠져 죽는 도중이었기 때문이죠. 그때 저는 궁금증으로 가득 찼던 것을 기억합니다. 어떨까? 뭐, 죽겠지. 어떤 느낌이 들까? 저는 겁에 질리거나 하지 않았습니다. 오히려 평화로운 기분이 들었죠. 그때는 수행의 수자도 몰랐어요. 하지만 어릴 때 이국적인 곳에 대한 책을 읽으면 두 눈으로 그곳을 직접 보고 싶었죠. 이런 식입니다.

· 그럼에도 삶을 즐기신 건가요?

예, 대개는요. 어렸을 때는 한동안 자살을 계획했던 때도 있었죠. 하지만 대체적으로는 사는 것을 즐깁니다.

· 유머 감각이 독특하신 편인데요. 유머도 수행의 일부인가요?

어떤 유머 감각을 이야기하시는 건지 잘 모르겠네요. 그러니까, 사람들은 보통 웃는 것을 좋아하죠. 저도 웃는 것을 좋아합니다. 재밌는 게 좋죠. 최근에 홍콩에서 설법을 한 적이 있습니다. 설법의 주제는 감정 조절이었어요. 설법을 시작하면서 저는 이렇게 말했습니다. 사람들을 가르쳐 오는 동안 깨달은 건데, 사람들은 감정을 큰 문제로 보지 않습니다. 감정은 문제가 아니에요. 그 오랜 세월 동안 제게 "스님, 제발 도와주세요. 저는 너무 행복해요. 어떻게 해야 할지를 모르겠어요. 행복을 어떻게 해야 하죠?"라고 전화를 걸거나 편지를 보내거나 찾아와서 물어본 사람은 없었거든요. 단 한 명도 없었어요. 문제가 되는 것은 몇몇 감정입니다. 두려움이나 질투, 분노 같은 감정들, 사람들이 어떻게 해야 할지 모르는 감정은 이런 것들이고 무엇이든 해보기 위해 도움을 구하지요. 하지만 "오, 너무 행복해요, 도와주지 않으면 자살할 거예요."라고 말한 사람은 없었어요. 이렇게 행동하는 사람은 없습니다. 그러므로 사람들은 웃는 것을 좋아하죠.

· 제자들 몇몇은 우봉선사님이 제자들을 전적으로 신뢰한다고 말했습니다. 이건 어떤 이유에서인가요?

예, 저는 제자들의 진정한 자아를 전적으로 신뢰합니다. 그건 맞습니다. 하지만 보통의 경우에 제자를 신뢰한다는 말은 제가 사람들을 어린애 취급하지 않으려고 노력한다는 뜻일 거예요. 저는 제자를 어린애처럼 생각하지 않습니다. 모두 어른들이죠. 어른은 자신의 삶을 책임져야 합니다. 그리고 실수하더라도, 뭔가 잘못을 하더라도 그건 언제까지나 자신의 삶이고 자신의 수행이며 자신의 경험이죠.

· 자식들도 이렇게 대하셨나요?

아니요, 아이는 아이입니다. 아이는 어른이 아니에요, 아시겠어요? 하지만 지금은 어른이 되었으니까 이렇게 대할 수 있었으면 좋겠네요.

Rice for me! For me!
Acrylic & Oil
on canvas 130.3×162cm | 2009

수행의 힘

우봉스님께서는 수행의 힘을 믿는다고 늘 말씀하신다. 그 말인즉, 불자는 아무것도 믿을 필요가 없다. 부처님, 그리고 유명한 스님이나 선사도. 자신이 속한 종파나 전통은 특히 그렇다. 하지만 수행을 포함해 지금 이 순간 자신이 하는 모든 것에는 전적인 신뢰와 믿음을 지녀야 한다. 특정한 종류의 수행을 하기로 결정하고 나서는 바꾸지 않는 것이 제일 중요하다. 오늘은 절하고 경을 외우는 것이 좋았지만 내일은 다른 것을 해보고 싶고, 이런 식은 통하지 않는다. 해가 떠 있든 비가 내리든 자신에게 주어진 수행법을 계속해라. 그러고 나서야 비로소 진정한 수행, 즉 정진이 어떤 것인지를 알 수 있다.

· 젊은 제자를 볼 때, 이 제자가 나중에 어떤 사람으로 성장할지가 보이십니까?

아니요, 제가 신비로운 능력의 소유자라는 인상을 풍기고 싶지는 않네요. 하지만 어떤 사람에게 가능성이 있는지 없는지는 볼 수 있습니다. 나중 일은 몰라요. 미래는 알 수 없습니다. 무슨 일이 일어날지는 제자에게, 그리고 제자의 수행에 달린 것이니까요. 하지만 가능성은 느낄 수 있다고 믿습니다. 하지만 제가 가능성을 느끼지 못하더라도 그 사람에게 가능성이 없는 것은 아닌데, 이는 제가 수행의 힘을 진심으로 믿기 때문입니다. 수행을 계속한다면, 나중에는 정말로 할 수 있게 됩니다. 정말로 할 수 있게 되는 것, 이것이 수행의 전부입니다.

· 선사님 스스로도 수행의 힘을 믿는다고 하셨는데요. 이 믿음은 어디에서 생겨나는 건가요?

음, 어느 정도는 경험에서 오죠. 수행의 힘을, 정진이 사람들을 바꾸는 것을 보았으니까요. 저는 그렇게 나이가 많지는 않지만, 1984년부터 정식으로 수행하는 법을 가르쳐왔으니까 벌써 27년이네요. 꽤 많은 양의 경험이지요! 거기에 불교와 승가에 얽히면서 다른 사람들이 수행하는 것을, 스승일 때만이 아니라 제자였을 때 보았던 것도 합친다면 그것 또한 41년의 경험입니다. 그리고 인생 경험도 좀 있죠. 이제 60년 어치 경험이 있네요. 이 60년의 경험 중 41년을 승가에서 보냈습니다. 상당한 양의 경험이죠. 여기에서 수행에 대한 자신감이 생기죠. 수행이 사람들을 바꾸는 것을 보아왔으니까요.

· 인생 경험과 수행 경험에는 큰 차이가 있나요?

어, 수행하는 사람이라면, 아니죠. 차이가 없어요. 수행하지 않는 사람에게는, 예, 차이가 있습니다.

· 평생 단 한 번도 정식으로 수행은 하지 않았지만 인생 경험은 많은 사

람이 깨달음을 얻을 수 있나요?

예, 그런 경우를 보았습니다. 현명한 사람들을 많이 보았죠. 이런 사람들은 정식으로 수행을 한 적은 없었지만, 사실 다른 방식으로는 수행을 했죠. 단지 불교식이 아닐 뿐입니다.

폴란드에서 이런 사람을 만났던 적이 있습니다. 연세가 많으신 노인이었어요. 저는, '우아, 이 사람이야말로 진짜 큰스님인데.'라고 느꼈죠. 단지 스스로 그것을 모를 뿐이었습니다. 노인분께서는 선이 무엇인지를 몰랐을 테니까요. 그분은 기독교도였습니다. 평생 늘 기독교도였죠. 이유는 모르겠지만 삶에 확실한 규칙성이 있었습니다. 일정한 방식의 수행이었고, 그렇게 오랜 세월을 보내셨죠. 어떤 수행이었냐고요? 매일 밖에 나가서 앉은 다음 앉아서 경치를 즐기는 것이었습니다. 노인분과 이야기를 나누어보니, 노인분이 느끼시는 즐거움이 정진할 때 나타나는 즐거움과 크게 다르지 않다는 것을 알 수 있었습니다. 노인분께는 분명 그런 류의 즐거움이 있었지만 결코 불교식으로 수행을 한 적은 없었죠. 그러므로 그것은 살면서 쌓인 지혜라고 생각합니다. 삶의 모든 경험을 자신의 것으로 소화해냈죠. 그리고 나서는 독특한 지혜가 모습을 드러냅니다. 아주 친절하고, 진심을 다해 사랑했고, 가슴 속에는 즐거움이 있었으며, 이 즐거움을 만나는 사람 모두에게 아낌없이 나누어주었습니다. 그리고 삶에 대해 이야기하는 그 태도란, 저는 그 노인분과 이야기를 좀 했는데, 노인분과 이야기하는 게 좋았고 그곳에 일주일 동안 머물렀기 때문에 매일 조금씩 이야기를 했습니다. 노인분께서 삶, 사람들, 그리고 철학에 대해서 이야기할 때마다, 마치 법담을 하는 느낌이 들었어요.

· 수행이 사람들에게 주는 영향에 대해 이야기하셨는데요. 하지만 5년 또는 10년을 정진하고 나서 포기하는 제자들도 많습니다. 수행은 이런 사람들에게 아무런 영향도 주지 않은 건가요?

예, 보통은 스스로를 평가하려는 마음이 나타나고, 그러고 나면 언젠가는 초조해지기 마련입니다. 무언가 기대를 하고 있거나, 아니면 절실하게 필요한 것이 있기 때문입니다. 하지만 아무것도 느낄 수 없기 때문에 결국 포기하죠.

· 어떻게 하면 기대를 없앨 수 있나요?

그냥 기대를 하지 마세요.

· 쉬워 보이네요.

예, 하지만 그게 가장 좋은 방법입니다. 홍콩에서 한 또 다른 설법 '오늘날의 바쁜 세계에서 마음을 깨끗하게 비우는 법'에서, 저는 장애물에 대해서 이야기했는데 그중에는 방금 말한 평가하는 마음도 있었습니다. 숭산큰스님께서는 평가하는 마음을 품은 사람들에게 일정한 수행을 내리셨습니다. 절을 많이 시키거나 불경을 외우게 하셨죠. 하지만 제 방식은 좀 다릅니다. 그냥 기대를 하지 마세요.

· 선사님께서는 공안 탁마를 할 때마다 "더욱 정진해야 합니다."라고 늘 빠짐없이 말씀하십니다. 정진을 더 하라는 게 무슨 뜻인가요? 좌선을 더 하라는 뜻인가요?

음, 지금 무엇을 하고 있나요?

· 선사님과 이야기하고 있죠.

예, 바로 그겁니다. 그 마음을 유지하는 것이 더욱 정진하는 것입니다.

Conductor
Acrylic & Oil | on canvas 53×45.5cm | 2008

별

오직 모를 뿐이란, 모든 생각을 잘라내는 것을 말합니다.
방해가 되는 모든 생각을 잘라내고 나면 참된 본성이 드러나고, 매 순간에 집중하며 살게 됩니다.
지금 무엇을 하고 계시나요? 오직 지금 이 순간에 집중하는 것이
모든 수행 또는 정진의 유일한 목표입니다.

1993년
전법식에서

(단상을 주장자로 내리친다.)

들리십니까? 그렇다면 이 주장자와, 주장자가 내는 소리 그리고 그대의 마음은 하나입니까, 아니면 서로 다른 것입니까?

할!!!

귀를 기울이세요. 구석에서 환풍기가 돌아가고 있습니다. "휘이이이이이."

어느 위대한 선사님은 이런 말을 남기셨습니다. "선의 문은 아주 넓다. 아주 쉽다." 숭산큰스님께서는 가르치시기를 "생각과 의견을 내려놓고 나면 완전함에 이른다."고 하셨습니다. 하지만 생각과 의견을 내려놓으라고 해서 눈뜬 장님이 되라는 것은 아닙니다.

두 가지 이야기를 들려드리겠습니다.

한 스님이 홀로 안거에 들어갔습니다. 한창 안거에 열중하던 어느 깊은 밤 보살이 나타나 스님에게 말했습니다. "스님은 위대하신 분입니다. 스님에게는 신통력이 있습니다. 내일 근처에 있는 낭떠러지로 가세요. 오직 믿으세요. 오직 믿음만을 가지세요. 낭떠러지에서 뛰어 내리는 순간 하늘을 날 수 있게 될 겁니다." 다음날 아침 스님은 근처에 있는 낭떠러지를 찾아가 뛰어내렸고, 땅에 떨어져 죽었습니다.

또 한 스님은 다른 스님들이 수행하는 동안 커다란 가마솥에다 밥을 짓고 있었습니다. 그 순간 수증기 속에서 보살이 나타나 스님에게 이렇게 말했습니다. "스님은 위대하신 분입니다. 스님에게는 신통력이 있습니다." 스님은 거기까지 듣고 나서, 밥을 젓고 있던 큼직한 주걱으로 환영을 후려갈긴 후 소리쳤습니다. "왜 스님들 드실 밥을 더럽히느냐?" 퍽! 이 스님은 나중에 위대한 큰스님이 되었습니다.

눈을 잃으면 목숨도 잃게 됩니다. 바르게 보는 눈을 가지면 모든 것을 얻을 수 있습니다. 그렇다면 바르게 보는 눈은 무엇일까요. 잘 보세요.

(단상을 주장자로 내리친다.)

오래전 부처님은 사리불존자에게 이렇게 말했습니다. "눈으로 보지 마라." 어쩌면, 바르게 보는 눈을 얻기 위해서는 눈을 버려야 하는지도 모릅니다. 그러나 눈이 없다면 어떻게 바르게 보는 눈을 찾을 수 있을까요?

별   149

(단상을 주장자로 내리친다.)

지금 이 자리에는 아주 귀한 손님(캄보디아 불교 최고 지도자 마하고사난다스님)이 와 계십니다. 그분께서는 눈이 늘 무언가를 먹고 있다고 하십니다. 먹는 눈입니다. 무엇을 먹고 있는 걸까요? 저도 잘 모르겠네요. 혹시 형태를 먹는 걸까요? 아니면 색깔을 먹는 걸까요? 먹고 나서 소화는 어떻게 하는 걸까요? 이건 도대체 어떤 눈인가요?

(단상을 주장자로 내리친다.)

한 스님은 설법 도중에 들고 있던 주장자를 가리키며 이렇게 말했습니다. "이 주장자에게는 특별한 눈이 달려 있다. 이 특별한 눈은 모든 것을 꿰뚫어볼 수 있다. 그대의 마음속까지도." 어쩌면 이게 바르게 보는 눈일지도 모르죠. 하지만 이건 도대체 어떤 눈인가요?

지금까지 말한 내용들 모두가 훌륭한 내용들입니다. 그렇다면 이 바르게 보는 눈은 어떻게 얻을 수 있을까요?

할!!!

보십시오.

(주장자를 머리 위로 올린다.)

이 주장자는 갈색입니다.

Black disaster
Acrylic & Oil | on canvas 53×45.5cm | 2008

(단상을 주장자로 내리친다.)

있는 것이 바로 없는 것입니다.

없는 것이 바로 있는 것입니다.

(단상을 주장자로 내리친다.)

있는 것도 없습니다. 없는 것도 없습니다.

없는 것도 없습니다. 있는 것도 없습니다.

(단상을 주장자로 내리친다.)

있는 것은 늘 있는 것입니다.

없는 것은 늘 없는 것입니다.

이 세 가지 중 옳은 것은 무엇입니까?

할!!!

낮에는 햇빛이 땅을 비춥니다.
밤에는 달빛과 별빛이 땅을 비춥니다.

우선 이 자리에 모이신 여러분께 모두 감사드립니다. 이 자리에는
멀리 있는 홍콩과 한국, 미국 그리고 유럽 각지에서 찾아오신 손님들
도 계십니다. 숭산큰스님께서는 건강상의 문제로 그동안 장거리 여
행을 삼가 오셨으나, 이 자리에 참여하기 위해 힘든 여정을 무릅써주
셨습니다. 진심으로 감사드립니다. 이 자리에 모이신 도반 여러분 모
두에게 감사드립니다. 여러분 모두가 아주 바쁘시다는 걸 잘 알고 있
습니다. 승단을 이끌어야 하는 막중한 책임을 지니신 여러분께 모두
진심으로 감사드립니다. 이 자리에 모이신 여러분 모두에게 감사드
립니다. 그리고 관음선종 도반들이 이렇게 한자리에 모인 것을 보니
정말 행복하군요.

자, 우리는 왜 선 센터를 짓습니까? 제가 태어난 폴란드를 비롯한
유럽의 여러 국가에서는 황새가 복을 가져다준다고 믿습니다. 이 선
센터도 황새가 물어다준 걸지도 모르지요. (웃음)
시골에서는 황새가 자기 땅 위에 사는 것을 길조로 여깁니다. 그렇
다면 시골 사람들은 황새를 어떻게 꼬드길까요? 먼저 기다란 나무를
찾은 후에 그 나무를 집 위에 세우고, 그 위에 커다란 둥지를 만들어

줍니다. 둥지가 충분히 크다면, 언젠가는 크고 잘생긴 황새가 나타나기 마련입니다. 크고 잘생긴 황새가 집에 사는 것은 아주 좋은 징조죠. 선 센터는 바로 이런 황새 둥지와 같습니다. 파리 선 센터에도 황새들이 많이 찾아왔으면 좋겠네요. 그리고 황새들이 불자도 많이 물어다 줬으면 좋겠습니다.

해안선을 따라가다 보면 바다 위에 빛을 내는 부표가 떠다니는 것을 볼 수 있는데, 선 센터는 이런 부표라고도 할 수 있습니다. 부표가 내는 불빛은 일정한 신호를 나타냅니다. 이쪽으로 가라, 저쪽으로 가라, 하는 식으로요. 이 선 센터를 시작으로 해서 앞으로는 더 많은 부표가 나타나기를 기원합니다. 그러고 나면 길을 잃은 이 세상도 방향을 찾을 수 있게 될 겁니다.

선 센터에 대한 비유가 아직 하나 더 남았습니다. 가끔 이렇게 묻는 분들이 있습니다. "선 센터가 무엇인가요?" 그럼 저는 선 센터가 어떤 곳인지를 간단하게 설명해드립니다. 선사는 사실 그렇게 중요한 사람이 아니라 단지 중요한 역할을 맡고 있을 뿐입니다. 조금 중요한 역할입니다. 우리 선사들은 배의 항법사와 같습니다. 항법사는 배가 방향을 잡도록 돕습니다. 하지만 배에서 제일 중요한 역할을 맡은 사람은 항법사가 아니라 바로 선장입니다. 사람은 모두가 선장입니다.

자기 배의 선장이죠. 즉, 선 센터는 항법사 학교입니다. 미래에는 더 많은 항법사들이 이곳을 찾을 것입니다. 그리고 다른 선 센터와 절의 항법사들과 함께 힘을 합쳐 길을 찾을 것입니다. 힘을 합쳐 이 세상이 길을 찾도록 도울 것입니다. 그러나 최종적인 책임은 항법사에게 있는 것이 아닙니다. 책임은 바로 선장에게 있습니다.

모두 좋은 내용입니다. 그러나 운문선사님은 오래전에 이렇게 말하신 적이 있습니다. "세상은 크고 넓다. 그렇다면 우리는 왜 종소리가 울리면 일곱 겹의 가사를 입는 것일까?" 이 질문이 무엇을 묻는지를 이해하신다면 '파리 선 센터'를 제대로 이해하신 것입니다. 아직 이해가 안 되시는 분들은, 지금부터 잘 들으십시오.

(주장자를 높이 든다.)
이게 보이십니까?

(단상을 주장자로 내리친다.)
이 소리가 들리십니까?
그렇다면 이 주장자와, 이 소리와, 그대의 마음은 하나입니까, 아니면 서로 다릅니까?

My favorite horse
Acrylic & Oil | on canvas 72.7×91cm | 2012

깨달음을
향한 순례

!

1986년 12월 6일 프로비던스 선 센터에서 성도절을 기념하며 펼치신 설법

(주장자로 단상을 세게 내리친다.)
부처님은, 별을 보고 깨달음을 얻으셨습니다.

(다시 한 번 단상을 내리친다.)
구지스님을 모시던 동자승은, 손가락을 보고 큰 깨달음을 얻었습니다.

(또다시 단상을 내리친다.)
오늘은 부처님의 깨달음을 축하하는 날입니다. 하지만 구지스님을 모시던 동자승의 깨달음도 축하할 것입니다. 누구의 깨달음이 더 클까요? 부처님의 깨달음일까요, 동자승의 깨달음일까요?

할!!!

오늘은 토요일입니다.

성도절은 오랫동안 전해져 내려온 전통입니다. 모두 성도절에 무엇을 축하하는지 잘 아시겠죠. 성도절을 축하하는 데에는 충분히 그럴 만한 이유가 있습니다.

석가모니 부처님, 여기서 석가모니는 '깨어난 사람'이라는 뜻입니다. 그 말인즉, 깨달음을 얻기 전에 부처님은 잠들어 계셨다는 뜻입니다. 불경에 보면 삶은 꿈과 같다는 표현이 자주 나옵니다. 부처님 그리고 다른 조사님들이 남기신 말에 따르면, 사람들을 이 꿈에서 깨우는 것이 저희 불자들의 역할입니다.

고타마 붓다라는 사람에게 일어난 일이 바로 이것입니다. 구지스님의 동자승에게 일어난 일도 이것입니다. 우리는 여기에서 부처님과 동자승이 얻은 깨달음을 축하하고 있습니다. 하지만 깨달음은 부처님이나 동자승만 얻는 것이 아닙니다. 지금 이 자리에 모인 사람 누구나 지금이라도 깨달음을 얻을 수 있습니다.

깨달음과 삶의 문제는 어떻게 관련되어 있는지 제게 물어보신 분이 있습니다. 대개 사람들은 왜 수행을 해도 삶의 문제들이 사라지지 않는 것인지를 이해하지 못합니다. 수행과 삶의 문제 사이에는 어떤 관계가 있을까요?

우리는 지금 이 순간 존재하고 있습니다. 무엇이 더 필요한가요?

158

지금 이 순간은 매우 소중합니다. 제가 최근 들어 이 말을 지나치게 자주 하고 있다고 생각하실 수도 있습니다만, 그건 제가 매 순간을 그만큼 더 소중히 여기게 되었기 때문입니다. 지금 이 순간은 결코 되찾을 수 없습니다. 한 번 지나가고 나면 영영 돌아오지 않습니다. 숭산큰스님은 이를 조금 다르게 표현하십니다. "시간은 널 기다리지 않는다."라고 하시죠. 삶의 모든 순간에는 놀라운 기회가 깃들어 있습니다. 삶의 모든 순간은 잠에서 깨어날 수 있는, 놀라운 기회입니다. 깨어나고 나서부터는 경험하는 모든 순간이 온전히 자기 것이 됩니다. 부처님은 별을 보고 무언가를 깨달으셨습니다. 무엇을 깨달으셨을까요?

재밌는 이야기를 하나 들려드리겠습니다. 안상스님의 꿈에 관한 이야기입니다. 안상스님은 꿈속에서 미륵불의 궁전에 가게 되었습니다. 어디에 있는지는 잘 모르겠지만 사람들이 열심히 정진하는, 정말 좋은 곳임은 틀림없어요. 안상스님이 들어가자 이미 스님들이 법당을 가득 채우고 있었습니다. 안상스님에게는 법당 앞쪽 특별석 중 세 번째 자리가 주어졌습니다. 그리고 모임의 의장을 맡으신 늙은 스님 한 분이 일어나 의사봉으로 단상을 세 번 두드리고는 이렇게 말했습니다. "지금부터 세 번째 특별석에 앉으신 스님의 설법이 있겠습니다." 안상스님은 단상으로 올라가 마찬가지로 단상을 세 번 두드린 후 설법을 시작했습니다. "대승불교의 가르침은 사구, 즉 모든 생각과 백

비, 즉 모든 부정을 넘어서 있습니다. 잘 들으세요. 귀를 기울이세요."

안상스님은 무슨 뜻으로 이런 말을 하셨을까요? 귀를 기울여 들으면, 눈을 크게 뜨고 보면, 지금 이 순간에 모든 신경을 집중한다면 안상스님이 무엇을 말하고 싶으셨는지 깨달을 수 있지 않을까요? 무언가를 원한다면, 그것에 집착하고 있다면 지금 이 순간을 놓치게 됩니다. 지금 이 순간을 놓치는 것은 결국 삶을 잃는 것과 같습니다. 우리가 수행을 하는 까닭은 삶을 되찾기 위해서입니다. 지금 이 순간을 놓치지 않는 것이 곧 깨달음으로 향하는 길입니다.

한순간 깨어 있다가 다시 잠들게 되는 경우도 있습니다. 그렇게 다시 꿈속으로 들어가면 깨달음도 사라집니다. 예전에 관음선종의 성장에 대해 눈사태의 비유를 든 적이 있습니다. 눈사태는 아주 작은 것에서 시작되지만 삽시간에 번져나갑니다. 한 사람이 모이고 두 사람이 모여 선 센터가 생기고, 그렇게 시작된 성장은 멈추지 않습니다. 보세요, 이렇게 성장하지 않았습니까?

수행도 마찬가지입니다. 그 시작은 순진하기 그지없습니다. 마음을 깨끗하게 비우기 위해, 또는 다른 사람을 돕기 위해서 찰나일지라도 '노력하는 마음'을 가지게 되는 경우가 있습니다. 이 짧은 순간은 고귀한 상징과도 같은데, 바로 이 순간이 눈사태의 시작을 나타내는 신호이기 때문입니다. 설사 '노력하는 마음'을 잃어버리더라도 우리는 다시 그것을 찾아 나섭니다. 살다 보면 다들 바쁘고 할 일이 많기 때문에 노력하는 마음을 다시 찾아 나서는 데에는 오랜 시간이 걸릴지도 모릅니다. 그러나 언젠가는 기필코 찾아 나서게 됩니다. 되찾은 노력하는 마음을 또다시 잃게 되더라도, 또 다시 찾으면 그만입니다. 지금 이 순간 깨어 있으려고 노력하는 마음, 어느 유명한 경전의 표현을 빌자면 지금 이 "순간에 존재하려는" 마음. 이 마음이 사라지는 순간 우리는 다시 꿈속으로 잠겨 들어가게 됩니다.

게으름이나 무관심함, 또는 지나친 집착 때문에 우리는 기껏 찾은 노력하는 마음을 잃게 됩니다. 그러나 처음 눈사태를 일으켰던 고귀한 순간의 노력, 그리고 이어지는 두 번째, 세 번째 깨어남은 비록 사라질지라도 그 노력은 결코 사라지지 않습니다. 심상찮다는 느낌 때문에 우리는 다시금 시도해 봅니다. 그렇게 노력해 나가다 보면, 자기도 모르는 사이에 가사와 장삼을 걸치고 있습니다. 많은 일들이 일어나기 시작할 겁니다. 그리고 한번 시작된 일들은 눈사태처럼 멈추지 않고 이어질 것입니다. 이 자리에 오기로 결정하신 것은 비록 작은 시도일지 모르지만 언젠가는 열매를 맺게 될 겁니다.

저는 대학에 다니던 동안(이게 제게 있어서는 놀라운 '지적 깨달음'이었습니다) 사람은 결국 제대로 죽기 위해 산다는 결론에 도달했습니다. 어떻게 보면 삶은 죽음을 위해 준비하는 과정일 뿐입니다. 저는 이 결론도 썩 나쁘지 않다고 생각합니다. 언젠가는 우리의 몸을 버려야 하는 날이 올 테니까요. 만일 무언가를 원하고 있거나 지나치게 집착하고 있는 것이 있다면 죽음은 너무나 괴로울 것입니다. 그러나 우리가 깨어 있다면 죽음조차 신비로운 체험이 될 수 있습니다.

대학 시절, 저는 정치를 통해서 세상을 보다 나은 곳으로 바꾸려고 했지만 종국에는 크게 실망하고 말았습니다. 요가, 불교, 마음에 관한 책을 읽기 시작한 것도 이때였습니다. 이 책들은 인간으로 산다는 것의 의미, 소통할 능력이 있는 존재로서 산다는 것의 의미에 대해 논하고 있었습니다. 그때부터 저는 삶과 죽음에 매료되었습니다. 특히 위대한 스승님들의 임종에 대한 이야기를 즐겨 읽었습니다. 수많은 이야기들 중 저는 중국인 방거사의 이야기가 특히 마음에 들었습니다.

전설에 따르면 방거사의 아내와 아들, 그리고 딸을 포함한 가족 모두가 깨달음을 얻었다고 합니다. 방거사를 유명하게 만든 사건이 하나 있는데, 그는 어느 날인가 가지고 있던 물건을 모두 수레에 담은 후 수레를 강에다 밀어 넣었습니다. 제가 기억하는 게 맞다면 방거사의 아내와 아들은 그 사건 이후로 집을 나갔을 겁니다. 이 사건 때문이었는지, 아니면 다른 이유가 있었는지는 잘 모르겠지만 하여튼 아내와 아들과 좋게 헤어졌던 걸로 기억합니다. 방거사는 대나무로 이것저것을 만들어 장에 내다 팔던 딸과 함께 단둘이 살았습니다.

방거사는 때때로 시를 짓기도 했습니다. 어떤 면에서는 스님처럼 살았지만 결코 머리를 깎거나 승복을 입는 일은 없었습니다. 그럼에도 늘 이곳저곳을 떠돌며 스님들과 법을 겨루었습니다.

그러다 죽음을 예감한 방거사는 주위 사람들에게 자신이 곧 죽을 것이라고 미리 말했습니다. 마지막 날이 오자 방거사는 몸을 정갈히 씻고 깨끗한 옷으로 갈아입은 후 방석에 앉았습니다. 그리고 딸에게 정오가 되면 자신을 부르러 오라고 말했습니다. 잠시 후, 딸이 집 안으로 들어와 이렇게 말했습니다. "아버지, 일식이 일어나고 있어요." 방거사는 딸에게 물었습니다. "잘못 본 것 아니니?" 딸은 나갔다가 다시 들어와서는, "아니에요. 지금 태양에 그림자가 지고 있어요. 빨리 나와서 보세요."라고 말했습니다. 방거사가 밖으로 나가자마자 딸은 재빨리 방거사가 앉아 있던 방석에 가부좌를 틀고 앉았고, 얼마 안 지나 죽고 말았습니다. 집으로 들어온 방거사는 자기 방석 위에서 죽어 있는 딸을 발견했습니다. "딸아, 네가 나를 앞질렀구나." 방거사는 아마 이런 말을 했던 걸로 기억합니다. "이런, 이제는 죽을 수가 없구나. 일단 이 일을 처리해야겠어. 딸을 위해 장례식을 치러야겠다."

그 시대에는 사람이 죽으면 화장을 하고 나서 재를 뿌리는 것이 전통이었습니다. 방거사는 일주일 동안 죽음을 미루고 딸의 시신을 수습하는 데 시간을 보냈습니다. 모든 일을 마치고 나서 방거사는 가부좌를 틀고 앉았고 곧 죽었습니다. 방거사의 친구는 장례식을 치러 달라는 방거사의 유언대로 화장을 한 후 재를 뿌렸습니다. 이렇게 방거사 가족의 반이 사라졌습니다.

방거사가 죽었다는 소문은 아내의 귀에까지 들어갔습니다. 아내는 아들과 함께 농사를 지으며 생계를 꾸려가고 있었습니다. 아내는 이렇게 말했습니다. "어휴, 이런 멍청한 노인네랑 계집애를 봤나. 나한테는 말 한마디 없이 그런 일을 저지르다니." 아내는 밭에서 괭이질을 하고 있던 아들에게 이 소식을 전했습니다. 아들은 "사!"라고 크게 외치더니 잠시 동안 서 있다가 그 자세 그대로 죽었습니다. "어휴, 바보 같은 아들놈." 아내는 이렇게 말했습니다. 그러고는 아들의 시신을 수습해 장례를 치르고 친구들에게 작별인사를 마친 뒤 어디론가 사라졌습니다. 그 이후로 아무도 방거사의 아내를 보지 못했습니다.

제가 이 이야기에 푹 빠진 이유는 다름이 아니라, 저희가 하고 있는 수행의 목적이 진정한 삶을 사는 것이기 때문입니다. 저는 이야기를 이렇게 이해했습니다. 표면적으로는 단지 삶에 미련을 버리고 죽을 수 있는가에 관한 이야기이지만, 나아가 저는 이것을 '꿈'의 죽음에 대한 상징이라고 해석합니다. 불교의 가장 근본적인 진리에는 그 어느 것도 영원불멸하지 않다는 것이 있습니다. 그러나 우리는 영원하지 않기에 결코 잡히지 않는 것을 잡으려 끊임없이 노력합니다. 우리는 태어나고, 덧없는 것을 잡다가 죽습니다.

최근 폴란드에 갔을 때에는 순례 비슷한 것을 했습니다. 처음 계획은 숭산큰스님과 함께 여러 종교를 아우르는 모임을 여는 것이었는데 도무지 계획대로 풀려주지 않았습니다. 모임을 계획하고 날짜를 정했는데, 우연찮게도 그날은 교황이 이탈리아에 있는 아시시라는 도시로 여러 종교 지도자들을 초대한 날이었습니다. 결국 저희가 계획한 순례는 아시시의 모임을 축하하는 것이 되었습니다. 예상치는 않았지만 이는 매우 다행스러운 일이었습니다. 폴란드 기독교 쪽에서도 교황이 아시시로 지도자들을 초대한 일을 알고 있었기 때문에, 저희 순례에 여러모로 정말 많은 도움을 주었습니다.

보통의 경우 순례는 삶에 있어서 특별한 장소나 사람을 만나러 여행하는 것을 뜻합니다. 이번 순례의 목표는 폴란드의 기독교 성지 여러 곳을 방문하는 것이었습니다.(아쉽게도 폴란드에는 아직 불교 성지가 없지만, 분명 곧 생길 겁니다.) 저희 불자들에게도 충분히 의미 있는 일이었습니다. 삶과 순례 사이에는 비슷한 점이 많습니다. 사람은 모두 순례자이기에 어찌 보면 이번 순례 자체는 그렇게 특별하지 않았습니다. 사람들은 모두 깨달음을 향한 순례자이기 때문입니다.

주위에서 저희 순례를 어떻게 보든, 아시시의 모임을 어떻게 보든, 아니면 저희가 가진 직업과 하는 일을 어떤 식으로 여기든 저희의 목적은 늘 같습니다. 저희는 모두 일종의 맹세로 맺어진 사람들입니다. 이 맹세는 다른 것이 아니라 진정한 자신을 찾거나, 살아 있는 모든 존재를 돕겠다고 결심하는 것입니다. 그렇다면 어떻게 모든 생명체를 도울 수 있을까요? 모든 생명체를 도울 '나'는 또 누굴까요?

저희는 모릅니다. 저희의 순례는 '오직 모르는 마음'의 길입니다. 그게 저희 가르침의 근본입니다. 그대는 지금 이 순간 무엇을 하고 있습니까? 조금만 더 집중하세요. '오직 모르는 마음'과 '깨달음', '진정한 순례'와 '진정한 삶', 그리고 '진정한 죽음', 어떻게 하면 이 모든 것들을 삶의 일부로 만들 수 있을까요? 어떻게 하면 스쳐 지나가는 삶의 모든 순간들을 온전한 것으로 만들 수 있을까요?

불교에서는 전통적으로 '네 가지 어려움'이라는 것이 있습니다. 사람의 몸으로 태어나는 것이 첫 번째 어려움입니다. 여기 모인 여러분들께는 아주 쉬운 일이었죠. 어느 날 갑자기 사람으로 태어났으니까요. 두 번째는 부처님의 법을 접하는 것입니다. 자상한 스승을 만나는 것이 세 번째 어려움입니다. 마지막 어려움이 우리가 지금까지 '깨달음'이라고 불러 온 것입니다. 전통적으로는 이 중에서 자상한 스승을 찾는 것이 가장 중요하다고 합니다. 좋은 스승을 찾아 좋은 가르침을 받을 수 있다면 우리는 언젠가 모두 깨달음을 얻게 될 것입니다. '언젠가'는 너무 멀다고 생각하시는 분이 계실지 모릅니다. "부처님의 깨달음은 너무 멀어요."라고 말하신 분도 계셨으니까요. 지금 이 순간 깨달음을 얻을 수 있을지도 모릅니다. 꼭 기다릴 필요는 없잖아요?

부처님은 별을 보았고 동자승은 손가락을 보았습니다. 부처님과 동자승이 얻은 것을 찾기 위해서는, 우선 좋은 가르침이 필요합니다. 잘 들으세요, 귀를 기울이세요.

(주장자로 단상을 내리친다.)
위대한 스님 한 분은 이렇게 말했습니다. "있는 것이 곧 없는 것이요, 없는 것이 곧 있는 것이다."

(단상을 다시 한 번 내리친다.)
다른 스님은 이렇게 말했습니다. "아무것도 없고, 없는 것도 없다."

(단상을 또다시 내리친다.)
그리고 또 한 분의 위대한 스님은 이렇게 말했습니다. "있는 것은 있는 것이요, 없는 것은 없는 것이다."

이 중에서 저희에게 도움이 되는 가르침은 무엇일까요? 이 스님들 중 저희에게 도움이 될 만한 분은 누구일까요? 깨달음을 가져오실, 부처님과 같은 진정한 스승님은 이 중 누구일까요?

할!!!

Temptation
Acrylic & Oil | on canvas 72.7×60.6cm | 2008

1990년 4월 9일 프로비던스 선 센터에서 부처님 오신 날을 기념하며 펼치신 설법

(주장자로 단상을 내리친다.)

오래전 모든 생명체를 구하고 떠나가신 분이 있었습니다. 그분이 지나가신 길은 아직도 저희의 삶에 본보기가 되고 있습니다.

(단상을 다시 한 번 내리친다.)

오래전 위대한 분이 이렇게 말했습니다. "진정한 길에는 시작도 끝도 없다." 이 가르침은 오늘날에도 저희를 이끌고 있습니다.

(단상을 또다시 내리친다.)

우리도 이 세상에 태어나 오늘 이 자리에 모였고 얼마 지나지 않아 모두 떠날 것입니다. 이렇게 삶을 지나가는 동안 우리는 어떻게 하면 진정한 길을 찾을 수 있을까요? 어떻게 하면 시작도 끝도 없는 길에 오를 수 있을까요?

할!!!

북쪽으로 겨울은 떠났습니다. 남쪽에서 봄이 왔습니다.

최근 숭산큰스님께서는 모스코바에서 열린 중요한 학술회의에 참석하셨는데, 요행히 저도 스님을 모시고 함께하게 되었습니다. 회의의 이름은 인류의 생존을 위한 세계종교지도자대회였습니다. 주요 주제로는 인류가 지구와 어떤 관계를 맺고 있는가, 지구를 어떻게 파괴하고 있는가, 그리고 인류는 어떻게 살아남을 것인가가 있었습니다.

이번 모임의 표제어는 생태학이었습니다. 웹스터 사전에 따르면, 생태학은 생물과 환경의 상호작용을 연구하는 생물학의 한 분야입니다.

인류는 환경과 어떤 관계를 맺고 있을까요? 부처님의 가르침은 명료한 답을 제시하고 있습니다. 물론 부처님의 시대에는 대기오염이나 오·폐수, 그리고 토양 파괴와 같은 구체적인 문제가 존재하지 않았습니다. 그렇기에 부처님은 환경오염에 대해 구체적인 해결책을 언급하지는 않으셨습니다. 부처님이 가르치신 생태학은 보다 기초적이고 포괄적인 종류의 생태학입니다.

이 가르침은 워낙 보편적이기 때문에 생물학적인 생태학에만 적용되는 것이 아니라 윤리 또는 종교에도 적용됩니다. 또한, 순간순간을 바르게 보고, 바르게 수행하고 바른 관계를 맺으라는 조사들의 가르침에도 나타나 있습니다. 이 가르침을 제대로 이해하기만 한다면 사람이 자연과 맺는 관계를 비롯한 모든 관계를 이해할 수 있습니다. 땅, 물, 하늘, 바람, 나무, 풀, 그리고 동물들과의 관계만이 아니라, 사람들끼리의 관계도 말입니다.

부처님의 가르침에서 보자면, 인류의 생존을 위해 회의를 연다는 일 자체가 이미 잘못된 일입니다. 인류의 생존이라는 목표는 지구 전체에서 인류만을 따로 떼어놓고 있습니다. 인류의 존속을 위해 세상을 사랑하는 것으로는 충분하지 못합니다. 조건을 다는 사랑은 진정한 사랑이 아닙니다. 진정한 사랑은 무조건적인 것이기 때문입니다. 실제로 이번 회의에서는 사랑이라는 말이 자주 언급되었습니다. 그렇다면 사랑은 무엇입니까?

중국의 남전스님은 어느 날 법당에서 수백 명의 중들이 고양이 한 마리를 두고 다투는 것을 보게 되었습니다. 남전스님은 고양이를 집어 들고 나서, 침묵에 잠긴 대중을 향해 이렇게 외쳤습니다. "아무나 말해보거라. 말하지 않는다면 이 고양이를 죽이겠다!" 아무도 입을 열지 않았기 때문에 결국 남전스님은 고양이를 죽였습니다. 남전스님은 나중에 제자 조주스님에게 이 일에 대해 말해주었는데, 조주스님은 이야기를 듣자마자 신고 있던 신발을 벗어 머리 위에 이고 방에서 걸어 나갔습니다. 그러자 남전스님이 이렇게 말했습니다. "네가 그곳에 있었더라면 고양이를 구했을 것을."

이 공안의 주제는 바로 사랑입니다. 남전스님은 이 질문을 통해 제자들이 고양이를 사랑하는지 아니면 그저 원할 뿐인지를 보고 싶었던 것입니다. 저는 오늘 이 자리의 여러분께 묻고 싶습니다. 남전스님이 말해보라고 했을 때 여러분이 그 자리에 계셨다면 어떻게 고양이를 구했을까요? 그리고 조주스님은 왜 저런 행동을 취했을까요? 이 질문들에 대한 답을 찾고 나면 사랑이 무엇인지를 이해하실 수 있을 겁니다. 이 공안을 깨닫는 것은 곧 진정한 사랑을 알게 되는 것입니다. 그리고 생태학적으로 환경과 바른 관계를 맺는 것 역시 진정한 사랑의 일부입니다.

카오스 이론이라는, 비교적 새로운 과학의 분야가 있습니다. 말 그대로 카오스, 즉 혼돈을 연구하는 일입니다. 사전적으로 '카오스'란 단어는 절대적인 혼돈이란 뜻이지만, 과학자들에게는 이를 조금 다르게 해석합니다. 과학자들은 카오스 공식을 통해 어느 한순간에 일어날 수 있는 수많은 가능성을 계산해냅니다. 대기의 흐름을 비롯한 각종 기상현상을 계산하는 공식, 그리고 주식 시장의 변동을 예측하는 공식 또한 대표적인 카오스 공식 중 하나입니다.

여기서 과학자들이 발견해낸 흥미로운 점은, 아무리 혼란스러운 체계일지라도 그 속에는 어떤 종류의 규칙이 숨어 있다는 것입니다. 과학자들은 이에 더불어 기존에는 아주 규칙적이고 예측 가능하다고 여겨졌던 체계들에도 혼란이 깃들어 있다는 사실을 밝혀냅니다. 물론 동양의 지혜를 아는 사람들에게 이는 그다지 놀라운 일이 아닙니다.

한국의 태극기를 예로 들어보지요. 태극기의 기초가 되는 태극문양을 살펴봅시다. 붉은색은 양을 나타내는데 음을 나타내는 푸른색이 양의 영역을 침범하고 있습니다. 같은 식으로 양은 음의 영역을 침범합니다. 음은 양을 낳고, 양은 음을 낳습니다. 혼돈은 질서를 낳고, 질서는 혼돈을 낳습니다. 우리는 이처럼 이원적인 세계에 살고 있습니다. 어느 한쪽이 사라진다면 반대쪽 하나도 사라지기 마련입니다. 세상의 모든 남자들이 사라진다면 여자의 존재는 무의미해집니다. 어둠이 사라진다면 빛 또한 사라집니다. 어리석음이 사라지게 된다면 깨달음도 존재하지 않게 됩니다.

서로 반대되는 힘으로 가득한 이 세상에서 바르게 본다는 것, 바른 관계를 맺는 것, 그리고 바르게 수행한다는 것은 대관절 무엇일까요? 이원적인 세계를 이해하려면 우선 자연의 모든 것을 존중해야 합니다. 밤이 없이는 낮도 없을 것이기에, 밤을 싫어하는 것은 어리석은 짓입니다. 자연을 존중한다면 자연을, 나아가 이 지구를 소유하고 있다는 생각부터 버려야 합니다. 지구가 '나'의 것이라는 생각을 버리고 나면, 지구는 모든 생명체가 공유하는 것이라는 사실을 깨닫게 됩니다.

따라서 우리가 할 일은 단순합니다. 우리가 가진 생명은 부모님에 게서만 온 것이 아닙니다. 땅, 물, 공기, 그리고 해와 달은 모두 우리의 삶을 지탱하고 있습니다. 정확히 말하자면, 땅과 물과 공기와 해와 달이 우리에게 생명을 주었습니다. 이들도 우리의 부모님입니다. 우리에게 효도할 책임이 있다면, 부모님만이 아니라 전 세계에 효도할 책임이 있는 셈입니다. 이것이 부처님의 가르침입니다. 그리고 숭산 큰스님의 가르침입니다. 바로 자연의 가르침입니다. 궁극적으로, 오염하지 말아야 할 것은 자연만이 아니라 바로 스스로의 마음입니다.

부처님의 가르침은 지극히 간단합니다. 부처님은 분노와 욕망과 어리석음을 없애는 방법을 가르치셨습니다. 분노와 욕망과 어리석음은 마음의 3대 오염물질입니다. 이 세 가지의 오염을 없애고 나면 다른 오염도 자연히 사라집니다. 그러나 분노, 욕망, 어리석음 이 중 어느 하나라도 남아 있다면 자연과 조화를 이룰 수 없습니다. 자연과 조화를 이루지 못함은 곧 자연을 파괴하는 것으로 이어집니다.

초등학교 과학 시간에 배우는 것 중에 이런 실험이 있습니다. 뜨거운 물로 가득 채운 수조와 차가운 물로 가득 채운 수조를 물이 자유로이 오가도록 연결해 놓으면 따로 휘젓지 않아도 얼마 안 가 두 수조의

온도가 똑같아집니다. 뜨거운 물로 채운 수조는 식고, 차가운 수조는 미지근해집니다. 뜨거운 물에는 더 많은 열에너지가 있습니다. 이 열에너지는 일종의 균형을 찾아 움직입니다.

이런 현상은 자연 어디에서나 늘 일어납니다. 회의에 참석한 사람들 가운데 일부는 세상의 균형이 깨졌다고 말했습니다. 그러나 사실 세계는 늘 균형을 이루고 있습니다. 환경문제는 죽음과 질병 그리고 배고픔으로 나타나고 있습니다. 이런 결과는 너무나도 당연한 답입니다. 환경문제로 인한 고통은 더 큰 비례식의 일부에 지나지 않습니다. 인류가 퍼뜨리고 있는 나쁜 기운이 세계라는 수조 안에서 퍼져 나간 결과에 불과합니다. 이는 곧 부처님의 가르침과 일맥상통합니다. 부처님은 삶에서 올바른 균형을 이루는 방법을 사람들에게 가르치셨습니다. 가족이나 친구를 대할 때에도. 동물과 식물과 대기를 비롯한 온 지구를 대할 때에도. 이 모든 관계에서 균형을 이루는 법을 가르치셨습니다.

회의가 진행되는 동안 사람들은 제각기 환경문제에 대한 대안을 내놓았습니다. 그리고 숭산큰스님이 말하실 차례가 돌아왔습니다. 숭산큰스님은 업보에 대한 이야기를 꺼냈습니다. 세상의 모든 결과에는 원인이 있습니다. 모든 질병에는 근원이 있습니다. 질병의 근원을 바로잡음으로써 어떤 질병도 치료할 수 있듯이, 그 근원을 바로잡을 수 있다면 어떤 업보라도 되돌릴 수 있습니다. 그러기에 앞서 우리는 자신의 견해와 의견, 즉 '나, 나의 것'을 내려놓아야만 합니다. 짧게 말해서 숭산큰스님은 모두에게 깨끗한 마음을 가지라고 말씀하셨습니다. 누구든지 마음을 맑게 비우고 나면 법을 깨우칠 수 있습니다. 이 법은 계속 퍼져나가 온 세상을 적실 것입니다.

이 가르침은 지극히 단순하고 지극히 명료합니다. 그러나 수행을 해보신 적이 있는 분이라면 이토록 단순한 것조차 막상 따르기는 그리 쉽지 않다는 것을 아실 겁니다. 수행자의 가장 나쁜 버릇 중 하나는 스스로의 정진을 가늠하고, 스스로에게 의심을 품는 것입니다.

살아가다, 또는 정진하다 보면 스스로에 대한 의심에 빠져들어 마비되기 십상입니다. 인류의 앞에 놓인 환경문제는 너무나 거대해 보입니다. 정신적인 오염현상은 오히려 마음공부를 하는 분들에게 더욱 커 보일 때가 많습니다. 이 세상을 돕는 일은 가능하기나 한 걸까요?

숭산큰스님의 가르침 중 제게 가장 소중했던 것을 예로 들겠습니다. 숭산큰스님은 마음에는 두 종류가 있다고 제게 가르치셨습니다. '할 수 있다'는 마음과 '할 수 없다'는 마음이 그것입니다. '할 수 없다'고 생각하는 사람은 아무것도 할 수 없습니다. '할 수 있다'고 생각하는 사람에게는 무엇이든 가능합니다. 무엇보다, 그냥 하세요. 삶의 모든 순간에는 불법이라는 부처님의 거룩한 선물이 깃들어 있습니다.

부처님께 보답하는 가장 좋은 방법은 부처님의 가르침을 실천하는 것입니다. 올바른 균형을 이루고, 조화를 이루고, 진심을 다해 사랑하세요. 순간순간마다 바르게 수행하고 바르게 보며 바른 관계를 맺으세요. 실천하는 사람의 삶은 이미 그 사람만의 것이 아닌, 온 우주의 것입니다. 생태학적으로 올바른 삶은 별다른 것이 아닙니다. 그저 생명의 본성을 따르는 것일 뿐입니다. 이것이 바로 위대한 분이 걷는 진정한 길입니다. 지금부터라도 우리는 이 길에 오를 수 있을까요?

(주장자로 단상을 내리친다.)
이 소리를 정확히 들으실 수 있는 분은 우주도 정확히 볼 수 있습니다. '진정한 길'도 낱낱이 들여다볼 수 있습니다. 그렇다면 '진정한 길'은 어디에서 찾아야 할까요?

할!

(법당의 출구를 가리킨다.)
공양을 드시러 갈까요?

Balance for Balance -mayo_s story2
Acrylic & Oil | on canvas 60×60cm | 2010

(주장자로 단상을 내리친다.)

부처님은 별을 보고 깨달음을 얻으셨습니다. 부처님은 무엇을 얻으신 걸까요?

(주장자로 단상을 내리친다.)

숭산큰스님은 별을 보고 깨달음을 잃어버리셨습니다. 숭산큰스님은 무엇을 얻으신 걸까요?

(주장자로 단상을 내리친다.)

우봉선사님은 별을 보고 깨달음을 얻지도, 잃지도 못했습니다. 우봉선사님은 무엇을 얻었을까요?

할!!!

무엇을 얻었는지 아는 사람은 환상의 세계에 갇혀 있는 사람입니다. 무엇을 얻었는지 모르는 사람은 어둠의 세계에 갇혀 있는 사람입니다. 자, 어떻게 하시겠습니까?

별   179

할!!!

투명한 밤하늘을 올려다보세요. 천 개의 빛이 반짝이고 있습니다.

부처님이 깨달음을 얻으신 일화는 널리 알려져 있습니다. 보리수 아래에 앉은지도 벌써 6년이 넘어 있었습니다. 이미 인도의 위대한 수행자 두 명에게서 인정받았건만, 부처님은 여기에 만족하지 못했습니다. 강인한 집중력을 통해 모든 신통력을 자유자재로 부릴 수 있었지만, 마음 깊숙한 곳에 깃든 "나는 누굴까?"라는 질문은 결코 답할 수 없었습니다. "나라고 불리는 이것은 도대체 무엇인가?"라는 질문은 사라지지 않고 맴돌았습니다. 부처님은 모든 수행을 그만두고 보리수 아래에 앉아 오직 그 질문만 생각했습니다. 오직 모를 뿐. 그렇게 6년이 지난 어느 날 새벽 부처님은 지금은 금성이라고 알려져 있는 별을 보았습니다. 그리고 부처님의 마음이 확 열렸습니다.

하지만 예수님이 기독교를 만들지 않았듯이, 부처님도 불교를 만들지 않았습니다. 기독교와 불교는 모두 제자들이 귀중한 가르침을 전하기 위해 만든 것입니다. 깨달음을 얻게 된 부처님은, 모두가 이미 부처라고 말했습니다. 그러자 하늘에서 범천이 내려와 부처님에게 이렇게 말했다고 이야기는 전합니다. "부처님, 제 말씀을 들어주십시오. 많은 사람들이 이로부터 구제받을 수 있을 것입니다. 모두가 이미 부처라고 해도 이 가르침을 깨달은 이는 없습니다." 부처님은 이렇게 답했습니다. "그렇다면 제가 가르침을 베풀도록 하지요."

불교, 특히 서양에 알려진 선불교에는 크게 세 가지 종파가 있습니다. 첫째로는 소토 젠이라고도 불리는 조동종이 있습니다. 조동종은 가장 전통적인 종파 중 하나로, 핵심 교리로는 침묵을 바라본다는 뜻의 지관타좌(只管打坐)가 있습니다. 침묵을 바라봄으로써 모든 것과 하나가 된다는 가르침입니다. "모든 것과 하나가 된다."는 말은, 예컨대 나무를 바라볼 때에는 나무와 일심동체가 되어야 한다는 뜻입니다. 가만히 숨을 쉬어 보세요. 벽을 볼 때에는 벽과 하나가 되어 벽의 하얀색만이 남습니다. 이것이 조동종의 깨달음입니다.

그리고 린자이 젠이라고 알려진 임제종이 있는데, 임제종에서는 말을 들여다보라고 가르칩니다. 임제종은 흔히들 화두라고 부르는 공안과 깊이 연관되어 있습니다. 말은 모든 것의 근원입니다. 성경에서도 "태초에 말이 있었으니"라고 말하지 않습니까. 하지만 이 태초의 말은 과연 어디에서 왔을까요? 이렇게 말의 근원을 들여다보면서 행간에 숨겨진 의미를 찾아내는 것이 임제종의 가르침입니다. 이렇게 정진하다 보면, 벽을 볼 때는 벽과 하나가 되는 경지에 다다르게 됩니다. 하늘을 볼 때에는 하늘과 하나가 됩니다.

그리고 우리 관음선종의 근간을 이루는 조계선종이 있습니다.

조계선종에서는 '오직 모르는 마음'을 얻고 나면 곧바로 깨달음에 이른다고 가르칩니다. 오직 모르는 마음은 부처님이 스스로에게 물었던 "나는 누군가?"라는 질문과 같은 맥락의 것입니다. '오직 모르는 마음'의 경지에 오르면 모든 생각이 사라집니다. 벽을 보면 벽과 하나가 됩니다. 꽃을 보는 순간 꽃과 하나가 됩니다.

깨달음에 관한 이야기를 하나 들려드리겠습니다.

아주 오래전 숭산큰스님을 만나고 얼마 되지 않아 저는 숭산큰스님과 함께 캘리포니아에 갔습니다. 당시 캘리포니아에는 카멜 협곡에 아름다운 절을 지은 한국인이 한 분 살고 계셨습니다. 이분은 한때 숭산큰스님과 함께 고봉스님 밑에서 수행하던 숭산큰스님의 도반이기도 했습니다. 당시 한국에서는 출가하지 않은 일반인에게 법을 전수하지 않기 때문에 이분은 오계를 받는 것으로 만족해야 했습니다. 이분은 절을 지었을 뿐만 아니라 온 가족이 불자였지만, 미국의 생활방식에 적응하는 데에는 많은 어려움을 겪고 계셔서 결국 숭산큰스님께 도움을 요청했습니다. 숭산큰스님은 미국인 제자를 절의 지도법사로 붙여주겠다고 답했습니다. 알고보니 그 미국인 제자가 바로 저였더군요. 그렇게 스님과 저는 캘리포니아로 향했습니다.

숭산큰스님의 도반은 대가족이었습니다. 이분들에게는 선혜라는 외동딸이 있었는데 저희가 도착하기 얼마 전까지 한국을 여행하고 왔습니다. 선혜의 부모님이 열아홉 살 생일 선물로 한국에 여행을 보냈습니다. 워낙에 불심이 깊었던 선혜의 부모님은 한국의 고승들과 친분이 있었고, 선혜도 불교에 관심이 있던 참이라, 선혜는 한국에 도착하자마자 송광사에 들렀습니다. 당시 송광사에는 몇 년 전에 입적하신 구산스님이라는 유명한 스님이 머물고 계셨습니다. 여차저차해서 선혜는 구산스님과 이야기할 기회를 얻게 됩니다. 구산스님은 선혜에게 수행법을 가르치고 과제도 주었습니다. 이 과제는 다름 아니라 바로 화두였습니다. 화두란 끊임없이 의심하고, 끊임없이 질문해야 하는 것입니다. 선혜가 얻게 된 화두는 "이것이 무엇이냐?"였습니다. 선혜는 송광사 말고도 여러 절에 들렀습니다. 많은 것을 보고 즐거운 시간을 보냈습니다. 그러면서도 마음속으로는 끊임없이 하나의 질문에 몰두했습니다. "이건 무엇일까? 도저히 모르겠어……."

선혜는 여행하는 도중 한 달 동안 용맹정진에 참여하기도 합니다. 절에는 많이 들르지만 머무르면서 수행을 한 것은 이 용맹정진이 전부였습니다. 한국의 절은 대다수가 무척이나 아름다운 산속에 위치해 있기 때문에, 절에 가서 주변의 풍광을 한 바퀴 둘러보면서 산책하는 것만으로도 충분히 즐겁답니다. 그렇게 네 달 동안의 여행을 마친 선혜는 다시 미국으로 돌아옵니다.

선혜가 집으로 돌아오고 이틀 후 저희가 도착했습니다. 주말을 앞두고 있었던 걸 보니 아마 목요일쯤이라 생각합니다. 숭산큰스님 말고도 저를 포함해 총 세 명의 프로비던스 선 센터 제자가 스님을 따르고 있었습니다. 저희는 주말을 앞두고 무엇을 할지에 대해 이야기했습니다. 물론 답은 용맹정진이었죠. 당시 저희는 최소 3일 이상 용맹정진을 했기 때문에 주말을 기다리지 않고 그날 저녁에 바로 수행에 들어갔습니다. 목요일 밤에는 이미 가부좌를 틀고 앉아 있었고, 다음 날 아침에는 숭산큰스님과 공안 탁마를 했습니다. 선혜도 용맹정진에 함께했습니다. 그리고 숭산큰스님과 공안 탁마를 했습니다.

이미 경험하신 분들도 있으리라 생각합니다만, (바닥을 쿵 하고 두드린다) 공안 탁마 할 때, 다들 잘 아시죠? 숭산큰스님은 선혜 앞에서 바닥을 내리쳤습니다. 쿵, 하는 순간 선혜의 마음이 열렸습니다.

이 일은 제 호기심을 자극했습니다. 숭산큰스님께 무슨 일이 일어났는지 전해들은 저는 나중에 선혜에게 물어보았습니다. "그때 어떤 기분이 드셨나요? 어떤 깨달음을 얻으셨나요?" 선혜는 무엇을 얻은 걸까요? 무슨 별을 보았을까요? 선혜는 이렇게 답했습니다. "으음," 그러고는 하늘을 올려다봤습니다. "이런 식이죠. 저는 하늘을 보고, 하늘 위에는 달이 있어요." 선혜의 대답은 그럴 듯했지만, 안타깝게도 결말은 그렇지 못합니다. 선혜는 저희와 처음 함께 용맹정진을 한 다음에는 더 이상 어떤 수행도 하지 않았습니다. 저는 그곳에서 꼬박 한 해를 머물렀고 백 일 동안 혼자 안거에 들었던 곳도 그곳이 처음이었습니다. 안거를 해제할 즈음, 선혜의 삶은 철저히 망가져 있었습니다.

자, 여기서 주목할 만한 질문을 찾을 수 있습니다. 선혜는 깨달음을 얻었지만, 결과적으로는 타락하고 말았습니다. 어떻게 이런 일이 일어날 수 있을까요? 이게 바로 깨달음을 얻기 위해 정진하는 불자들이 맞닥뜨리는 가장 큰 위험입니다. 깨달음을 대단한 것으로 여기는 순간 문제가 시작됩니다.

저희는 이것을 첫 번째 깨달음이라고 부릅니다. 부처님에게 재를 턴 남자가 바로 첫 번째 깨달음의 상징입니다. 재를 턴 남자 이야기는 다 아시겠죠. 당시 선혜도 똑같은 문제를 겪고 있었습니다. 불상에 재를 털었던 남자처럼, 내가 부처님이고, 부처님이 곧 모든 것인데 불상에 재를 털면 어떻고 하물며 수행을 하지 않은들 어떻겠냐는 생각이죠. 이 단계에 접어든 사람은 모든 것이 허무하다고 생각합니다. 한 편의 꿈과 같은 경험이죠.

깨달음을 얻기는 쉽습니다. 그러나 깨달음을 지켜내는 것은 절대 쉬운 일이 아닙니다. 그러므로 끊임없는 정진은 무엇보다 중요합니다. 깨달음을 얻는 것은 그렇게 중요하지 않습니다. 오직 모르는 것이 중요합니다. 하루는 다른 종파를 따르던 불자 하나가 대담실로 들어와 이렇게 물었습니다. "스님께서는 깨달음을 얻으셨습니까?"

저는 이렇게 대답했습니다. "제게는 깨달음이 없습니다."

그러자 불자는 이렇게 대꾸했습니다. "그럼 왜 스승의 자리에 앉아 계십니까? 뭘 가르치시겠다는 겁니까?" 저는 이렇게 이었습니다. "저는 깨달음을 가르치지 않습니다. 제가 가르치는 것은 오직 모르는 마음입니다. 오직 모르는 마음은 깨달음과 다른 것이 아닙니다."

진리는 늘 눈앞에 있다고들 합니다. 그러나 진리를 찾아 헤매는 사람에게 진리는 늘 멀리 떨어져 있습니다. 더 이상 진리를 찾지 않는 순간, 진리는 눈앞에 나타납니다. 그렇다면 어떻게 해야 진리를 찾는 일을 멈출 수 있을까요? 찾기를 그만두라고 해서, 수행을 그만두라는 말은 아니라는 거 잘 아시죠? 찾기를 그만둔다는 말은 이런 뜻입니다. 이것은 무엇일까? 진리를 찾는다는 것은 무엇일까? 이런 질문에 대해 "오직 모를 뿐."이라고 대답하는 것입니다. 한 가지만 기억하세요. 이걸 기억하면 모든 것을 이해할 수 있습니다.

금강경에는 이런 말이 있습니다. 과거는 존재하지 않으므로 얻을 수 없다. 금강경에는 이런 말도 있습니다. 미래도 존재하지 않으므로 얻을 수 없다. 또 이런 말이 있습니다. 현재도 존재하는 것이 아니므로 얻을 수 없다.

과거도 현재도 미래도 없다면 어떻게 해야 할까요?

할!!!

His & Her wavelength
Acrylic & Oil | on canvas 182×116.7cm | 2008

오늘은 잘못된 날이기 때문에, 이 잘못에 대해 이야기하도록 하겠습니다.

부처님이 태어나시자 천상의 신들이 모두 기뻐했습니다. 이것은 크나큰 잘못입니다.

보리수 아래에서 6년을 보내고 깨달음을 얻었습니다. 이것 또한 크나큰 잘못입니다.

당신의 삶도 제 삶도, 잘못입니다.

오늘은 부처님이 오신 것을 축하하는 날입니다. 잘못을 축하하는 잘못을 저지르고 있군요.

어떻게 하면 잘못을 바로잡을 수 있을까요?

모든 강과 바다를 한입에 집어삼키세요.

배고픈 사람에게는 먹을 것을 주고, 목이 마른 사람에게는 마실 것을 주세요.

참 단순합니다.

옛 이야기에서는 부처님이 태어나자 빛이 솟아올라 천상에 다다랐다고 합니다. 천상에서는 이 빛을 본 온갖 신들이 축하하느라 야단법석을 떨고 있었습니다. 신들은 하나같이 즐거워했습니다. 부처님이 태어났다는 것을, 미래에 오기로 예견된 부처님이 태어났다는 것을 깨달았기 때문이지요. 하지만 사람으로 태어났다는 것 자체는 이미 잘못이고, 부처님에게도 이는 예외가 아니었습니다. 부처님은 천상의 신이 아니라 한 명의 인간에 불과했고, 인간이라는 것이 곧 잘못입니다.

부처님이 보리수 아래에서 깨달음을 얻은 이야기는 익히 들어 알고 계시리라 믿습니다. 한 제자가 거룩한 스승께 부처님의 깨달음에 관해 여쭈었습니다. 스승은 이렇게 대답했습니다. "눈 안에 들어간 황금 모래다." 불자들은 모두 깨닫기를 간절히 바랍니다. 그러나 무엇인가를 바라는 순간 그것은 감옥이 되어 바라는 사람을 가둔다는 것이 문제입니다. 황금으로 치장한 감옥이든, 나쁘고 끔찍한 감옥이든 사람을 가둔다는 점에서는 다를 바가 없습니다. 집착하는 순간, 무엇을 바라는 순간, 그 순간 자유도 사라지고 맙니다.

사람들의 삶도 이와 같습니다. 우리는 삶을 시작하는 순간, 태어남이라는 잘못으로부터 시작해서 지금 이곳, 이 순간에 도착하기까지 무수히 많은 잘못을 저질러왔습니다. 여러분은 지금 이 순간도 잘못을 저지르고 있습니다. 잘못을 축하하고 있으니까요. 이제부터는 잘못을 축하하는 것이 잘못이라는 것을 아셔야 합니다. 이것은 모두에게 주어진 숙제입니다. 어떻게 하면 삶을 바로잡을 수 있을까요? 어떻게 하면 잘못을 딛고 일어나 삶에서 의미를 찾을 수 있을까요? 이미 말씀드렸던 것처럼 어딘가에 집착하고 있다면 결코 자유로울 수 없습니다.

그렇다면 자유는 무엇입니까? 한입에 모든 강과 바다를 다 삼키는 것입니다. 이것이 완전한 자유입니다. 완전한 자유를 얻은 사람은 무엇이든 될 수 있습니다. 그러나 이 자유에 집착하는 순간, 자유는 감옥이 될 것입니다. 자유에 집착하는 것 또한 잘못입니다. 지금부터 하는 말을 잘 기억해 주세요. 배고픈 사람을 만나면 무엇을 할지를. 목마른 사람을 만났을 때 무엇을 할지를. 오직 하는 것, 그것만이 중요합니다.

세계 각지에서 모인 여러분을 보니 그저 놀라울 따름입니다. 이 자리에 함께해주신 여러분, 감사합니다. 부처님이 이 자리에 계셨다면 틀림없이 기뻐하셨을 겁니다.

Champion
Acrylic & Oil | on canvas 53×45.5cm | 2008

ᅟ

제이콥 펄 법사(지금의 우봉선사님)가 프로비던스 선 센터에서 수
계식을 기념하며 펼친 설법

오계는 불자의 삶에 있어서 첫걸음과 같습니다. 불교 수행을 멈추
지 않겠다는 다짐이자, 더 나아가 나 자신을 믿겠다는 다짐이기도 합
니다. 오계는 옳고 그름을 가르기 위한 절대적인 기준이 아닙니다. 그
저 수행을 뒷받침하는 수단일 뿐입니다.

오계에서 금하는 행동은, 저희같이 집착을 떨치지 못한 사람들에
게 번뇌와 고통을 가져오는 행동들입니다. 이미 배우셨듯이 참선 혹
은 좌선이란 꼭 앉아 있을 때만이 아니라, 어떤 일을 하는 동안 마음
을 고요히 가다듬는 일입니다. 그러나 마음은 가부좌를 틀고 바른 자
세로 앉아 있을 때 통제하기가 훨씬 쉽습니다. 몸은 마음과 직결되어
있습니다. 숭산큰스님은 마음이 괴로울 때 호흡을 하라고 가르치십
니다. 호흡이 마음을 가라앉히면서 생각도 잠잠해지기 때문입니다.
오계는 가부좌나 호흡법과 같이 마음공부에 도움이 되는 것입니다.
물론 오계에는 이보다 깊은 뜻이 담겨 있습니다. 오계는 숭산큰스

님이 늘 말하시는 "생각 이전의 마음"을 향한 이정표이기도 합니다. 어떻게 오계가 이정표가 되는지는, 오계의 계율을 한 가지씩 짚어가면서 설명해드리도록 하겠습니다.

첫 번째 계율 불살생(不殺生)은 살아 있는 것을 죽이지 말라는 뜻만이 아닙니다. 사람은 자연 그리고 온 우주와 떼놓을 수 없는 밀접한 관계를 맺고 있습니다. 주변에 해를 끼치는 것은 결국 자기 스스로를 괴롭히는 것과 같습니다. 이 계율에서 '아무것도 죽이지 않는 나'는 불성을 품고 있는, 부처가 되기를 기다리고 있는 나를 일컫는 것입니다. 그러므로 불살생의 계율은 죽이지 않는 것뿐 아니라, 주변의 모든 것에게 어떤 식으로든 상처를 주지 않는 것입니다. 불살생의 계율에 관한 이야기를 하나 들려드리겠습니다. 오래전 중국에서 새를 사냥하던 남자가 고명한 스님을 찾아와 이렇게 여쭈었습니다. "저는 근방의 마을에서 아내와 자식 세 명을 데리고 사는 사냥꾼입니다. 농사를 지을 줄 모르고, 달리 할 줄 아는 일도 없습니다. 실은 얼마 전에 부처님의 가르침을 전해 들었는데, 그 다음부터 계율을 따르고 싶다는 마음이 샘솟습니다. 하지만 가족이 굶어 죽도록 내버려 둘 수는 없습니다. 스님, 어떻게 하면 좋을까요?" 스님은 이렇게 대답했습니다. "직업을 바꿀 필요까지는 없습니다. 이렇게 하십시오. 새를 한 마리 죽일 때마다 당신의 마음도 죽이세요. 이렇게 수행하면 모든 일이 잘 풀릴 것입니다."

　두 번째 계율은 불투도(不偸盜), 즉 자신에게 주어지지 않은 것을 가지지 말라는 계율입니다. 단순히 도둑질만을 말하는 것이 아닙니다. 물질, 정신, 그리고 불심에 이르는 모든 영역에서 탐하는 마음을 버리라는 뜻입니다. 내가 가진 것이 모자라다는 생각에서 욕망이 태어납니다. 자신을 있는 그대로 받아들이세요. 자신을 온전히 받아들여야 깨달음으로 향할 수 있습니다.

　세 번째로는 불사음(不邪淫)의 계율이 있는데 사람들이 가장 따르기 힘들어하는 계율이기도 합니다. 우선적으로는 간통과 같이 올바르지 못한 성적 관계를 금하는 계율입니다. 그러나 탐욕에 가득 찬 행동에는 비단 성관계만이 아니라 폭식이나 심지어는 설법도 해당될 수 있습니다. 궁극적으로는 모든 탐욕을 버림으로써 불성을 이루는 것이 불사음이 지닌 뜻입니다. 어린아이가 먹을 것을 가지고 장난치지 말라고 배우듯이, 성행위에도 상호 간의 존중이 필요합니다. 서로를 이해하고 사랑하는 마음에서 시작되어야 합니다. 진심이 담기지 않은 채 서로의 몸을 탐하는 것은 스스로의 본성에 반하는 것입니다.

　네 번째 계율 불망어(不妄語)는 다른 사람에게 거짓말을 하지 않는 것만이 아니라 스스로에게 솔직해지라는 뜻입니다. 정진에 있어서 솔직함은 더할 나위 없이 중요합니다. 다른 사람을 속이는 것은 결국 스스로를 속이는 일이고, 스스로를 속이다 보면 진리를 찾을 수 없게 됩니다. 서암스님은 산으로 난 창문을 열고 위쪽을 바라보며 이렇게 외치셨다고 합니다. "스님!" 그러고는 아래를 바라보면서 "예?"라고 대답하셨습니다. "늘 깨어 있으시오!" "예!" "사람들에게 속지 마시오!" "예, 예!" 자신을 있는 그대로 보는 것은 나아가 모든 것을 있는 그대로 보는 것으로 이어집니다. 다른 계율에도 나오듯이 모든 생각과 집착을 내려놓고 깨끗한 거울이 되어 모든 것을 있는 그대로 비추세요.

마지막으로 불음주(不飮酒)의 계율이 있습니다. 불음주는 술 말고도 사람을 취하게 하는 약물 전반을 삼가라는 뜻입니다. 참선을 통해 모든 생명체를 이해하려는 수행자라면 결코 정신이 흐트러지는 일이 없어야 합니다.

오계의 실천이란 어떤 것일까요? 스즈키 슌류는 오계를 따르되, 오계에 매여 있지는 않아야 한다고 말했습니다. 예전에 숭산큰스님께 오계를 깨는 경우에 대해 물은 손님이 있었습니다. 숭산큰스님께서는 이렇게 답하셨습니다. "숲 속에서 사냥꾼이 토끼를 쫓는 것을 보았다. 사냥꾼이 토끼가 어디로 도망갔는지를 묻는다면 어떻게 할 것이냐? 사실을 말하면 토끼가 죽는다. 가끔은 거짓말이 보살행이기도 하다. 행동 자체에는 옳고 그름이 없다. 행동에 어떤 의도가 깃들어 있는가가 중요할 뿐이다. 다른 사람을 돕기 위해 한 행동인지, 아니면 자신만을 위한 이기적인 행동인지, 이것이 중요하다." 저는 스즈키 슌류의 말과 숭산큰스님의 말이, 다름이 아니라 계율에 지나치게 집착하지 말고 늘 깨끗한 마음을 지니라는 뜻이라고 생각합니다.

불교에서는 옳고 그름은 모두 생각에 지나지 않으며 깨달음을 얻은 자와 깨달음을 얻지 못한 자 역시 이름에 지나지 않는다고 가르칩니다. 그렇다면 오계는 왜 지켜야 할까요? 숭산큰스님께서는 오늘 아침 만공스님에 관한 이야기를 들려주셨습니다. 만공스님은 한국이 일본에 강제로 점령당했던 시기의 한국인 스님입니다. 일제강점기 동안 일본의 스님들은 한국의 불교를 일본화 시키려고 노력했습니다. 어느 날 일본인들은 만공스님을 포함해 한국에서 가장 존경받던 스님 서른한 명을 모두 한자리에 모은 후 이렇게 선언했습니다. 지금부터는 한국인 스님들도 일본인 스님들처럼 결혼하고 술을 마시거나 고기를 먹어도 됩니다. 서른 명의 스님들은 모두 동의했지만 만공스님은 끝까지 일본인들의 제안을 거절하며 아미타경을 들어 이렇게 말씀하셨습니다. "스님을 한 명이라도 파계하게 만드는 사람은 지옥에 떨어진다고 했다." 스님은 계속 말씀을 이었습니다. "한국에는 칠천 명의 스님이 있다. 너희들은 죽고 나면 과연 어디에 떨어질까? 본래 모든 것의 근원은 텅 비어 있었다. 그렇다면 산과 물은 어디에서 나타났는가? 이것을 이해하고 나면 어떤 계율도 어길 수 있다. 그러

196

나 이를 이해하지 못하는 자가 계율을 어긴다면 날아가는 화살과 같이 곧장 지옥에 꽂힐 것이다. 어떻게 할 것이냐?"

오계를 따르다 보면 분명 계율을 어기게 되는 경우도 많을 것입니다. 하지만 중요한 것은 포기하지 않는 것입니다. 계율을 어기는 것은 마치 걷다가 넘어지는 것과 같습니다. 다시 일어나서 걸어가세요. 넘어지면 또 다시 일어나서 걸으세요. 끊임없이 노력하는 겁니다.

오계는 집착을 끊을 일을 돕는 도구와 같습니다. 집착을 모두 끊어 버리고 나면 계율은 자연스럽게 지켜지기 마련입니다. 마지막으로 질문하겠습니다. 오래전 남전스님은 고양이를 두 동강으로 잘라 죽였습니다. 이건 옳은 행동입니까, 아니면 그른 행동입니까? 아무런 대답 없이 앉아 있는 분은 바위보다 딱히 나을 것이 없습니다. 그렇지만 어떤 말을 꺼내도 틀릴 수밖에 없는 상황입니다. 여러분이라면 어떻게 하시겠습니까?

할!

여러분의 마음은 이제부터 오계를 따르는 마음입니다.

Balance for balance-mato_s story
Acrylic & Oil | on canvas 72×72cm | 2010

Balance for balance-mayo_s story1
Acrylic & Oil | on canvas 60×60cm | 2010

바둑 두는
젊은이

베를린 선 센터 용맹정진 도중

선불교에는 제자를 쉽게 받지 않는 오랜 전통이 있습니다. 예부터 이름 있는 선사 아래에서 수행하는 것은 매우 어려운 일이었습니다. 제자가 되기 위해서는 일정한 시험을 거쳐야 했는데, 그중에는 혜가 스님의 이야기가 특히 유명합니다. 혜가스님은 제자가 되기 위해 달마대사를 찾아갔습니다. 달마대사는 혜가스님이 얼어붙을 듯한 추위를 견디며 눈 속에서 기다리는데도 7일 동안 허락해주지 않았습니다. 결국 혜가스님은 진심을 증명하기 위해 자신의 팔을 자릅니다. 그제서야 달마대사는 답했습니다. "내가 너를 어떻게 도우면 좋겠느냐?"

오래전 성질 급한 젊은이가 살았습니다. 그는 여러 스님들을 찾아 다니면서 이런저런 이유를 들어 스님들을 비판했습니다. "이 스님은 너무 늙었고 저 스님은 너무 젊다." "이 스님은 설법이 마음에 들지 않고 저 스님은 아예 마음에 들지 않는다." 젊은이는 방방곡곡을 떠돌며 여러 스님들을 만났지만 결점이 없는 스승은 도무지 찾아낼 수 없었습니다. 여기저기 돌아다니면서 보고 들은 것은 많았지만 제대로 배운 것은 하나도 없었습니다.

하루는 젊은이가 어떤 노승이 머물고 있는 절에 도착했습니다. 젊은이는 마침내 떠돌이 생활에 지쳐 이번에야말로 온 힘을 다해 뭐든지 끝까지 최선을 다해 보겠다고 다짐한 참이었습니다. 그러나 떠돌이 생활을 하는 동안 젊은이의 악명은 실로 널리 퍼져 있었나 봅니다. 노승은 젊은이를 보자마자 대뜸 "이 절의 제자가 되겠다고? 썩 꺼지거라!" 하고 외쳤습니다.

젊은이는 노승에게 빌었습니다. "스님, 저는 진심으로 스님의 제자가 되고 싶습니다. 제발 저를 받아주세요!" 노승은 젊은이를 깨끗이 무시했습니다. 일본의 절에는 제자가 되고 싶어 하는 사람들을 위한 대기실이 있습니다. 스님이 안으로 들어오라고 허락하기 전까지는 대기실에서 머물러야 합니다. 하룻밤이 될 때도 있고 사흘이 될 때도 있고, 일주일 내내 기다릴 때도 있습니다. 기다리는 동안에는 절에서 이 사람을 위해 조금씩 공양을 덜어줍니다.

그리고 한 번 대기실에 들어오면 밖으로 나갈 수 없습니다. 밖으로 나가는 순간 모든 것을 처음부터 다시 시작해야만 하기 때문이지요.

이 절은 그렇게 큰 절이 아니었기 때문에 따로 대기실이 없었습니다. 하지만 젊은이는 개의치 않고 계속 기다렸습니다. 조금 지나 노승이 다시 밖으로 나와 젊은이를 보고 물었습니다. "아직도 여기 있느냐? 뭘 원하는 게냐?" 젊은이는 답했습니다. "스님의 제자가 되고 싶습니다!" 그러자 노승이 대꾸했습니다. "안 된다. 네게는 진지함이 없어! 난 너를 믿을 수 없다! 너를 제자로 받는 것은 너에게 있어서도 시간낭비고 나에게 있어서도 시간낭비다. 네 입으로 들어갈 공양조차 아깝다. 꺼지거라! 다른 일을 찾아보아라!"

하지만 젊은이는 그 자리에 못 박혀 있었습니다. 꽤 많은 시간이 흐른 후 노승이 다시 나타났습니다. "이런! 아직도 떠나지 않았느냐?" 젊은이가 대답했습니다. "예! 스님, 저는 진심으로 스님의 제자가 되고 싶습니다!" 노승이 되물었습니다. "이것이 정말로 네가 원하는 것이 맞느냐?" "그렇습니다! 저는 스님의 제자가 되기로 결심했습니다!" 하고 젊은이가 말했습니다. "네 목숨을 내놓아야 한다고 해도 제자가 되겠느냐? 할 수 있겠느냐? 제자가 되기 위해서 네 목숨을 바치겠느냐?" 노승이 다시 한 번 물었습니다. "목숨이라도 내놓겠습니다!" 젊은이가 외쳤습니다.

"그래, 한 가지 물어보겠다. 여태까지 살아오면서 잘하는 일이 한 가지라도 있느냐?" 노승이 젊은이에게 물었습니다. 젊은이는 생각에 잠겼습니다. 자신이 할 수 있는 일을 모두 떠올려 보았습니다. 그러나 딱히 잘하는 일은 없었습니다. 마침내 젊은이는 대답했습니다. "바둑을 좀 둘 줄 압니다." 젊은이는 어릴 때부터 바둑을 두곤 했습니다. 썩 나쁘지 않은 기사였죠.

노승이 다시 입을 열었습니다. "좋다. 이제부터 너를 시험하도록

202

하겠다. 내 제자들 중 한 명과 바둑을 두어라. 이긴다면 너를 제자로 거두겠다. 진다면 다시는 이 절에 발을 들일 수 없다. 만일 지고 나서도 이 절에 얼씬거린다면 그때는 네 목숨을 거두겠다." 그러자 젊은이가 말했습니다. "지더라도 절을 떠나지 않겠습니다. 제가 진다면 그때는 저를 죽이십시오." 노승은 대답했습니다. "좋다." 상황은 점점 심각해지고 있었습니다. 노승은 쉽게 물러설 마음이 없었습니다.

노승은 제자를 한 명 불렀습니다. 제자는 커다란 칼을 들고 나타났습니다. 그리고는 바둑을 곧잘 두는 스님을 한 명 불렀습니다. 그리고는 말했습니다. "너는 이 절에 오랫동안 머물러 왔다. 네가 나를 믿듯이, 나도 너를 믿는다. 이제부터 네게 아주 힘든 제안을 하나 하겠다. 여기 있는 젊은이와 바둑을 두어라. 진다면 그때는 네 목을 치겠다. 걱정 마라, 네가 죽게 된다면 그때는 내가 다음 생에서라도 너를 이끌 테니." 바둑을 두는 스님이 대답했습니다. "알겠습니다, 스승님." 젊은이와 스님은 바둑판을 가운데에 두고 마주앉았습니다. 노승은 큰 칼을 들고 바둑판 옆에 서서 경기를 지켜보기 시작했습니다. (옛날에는 서로 동의하기만 한다면 이런 극단적인 일도 가능했습니다. 오늘날 이랬다면 노승은 감옥에 갇혔겠죠.)

어쨌든 젊은이는 동의했습니다. 물론 죽음에 말로써 동의하는 것은 어렵지 않았습니다. 하지만 젊은이는 내심 흔들리고 있었습니다. '정말 지면 어떡하지? 바둑에는 자신이 있지만…….' 맞은편에 앉은 스님은 아주 차분해 보였습니다. 젊은이는 첫 수를 펼쳤습니다. 젊은이는 생각에 생각을 거듭했지만, 장고 끝에 악수 나온다는 말 그대로, 세 수를 채 넘기지 못하고 실수를 저지르고 말았습니다. '이런! 어떡하면 좋을까?' 젊은이는 계속 좋은 수를 궁리했습니다. 그러나 몇 수 지나지 않아 또 실수를 저지르고 말았습니다. 경기는 점차 젊은이에게 불리한 방향으로 기울고 있었습니다. 하지만 이미 엎질러진 물이었습니다. 벗어날 방법은 없었습니다. '뱉은 말을 주워 담을 수만 있다면.' 하고 젊은이는 생각했지만 그럴 방법은 없었습니다. 마침내 젊은이는 이렇게 생각했습니다. '좋아. 바보 같은 짓을 했군. 바보 같은 짓을 저질러서 죽게 되는 거야. 인정할 건 인정하자, 난 죽어도 마땅해!'

그렇게 죽음을 받아들이고 나자 젊은이의 생각이 사라졌습니다. 다시 바둑판을 내려다보자 모든 수가 훤히 보였습니다. 젊은이는 실로 뛰어난 묘수만을 두기 시작했습니다. 바둑판의 형세가 다시 기울었습니다. 문득 정신을 차린 젊은이는 자기가 거의 다 이겼다는 사실을 깨달았습니다. 젊은이는 속으로 안도의 한숨을 내쉰 후 맞은편에 앉은 스님의 얼굴을 바라보았습니다. 그러자 이런 생각이 들었습니다. '이 스님은 참으로 아름다운 얼굴을 가지고 계시구나, 정말이지 맑고 부드러우며 평온한 얼굴이 아닌가. 내가 이기면 이 스님이 돌아가시겠지. 난 평생을 하릴없이 떠도는 데 낭비하며 아무것도 이루지

않았다. 그에 비하면 이 스님은 보석과 같지 않은가.'

젊은이는 바둑판을 내려다본 후, 일부러 나쁜 수만을 골라 두었습니다. 세 번 수가 오가고 나자 승기는 다시 스님 쪽으로 기울었습니다. 바로 그 순간 노승이 칼을 들어 바둑판을 내리치고는 외쳤습니다. "바둑은 끝났다!" 노승은 고개를 돌려 젊은이를 바라보고 이렇게 말했습니다. "이 마음을 가지고 정진하면 아무런 문제도 없을 것이다. 지금 했던 것처럼 집중하고, 지금 했던 것처럼 자비를 베풀어라. 그리하면 너는 큰 깨달음에 이를 것이다!"

이건 실제로 일어났던 일이라고 합니다. 젊은이는 나중에 큰 스님이 되었습니다.

여러분, 선은 결코 특별한 것이 아닙니다. 삶에 주의를 기울이는 것도 특별한 것이 아닙니다. 이것이 바로 이 이야기가 전하는 가르침입니다. 매 순간 해야 하는 일을 하는 것뿐입니다. 그리고 무슨 일을 하더라도 심혈을 기울이는 것입니다. 이 가르침은 불자들만을 위한 것이 아닙니다. 누구든지 이 가르침을 따를 수 있습니다.

이야기의 또 다른 교훈은 바로 수행의 방향에 있습니다. 이야기 속의 젊은이는 자비를 행했습니다. 정진은 자신만을 위한 것이 아니라 스님을 비롯한 다른 사람도 포함해야 한다는 것을 깨달은 거죠. '단지 내가 수행을 하기 위해서 이토록 훌륭한 스님을 죽여야 한다고?' 하고 질문할 줄 아는 것이 곧 자비입니다.

이번 용맹정진 동안 저희는 선 센터를 지었습니다. 가끔 의심하는 순간도 있었을 것입니다. "일하는 사람이 얼마 안 되는걸." 그리고는 불안감에 사로잡힙니다. 하지만 우리의 방향을 다시 한 번 고려해보세요. 누가 일을 하는지 안 하는지는 중요하지 않습니다. 중요한 것은 우리가 지금 무엇을 하고 있는가, 그것뿐입니다. 우리는 지금 하는 일에 심혈을 기울이고 있습니까?

우리는 그저 할 수 있는 일을 할 뿐입니다. 그리고 다른 사람이 우리 노동의 결실을 함께 맛보았으면 하는 것이 우리가 지향하는 바입니다. 이게 올바른 방향입니다.

숭산큰스님께서는 "수행을 하려면 일단 미쳐야 한다."고 말씀하신 적이 있습니다. 선 센터를 짓는데 이토록 많은 노력을 기울이는 것을 다른 사람들이 봤다면 우리가 미쳤다고 했을지도 모릅니다! 저는 파리에도 선 센터를 짓고 있는데, 미국에 있는 친구들은 제가 왜 모든 것을 버리고 말 한마디 통하지 않는 파리로 떠났는지를 이해하지 못했습니다. 친구들은 제게 물었습니다. "왜 미국을 떠나려는 거야? 모자랄 게 뭐가 있는데? 왜 고생을 사서 하니?" 그러고는 말합니다. "넌 미쳤어!"

최근에 선 센터로 걸려 온 전화에는 이렇게 답했습니다. 선 센터에 수행하는 사람이 얼마나 있는지 궁금해 하더군요. 저는 이렇게 대답했습니다. "어…… 보자, 그러니까 폴란드 사람이 좀 있고, 프랑스인은 두 명 있네요." 누가 봐도 미친 일입니다! 수행을 오랫동안 하다보면 이렇게 미치게 됩니다.

말했듯이, 이번 용맹정진의 목표는 선 센터를 짓는 것입니다. 사실 일에는 두 가지 종류가 있습니다. 안의 일과 바깥의 일입니다. 안의 일이란 흔들리지 않는 마음을 가지는 것이고, 바깥의 일은 모든 존재를 돕는 것입니다. 따라서 선 센터를 짓는 일은 말로 이루 표현할 수 없을 만큼 중요합니다. 병에 걸리면 그 병의 원인을 파악하듯이, 자신이 가진 문제 그리고 세상의 문제도 우선 원인부터 파악해야 합니다. 모든 문제에는 두 가지 원인이 있습니다. 나 그리고 나의 것. 이 두 가지가 모든 문제의 원인입니다. 나를 버리고, 나의 것을 버리면 모든 고통이 사라집니다.

선 센터는 사람들이 찾아와서 마음을 들여다보며 고통의 근원을 찾아내는 장소입니다. 엄밀히 말하자면 선 센터는 어느 한곳에 있는 장소가 아니라, 그 장소를 찾는 사람들이 바로 선 센터입니다. 이 선 센터에도 많은 사람들이 찾아와 정진할 것입니다.

따라서 선 센터를 짓는 일은 아주 중요한 바깥의 일입니다.

안의 일에만 몰두하는 것은 올바른 정진이 아닙니다. 자신만 깨달음과 평화를 얻겠다는 뜻이죠. 바깥의 일을 통해 정진하는 것은 다른 존재에게도 도움이 되는 방향으로 나아가는 것입니다. 어떻게 하면 다른 사람을 도울 수 있을까? 이렇게 질문하는 것은 여러모로 큰 도움이 됩니다.

모두 함께 계속 일했으면 좋겠습니다. 오래지 않아 일하는 여러분 모두 다 깨달음을 얻고 다른 존재를 구하게 될 것입니다.

향엄상수

공안에 대하여

1989년 프로비던스 선 센터에서 설법이 끝난 다음 오갔던 대화에서 발췌함

방금 전 어떤 분이 말씀하셨던 것처럼 화엄경은, 다른 경전들이 그렇듯이 부처님이 제자에게 베푸신 가르침을 모은 것입니다. 아까 폴이 개회사를 마치고 나서 바닥을 치고 "벽은 하얗다."고 말했죠. "이게 내 법이다."라고요. 저는 폴의 말이 화엄경의 핵심을 꿰뚫고 있다

고 생각합니다. 모든 수행은 결국 하나로 통합니다. 주어진 상황을 바르게 보고, 바른 관계를 맺고, 바르게 수행하는 것. 삶의 모든 순간에서 이렇게 행동하는 것으로요.

바르게 보아야 할 것에는 주위에서 일어나는 일, 상대방과 하는 대화, 그리고 눈, 귀, 코, 혀, 몸을 비롯한 오감과 마음의 상태가 있습니다. 물론 주위 사람들과도 바른 관계를 맺어야 하겠지만, 공기와 물과 땅과도 바른 관계를 맺어야 합니다. 이 모든 것에서 바른 수행이 나옵니다. 눈, 귀, 코, 혀, 몸, 그리고 마음의 기능에 아무런 걸림이 없는 상태지요. 바르게 보고, 바른 관계를 맺으며 바른 수행을 한다고 말하지만, 사실 이들은 서로 구분할 수 없는 것들입니다.

무문관을 보면 향엄스님이 만드신 공안이 나옵니다. "나무에 매달린 사람이 있다. 이 사람은 나뭇가지를 이빨로 물고 있다. 손과 발이 묶여 있기 때문에 다른 나뭇가지나 나무 밑동을 붙들 수도 없다. 그때 밑에서 한 사람이 다가와 묻는다. '달마대사는 왜 중국에 오셨는가?' 대답을 하지 않으면, 의무를 다하지 않았기 때문에 죽는다. 그러나 대답하기 위해 입을 연다면 나무에서 떨어져 죽게 된다." 만일 여러분이 나무에 매달린 사람이었다면 어떻게 살아날 수 있을까요? 아주 까다로운 상황입니다. 무문관의 공안 중에서도 아주 특이한 공안인데, 어떤 지식도 이 공안에서는 도움이 되지 않기 때문입니다. 모든 지식은 무의미합니다. 어떤 것도 할 수 없기 때문입니다. 손도 쓸 수 없고 입도 쓸 수 없습니다. 하지만 딱 한 가지 가능한 일이 있습니다. 딱 한 가지 있습니다.

우리는 수행을 통해 깨달음을 얻으려 합니다. 그리고 깨달음을 얻는다는 것은 삶과 죽음에 집착하지 않는 것입니다. 삶에도 죽음에도 집착하지 않으면 삶은 자연스럽게 사랑과 자비로 가득 채워집니다. 그러므로 우리가 살면서 해야 할 일이 무엇인지는 분명합니다. '삶'이라고 말하지만 삶은 자신의 것이 아닙니다. 몸은 태어나고 죽지만, 진정한 삶은 태어나거나 죽지 않습니다. 진리를 따르며 사는 사람에게는 향엄스님의 질문도 그렇게 어려운 것이 아닙니다. 진리를 따르면, 아무리 어려운 상황에서도 바르게 보고, 바른 관계를 맺으며 바르게 수행할 수 있습니다. 이것이 진정한 삶이자 깨달음입니다. 삶과 죽음에 매달리는 사람은 그저 걸어 다니는 시체일 뿐입니다. 삶에도 죽음에도 집착하지 않는 순간부터 진정한 삶을 살 수 있습니다.

향엄스님의 공안은 조금 극단적이라고 생각하실지도 모릅니다. 하지만 스스로의 삶을 자세히 들여다본다면 이런 상황이 너무나 많다는 것을 깨달으실 겁니다. 이중적인 상황을 만든 적이 있다면, 그리고 그 상황에 집착했던 적이 있다면 이 남자를 이해하실 수 있을 겁니다.

예를 들어 저는 제가 옳다는 것을 증명하기 위해 부모님과 싸운 적이 있었습니다. 도무지 부모님과 화해할 수 없었는데, 먼저 어리석은 고집을 버리고 나서 제가 해야 하는 일을 하고 나자, 부모님과의 관계는 전보다 훨씬 가까워졌습니다. 꼭 부모님과 다툰 적이 있는 분들이 아니더라도 제 말을 이해하시리라 믿습니다.

도저히 타협할 수 없는 상황 속에서 답을 찾아내면서 진리를 깨닫도록 하는 것, 그것이 향엄스님이 의도하신 바입니다. 이런 상황에 대처하려면 단지 똑똑한 것만으로는 충분하지 않습니다. 어떻게 대처해야 할까요? 섣불리 손대는 대신, 오직 모르는 마음을 가지는 것입니다. 주문을 외우고 계셨다면 계속 주문을 외우세요. '나는 누구인가?' 또는 '이것은 무엇인가?'라는 질문을 가지신 분은 그 질문을 계속하세요. 오직 모를 뿐입니다. 이렇게 하면 공안은 저절로 풀립니다. 공안이 만져질 듯 생생하게 떠오르면서 동시에 완전히 투명해지는 날이 있을 것입니다. 그날 답을 보실 수 있을 겁니다. 그렇지만 공안이 생생하게 떠오른다거나 투명해지기를 바라는 것은 헛된 일입니다. 공안에 지나치게 빠져드는 것은 상상의 세계에 빠져 삶을 잃어버리는 것과 같습니다.

'나무에 매달린 사람' 공안, 그리고 다른 공안들은 중요하지 않습니

다. 깨어나는 것이 중요합니다. 살아 있다는 것을 즐기세요! 지금 무
엇을 하고 계신가요?

Balance for balance
Acrylic & Oil | on canvas 91×116.7cm | 2010

바른 수행

부처님의 시대로부터 실로 많은 시간이 흘렀지만, 겨울과 여름에 안거에 들어간다는 전통은 변하지 않았습니다. 이런 전통을 존중하는 의미에서, 저희도 일주일 용맹정진을 비롯한 모든 안거를 여름과 겨울에 열고 있습니다.

90일 안거가 한 달 앞으로 다가왔습니다. 슬슬 안거에 참가하실지 말지를 고민해보시는 게 좋을 겁니다. 작년에는 '마음안거'를 처음으로 시도했는데, 마음안거란 안거 기간 동안 따로 개인적으로 수행을 하는 것입니다.

마음안거를 하는 데에는 두 가지 이유가 있습니다. 첫째로 마음안거는 선 센터에서 함께 정진할 수 없는 도반들에게 수행의 기회를 제공합니다. 둘째로, 선 센터에서 정진하는 분들을 응원하기 위해서입니다. 올해도 안거에 함께하지 못하는 분들에게는 마음안거를 권장합니다. 개인적인 상황에 맞추어서 하루에 적게는 5분씩이라도 좌선이나 다른 종류의 수행을 하시면 됩니다.

마음안거를 계획하고 실천하는 것은 매우 소중한 경험이 될 것입니다. 사실 수행은 그렇게 특별한 일이 아닙니다. 그러나 수행하는 사람의 마음은 더없이 강해지고, 곧은 심지를 가지게 됩니다.

선불교의 근본 가르침을 담은 책 무문관에는 독특한 수행법이 하나 나옵니다. 무문관의 12칙에는 서암스님의 이야기가 나옵니다. 서암스님은 매일 이렇게 스스로 묻고 스스로 대답하셨습니다. "스님!" "예?" "늘 깨어 있으시오!" "예!" "단 하루라도, 단 한순간이라도 사람들에게 속지 마시오!" "예, 예!"

이 공안이 묻는 바는 이것입니다. 서암스님은 스스로 묻고 스스로 답하셨습니다. 그러므로 서암스님께는 묻는 마음이 있고 답하는 마음이 있습니다. 그렇다면 이 중 묻는 마음이 서암스님입니까, 아니면 답하는 마음이 서암스님입니까? 서암스님은 이 수행을 하루도 빠짐 없이 아주 오랫동안 계속하셨다고 합니다. 서암스님의 이야기는 아직도 저희 불자들에게 길잡이가 되고 있으며, 선을 배우는 제자가 있는 한 앞으로도 쭉 그러할 것입니다.

수행 또는 정진은 자신만을 위해 하는 것이 아니라, 자신을 닦음으로써 다른 사람을 돕는 것입니다. 어떻게 자신을 닦는 일이 다른 사람을 돕는지 처음에는 잘 이해하실 수 없겠지만, 수행의 힘은 이미 세계를 밝게 비추고 있습니다. 수행은 여러분의 가족을 돕고, 친구를 돕고, 직장 동료들을 도울 뿐만 아니라 모든 존재를 돕습니다. 어느 위대한 스승의 말 그대로죠. "한 마음이 깨달음을 얻으면 온 우주가 깨달음을 얻는다."

제가 지금 하는 말도, 경전에 나오는 글들도 결국 여러분의 삶 그리고 여러분의 수행을 보다 편리하게 하는 도구에 지나지 않습니다. 말과 글을 버리고 나면 '오직 할 뿐'만이 남습니다. 수행 또한 오직 할 뿐의 경지에 보다 빠르게 오르기 위한 도구일 뿐입니다.

열정

불자가 열정을 가져도 되는 것인지를 묻는 분들이 많습니다. 사홍서원의 두 번째 내용이 모든 번뇌를 끊겠다는 다짐이라는 것을 생각해보면 이런 의문이 드실 만도 합니다. 저희는 매일 아침 예불을 드릴 때마다 "번뇌가 끝이 없지만 기어이 다 끊으오리다."라고 암송하니까요.

열정이라는 단어에는 여러 뜻이 있지만, 모두가 격렬한 감정에서 비롯된다는 공통점을 지니고 있습니다. 열정의 바탕이 되는 격렬한 감정은 성적인 욕구나 애정, 또는 분노와 증오로부터 비롯됩니다. 사람들은 격렬한 감정을 가지고 행동하면 비참한 결과가 따른다는 것을 보통 잘 알면서도 열정을 쉽게 포기하지 못합니다. 솔직히 말하면, 열정이 아예 없는 사람을 사람이라고 부를 수 있을지도 의문입니다. 열정이 창조력을 자극하지 않았더라면 예술이나 과학 같은 분야에서 지금과 같은 성취를 이루는 것이 가능했을까요?

〈부처님께 재를 털면〉이라는 책에는 당대 한국에서 가장 위대한 스님으로 손꼽혔던 원효스님의 이야기가 나옵니다.

하루는 원효스님이 대안스님을 찾아갔습니다. 대안스님이 머물던 동굴에 가까워지자 애달프게 경을 읽는 소리가 들려오기 시작했습니다. 동굴 안으로 들어선 원효스님은 대안스님이 사슴 새끼의 시체를 안고 꺼이꺼이 울고 있는 것을 보았습니다. 아니, 부처님께서는 모든 번뇌를 끊으라고 하셨는데, 어찌 이토록 거룩한 스님이 사슴새끼 한 마리의 죽음에 슬퍼하고 계실까? 원효스님은 대안스님께 자초지종을 물었습니다. 대안스님은 설명을 시작했습니다. 대안스님은 어느 날 사냥꾼들이 엄마 사슴을 죽이는 바람에 오갈 데 없는 처지가 된 새끼사슴을 발견했습니다. 대안스님은 근처의 마을을 떠돌며 젖동냥을 해서 어떻게든 사슴을 살려보려고 했습니다. 아무리 처지가 딱하다 한들 사슴에게 선뜻 젖을 내줄 사람은 없었기 때문에, 스님은 자기 아들에게 먹일 젖이라고 거짓말을 했습니다. 대부분의 사람들은 "에잇, 더러운 중놈."이라고 말했지만 가끔 젖을 주는 사람도 있었습니다. 며칠 지나지 않아 근방의 마을에는 소문이 돌아 아무도 대안스님에게 젖을 주지 않았습니다. 스님은 젖을 얻기 위해 멀리 떨어진 마을을 찾아갔습니다. 마침내 약간의 젖을 얻어낸 스님은 사흘 만에 동굴로 돌아왔지만 새끼 사슴은 이미 굶주려 죽은 다음이었습니다. "너는 모르는구나." 대안스님은 원효스님에게 말했습니다. "내 마음은 이

새끼 사슴의 마음과 하나다. 사슴은 굶주려 있었다. 사슴은 젖을 원했다. 나도 젖을 원했다. 이제 사슴이 죽었구나. 사슴의 마음이 내 마음이니, 어찌 울지 않을 수 있겠느냐. 나는 젖이 필요하다." 원효스님은 대안스님의 큰 자비심을 어렴풋이 이해할 수 있었고, 나중에는 대안스님의 제자가 되었습니다.

이 이야기의 가르침은, 깨달음이 별반 다른 것이 아니라 보다 사람다워지는 것이라는 겁니다. 깨달음을 얻은 사람은 사랑과 자비로 가득 차 있습니다. 우리가 없애야 하는 열정은 욕정과 분노, 그리고 괄시에서 비롯된 것입니다. 모든 중생을 구제하겠다는 사홍서원의 첫 번째 서약 또한 일종의 열정이자 번뇌입니다. 여기에 다른 점이 있다면 바로 열정의 대상입니다. 살아 있는 것을 모두 돕겠다는 열정은 나를 위한 것이 아니라 다른 사람을 위한 것입니다. 우리는 이렇게 다른 사람을 위한 열정을 사랑, 자비, 혹은 보살행이라고도 부릅니다.

오직 모를 뿐

1990년 5월 20일 안거 도중 펼친 설법에서 발췌함

별

널리 알려진 공안 중에는 부처님의 삶에 관한 것도 있습니다. 부처님이 영산에 머무실 때의 일입니다. 여느 날처럼 부처님께서 설법을 펼치실 시간이 돌아왔지만, 부처님께서는 아무 말씀 없이 앉아만 계셨습니다. 제자들은 어리둥절해했습니다. 법회가 소란스러워질 즈음 부처님께서는 꽃 한 송이를 들어올렸습니다. 제자들은 모두 말을 잃었습니다. 그러나 가섭존자는 얼굴에 미소를 지었습니다. 부처님은 가섭존자가 미소 짓는 것을 보고 말씀했습니다. "내 깨달은 법을 가섭존자에게 전수하노라."

이 공안에는 세 가지 질문이 있습니다.
1. 부처님께서는 꽃 한 송이를 들어 올렸습니다. 이것은 무슨 뜻입니까?
2. 가섭존자는 미소를 지었습니다. 왜 미소를 지었을까요?
3. 부처님께서 "내 깨달은 법을 가섭존자에게 전수하노라."고 말씀하신 것은 사실 큰 실수입니다. 가섭존자가 미소 지었을 때 부처님이 취하셨어야 할 행동은 무엇일까요?

이 질문을 이해하지 못하시는 분, 그리고 답은 알고 있지만 어떻게 표현해야 할지 모르시는 분은 오직 모르는 마음을 가지세요. 이것은 공안일 뿐입니다. 공안을 생각으로 붙들려 들지 마세요. 공안은 논리적으로 분석할 수 없는 것이기에 소중한 것입니다. 논리를 통해서는 결코 공안을 깨우칠 수 없습니다.

　오직 모를 뿐이란, 모든 생각을 잘라내는 것을 말합니다. 방해가 되는 모든 생각을 잘라내고 나면 참된 본성이 드러나고, 매 순간에 집중하며 살게 됩니다. 지금 무엇을 하고 계시나요? 오직 지금 이 순간에 집중하는 것이 모든 수행 또는 정진의 유일한 목표입니다. 스승이 제자에게 공안을 내리는 것은 제자의 수준을 가늠하려는 것도 있지만, 무엇보다 오직 모르는 마음을 가르치기 위한 것입니다. 공안은 제자로 하여금 자신이 이고 있는 굴레를 스스로 깨닫도록 돕는 수단입니다.

　앉아서 참선하는 동안에는 주변의 상황이 비교적 단순해지기 때문에 생각을 잘라내기가 쉽습니다. 참선하면서 생각을 정리하다 보면 일상 속에서도 생각을 정리하기가 쉬워집니다. 삶의 모든 순간은 일종의 공안으로 볼 수 있습니다. 잡념에 방해받지 않고 공안을 꿰뚫어보는 훈련을 거치고 나면 직관력도 그만큼 자라나게 됩니다. 이렇게 직관력을 키우고 나면 아무리 복잡한 상황과 맞닥뜨린다 하더라도 바른 답을 찾아낼 수 있습니다.

On the contrary, is contrary
Acrylic & Oil | on canvas 91×145.4cm | 2008

어렵지도 않고
쉽지도 않다

1987년 프로비던스 선 센터에서 펼친 설법을 엮음

부처님의 가르침 대부분은 한 스님에게서 다른 스님으로 전해져 내려왔습니다. 그러나 중국과 인도 그리고 한국에서는 출가를 하지 않은 속인임에도 불구하고 깨달음으로 밝게 빛나며 저희 불자를 이끄는 분들이 있습니다. 제자들이 대부분 출가를 하지 않은 속인으로 이루어진 저희 서양 승가가 자세히 들여다보아야 할 부분입니다.

역사의 흐름 속에서 불법은 늘 출가한 승려에게서 승려로만 전해져 내려왔습니다. 저희 관음선종도 예외는 아닙니다. 관음선종의 법통은 숭산큰스님에 이르기까지 모두 출가한 스님으로만 이루어져 있습니다. 물론 저희는 지금도 이 전통을 지켜나가고 있지만, 동시에 전에는 철저히 출가승에게만 허락되었던 것들을 차차 보편화하고 있습니다. 그동안 불교가 부처님의 가르침을 일반인으로부터 숨겨 왔다는 말이 아닙니다. 예전에는 속세와의 모든 인연을 끊고 출가해서 정진하는 스님만이 존경을 받을 수 있었는데, 그 범위를 넓히자는 뜻입니다.

부처님이 살던 시대 인도에는 비록 스님은 아니었지만 높은 경지에 오른 스승이 있었습니다. 이 스승의 이름은 유마힐이었습니다. 불교의 위대한 경전 중 하나인 유마경은 유마거사라고도 불리는 유마힐의 가르침을 담고 있습니다. 유마힐은 현명함과 날카로운 지혜로 잘 알려져 있었는데, 법에 어찌나 통달해 있었는지 당대의 다른 스승들은 유마힐과 법을 겨루기를 꺼렸다고 합니다. 심지어는 문수보살과 관세음보살도 유마힐에게 감탄했을 정도니까요.

전설에 따르면 유마힐은 심한 병을 앓고 있었는데, 부처님이 이를 전해 듣고 제자들을 시켜 병문안을 보냈습니다. 문수보살은 부처님의 명을 받들어 제자들을 이끌고 유마힐의 집에 도착했습니다. 그리고 대충 이런 이야기가 오갔습니다.

유마힐: "찾아주셔서 감사합니다. 저는 여러분이 온 것을 보았지만, 여러분이 이곳에 왔다는 증거는 없군요."
문수보살: "실로 그러합니다."

당시에는 이런 형이상학적인 대화가 유행했다고 합니다. 이런 식으로 한동안 대화가 이어지다 유마힐은 갑자기 화제를 돌려 제자들 모두에게 물었습니다. "'둘이 아닌 문'에 들어서는 법이 무엇이오?" 제자들은 돌아가며 제각기 답을 내놓았습니다.

제자들이 대답하고 나서 마지막으로 문수보살이 이렇게 대답했습니다. "이 '둘이 아닌 문'에 들어가는 법은 말로 설명할 수 없는 것입니다. 이름도 없고, 형상도 없으며 표현할 수도 없습니다. 이 문을 들어서는 방법은 말로 표현할 수 없습니다." 그리고 문수보살은 물었습니다. "자, 유마힐이여. 그대가 직접 '둘이 아닌 문'에 들어가는 법을 설명해보시오." 유마힐은 아무 말 없이 앉아만 있었습니다.

　문수보살은 곧 이 침묵의 의미를 깨닫고는 이렇게 말했습니다. "놀랍소! 그 침묵이야말로 바로 '둘이 아닌 문'이오!"

　부처님의 시대로부터 전해져 내려오는 이야기는 대부분이 스님들과 관련된 이야기입니다. 그렇기에 유마힐처럼 자신만의 방식으로 사람들을 가르친 스승의 이야기는 더욱 귀중할 수밖에 없습니다.

　중국에는 이렇게 출가하지 않고 깨달음을 얻은 거사들의 이야기가 많이 전해져 내려옵니다. 그중 주목할 만한 것이 방거사와 그의 가족에 대한 이야기입니다. 이 가족은 모두가 깨달음을 얻었다고 전해집니다. 방거사의 딸은 특히 총명했다고 하는데요, 가족 중에서는 가장 어렸지만, 날카로운 통찰력으로 상대방의 말문을 틀어막곤 했습니다.

　하루는 방거사가 삶과 수행에 대해 이야기하면서 이렇게 말했습니다. "어렵구나, 어렵구나, 어렵구나! 나무 한 그루에 만 개의 참깨를 없는 것만큼 어렵구나." 그러자 아내가 맞받아쳤습니다. "쉽구나, 쉽구나, 쉽구나! 침대에서 일어나 땅바닥에 발을 디디는 것만큼 쉽구나." 지고 있을 딸이 아니었습니다. 딸은 이렇게 말했습니다. "어렵지도 않고 쉽지도 않아요! 풀잎 끝마다 모든 부처님의 가르침이 깃들어 있어요." 아니, 풀잎 끝에서 도대체 어떤 가르침을 찾을 수 있다는 걸까요? 이 말을 이해하는 사람은 바르게 보는 눈을 얻게 될 것입니다. 방거사의 가족은 바쁜 삶 속에서도 불법을 따르기를 잊지 않았습니다. 이런 좋은 본보기는 이루 말할 수 없이 중요합니다.

한국에는 설이라는 여자의 이야기가 전해져 내려옵니다. 설은 불교를 믿는 집안에 태어났습니다. 설의 아버지는 특히 불심이 깊었는데, 설은 어릴 때부터 이런 아버지와 함께 불경을 따라 읽곤 했습니다. 가끔은 아버지를 따라 큰스님들을 뵙기도 했는데, 하루는 아버지가 스승으로 모시는 스님을 찾아가게 되었습니다. 스님은 설에게 이런 말을 했습니다. "네가 열심히 수행한다니 선물을 하나 주고 싶구나. 내가 너에게 줄 선물은 '관세음보살'이다. 이 말을 되풀이해서 외우면 큰 복을 받을 게다."

그 후로 설은 시간이 날 때마다 "관세음보살"이라고 암송했습니다. 어느 날, 설은 관세음보살이라고 암송하던 도중 절에서 종이 울리는 소리를 듣고 마음이 열렸습니다. 설은 자신이 곧 관세음보살이라는 것을 깨달았습니다. 그리고 세상 모든 것이 관세음보살이라는 것도요.

설은 무척 기뻐했는데, 좀 지나친 감이 없지 않았습니다. 그 일이 있은 뒤로 설은 "관세음보살"을 외우는 대신 나무와 풀에게 말을 걸고 다녔습니다. 하루는 아버지가 설의 방에 들어왔는데, 설은 아버지가 책상 위에 두었던 불경을 깔고 앉아 있었습니다. 아버지는 노해서 딸을 꾸짖었습니다. "어찌 감히 불경을 깔고 앉을 생각을 했느냐! 네가 감히 진리를 더럽히느냐!" 아직 어린아이에 불과했건만 설은 아버지에게 이렇게 답했습니다. "아버지, 진리가 말 속에 담겨 있다고 생각하세요?" 아버지가 동요하는 것을 보고 설은 덧붙였습니다. "스님께 가서 여쭈어보세요."

설의 아버지는 스님을 찾아가 그동안 있었던 일을 이야기했습니다. 그러고는 "스님, 제 딸이 미친 걸까요?" 하고 물었습니다.

스님이 대답하시기를, "설은 미치지 않았습니다. 당신이 미쳤을 뿐이지요!" 그러고는 말했습니다. "걱정하지 마세요!"

스님은 설에게 시를 한 수 써 주었습니다.

> 나무로 깎은 닭이 저녁에 우는 것을 들으면
> 마음이 태어난 나라를 이해할 수 있다.
> 절의 문 밖에는
> 풀이 푸르고, 꽃이 빨갛다.

설은 시를 다 읽고 나서 이렇게 말했습니다. "아하, 스님께서도 똑같은 생각을 하고 계시구나." 그러고는 땅에서 불경을 집어 들어 먼지를 턴 후 다시 책상 위에 올려놓았습니다. 그 다음부터 설은 이상한 행동을 하지 않았습니다.

시간이 흘러 설은 시집을 가서 아이를 낳고, 손자 손녀를 여럿 둔 할머니가 되었습니다. 동시에 설은 선사(禪師)로도 널리 알려졌습니다. 설은 가사나 장삼을 입지는 않았지만 매일매일 끊임없이 정진하며 마음을 가다듬어 왔기 때문에 평소 생활 속에서 많은 사람을 도울 수 있었습니다. 그러던 어느 날 설의 손녀가 죽고 말았습니다. 설은 깊은 슬픔에 잠겨 울고 또 울었습니다. 설을 위대한 선사로 알고 있던 주변 사람들은 모두 놀랐습니다. 그중 한 명은 설에게 물었습니다. "선사님께서는 이미 삶도 죽음도 없다는 것을 알고 계십니다. 왜 손녀 때문에 울고 계신가요?" 설은 더욱 크게 소리 내어 울면서 이렇게 답했습니다. "너는 아무것도 몰라! 내가 울어야 우리 손녀딸이 극락에 들어갈 수 있다고." 하여튼 설은 특이한 사람이었습니다.

이 이야기들은 무슨 교훈을 담고 있을까요? 우리는 가끔 스스로를, 그리고 스스로의 삶과 수행을 되돌아보며 평가를 하려고 듭니다. 어떤 수행법을 더 수승하다고 여기거나 다른 수행법을 낮잡아 봅니다. 또는 스스로 자신을 평가하여 '나는 착한 사람일까, 아니면 나쁜 사람일까? 내가 하는 노력은 충분할까? 다른 것을 찾아야 하지는 않을까?'라고 스스로에게 물어보기도 합니다. 또는 수행의 외형적인 모습에 지나치게 집착하기도 합니다. 제가 지금까지 이야기했던 분들이 뛰어난 점은 이 수행이라는 것이 우리의 외양과는 아무 관계가 없다는 것을 분명하게 보여주기 때문입니다. 이 수행은 우리가 살아가는 방식과도 아무런 연관이 없습니다. 수행은 그저 맑은 마음을 간직하고 바르게 보는 것입니다. 하루하루 맑고 깨끗한 마음을 가지는 것입니다. 지금 이 순간 무엇을 하고 계시죠? 스님이라면 스님으로서 해야 할 일이 있고, 속인이라면 속인으로서 해야 할 일이 있습니다. 지금 그대가 처한 상황에서 해야 할 일을 하세요. 그리고 매 순간마다 스스로에게 물으세요. '이것은 무엇인가?'라고.

질문: 최근에 깨달음을 얻으신 재가수행자 이야기는 없나요?

우봉스님: 물론 있죠! 지금 이 순간에도 아주 위대한 이야기가 있고, 지금 우리가 이야기하는 도중에도 진행되고 있습니다. 이 이야기는 여태까지 했던 어떤 이야기보다 중요한 이야기입니다. 모든 사람들이 이 이야기를 알아야 하고, 유마힐이나 방거사, 또는 설이 되어야 합니다. 지금 이 순간이 바로 그 이야기입니다. 여기 계신 모든 분이 이미 깨달음을 얻은 재가수행자이십니다!

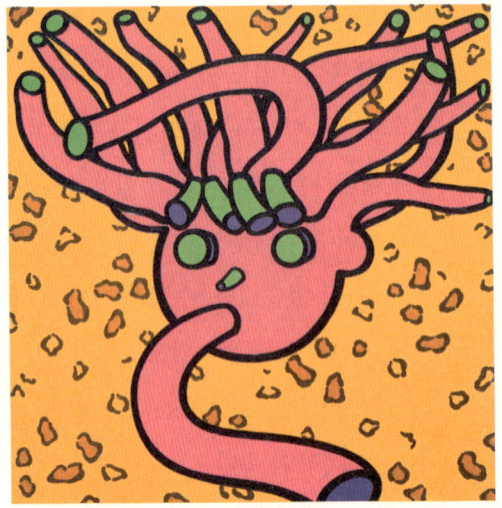

Mato
Acrylic & Oil | on canvas 90×90cm | 2012

Mayo
Acrylic & Oil | on canvas 90×90cm | 2012

깊은 뜻

2000년 무경 지도법사님에게 법을 인가하는 도중 읊은 시

모든 경전에는 단 하나의 뜻이 있다.
그러나 이 뜻 뒤에는 깊은 뜻이 숨어 있다.
이 깊은 뜻 뒤에는 더 깊은 뜻이 숨어 있다.
귀청을 찢는 천둥, 번쩍이는 번개
그리고 모든 뜻이 사라진다.
그대는 누구인가?
빨갛게 달구어진 쇠를 삼켜라
아아아!!!
메아리가 없는 계곡에서
그림자가 없는 나무를 찾으면
모든 것이 뚜렷해질 것이니.
오늘은 2월 6일, 일요일이고
법당에는 새로운 빛이 타오른다.

별

2000년 12월 10일 성도절을 기념하며

부처님은 어느 날 아침 별을 보고 깨달음을 얻었다.
그렇다면 부처님이 진짜로 얻으신 것은 무엇일까?

오늘 아침 우봉선사는 별을 보고 깨달음을 잃었다.
그렇다면 우봉선사가 진짜 잃은 것은 무엇일까?

별을 보았는가?
무엇을 얻었는가?

나무배를 타고 별의 심장으로 날아들어라!
모든 것이 이해될 것이다. 밤은 어둡고, 낮은 밝다.

Anyway, it_s just food-1

Acrylic & Oil | on canvas 53×65.2cm | 2011

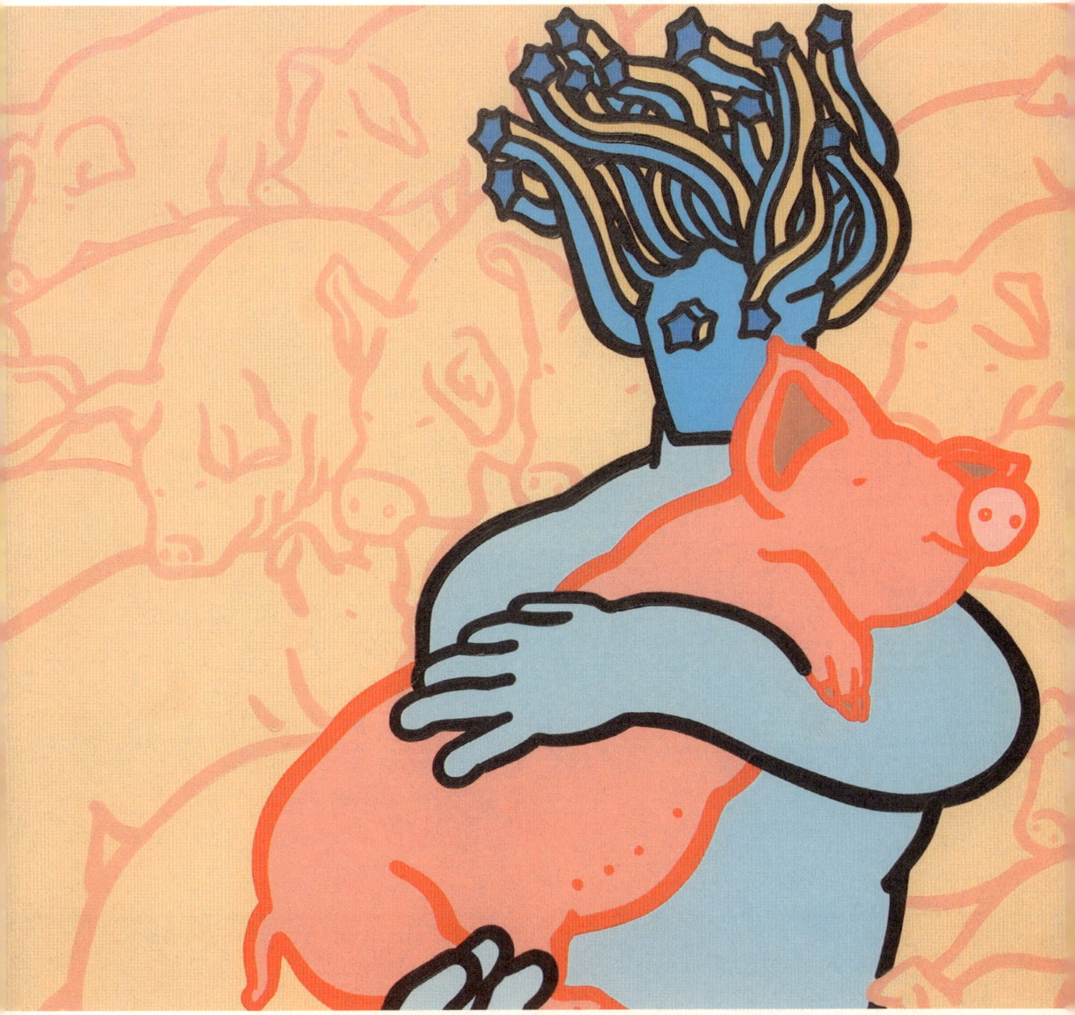

또 다른 순간으로

생각을 멈추려 들지 마세요. 사실 생각 자체에는 아무런 문제가 없습니다.
문제는 생각에 집착하고 드는 것입니다. 생각에 집착하지 마세요.
집착하지 않는 순간 모든 생각이 진리가 됩니다.

질문과

대답

제자: 선과 자비심 그리고 남을 돕는 일과 어떻게 연결될 수 있는 지 이해할 수 없습니다.

우봉선사: 자비심 없이는 선도 없습니다. 모든 것은 오직 자비심을 위한 것입니다.

• — • — •

제자: 공안에 답하는 일이 어떻게 도움이 되는지를 도무지 이해할 수 없습니다.

우봉선사: 공안의 진짜 답을 찾고 나면 생활 속에서도 공안이 보이기 시작할 겁니다. 그러나 공안을 논리적으로 답했다면 아무런 도움이 되지 않습니다. 공안을 논리로 이해한다는 것은 수박 겉핧기식 이해일 뿐이에요.

• — • — •

제자: 선사님께서는 모르는 마음의 중요성에 대해 늘 이야기하시는데, 모르는 마음에는 무슨 쓸모가 있습니까? 모르는 마음으로 무엇을 할 수 있죠?

우봉선사: 어떻게 도와드릴까요?

제자: 좋은 질문이네요. 절 어떻게 도우실 거죠?

우봉선사: 무엇이 필요하세요?

제자: 하! 제게도 그 모르는 마음이 필요할 것 같네요. 모르는 마음을 알려주시지 않겠어요?

우봉선사: 당신은 무엇입니까?

제자: (오랜 침묵 끝에) 글쎄요.

● – ● – ●

제자: (머리끝까지 화가 나서) 누가 여기 책임자야?

우봉선사: (담담하게) 당신이죠.

● – ● – ●

2004년 크리스마스 전후로 쓰나미가 인도해를 휩쓴 다음

제자: 스승님, 세상은 참으로 아름다운 곳이지만 가끔씩은 끔찍한 일들이 일어나는 것 같습니다. 누구의 잘못일까요? 누가 책임을 져야 할까요?

우봉선사: 그대의 책임입니다.

● – ● – ●

또 다른
순간으로

235

제자: 모든 번뇌를 넘어선 경지란 무엇입니까?

우봉선사: 지금 앉아 있는 바닥이 무슨 색인가요?

제자: (바닥을 보며) 노랑색이요.

우봉선사: (침묵)

•–•–•

제자: 어떻게 하면 생각을 멈출 수 있을까요?

우봉선사: 생각을 멈추려 들지 마세요. 사실 생각 자체에는 아무런 문제가 없습니다. 문제는 생각에 집착하고 드는 것입니다. 생각에 집착하지 마세요. 집착하지 않는 순간 모든 생각이 진리가 됩니다.

•–•–•

제자: 대부분의 사람들은 무척 난해하고 복잡한 설명을 들을 각오를 하고 선 센터를 찾습니다. 저희가 "아니에요, 아주 간단합니다."라고 말하면 사람들이 깜짝 놀라더군요. 선사님, 선은 쉬운 것입니까, 아니면 어려운 것입니까?

우봉선사: 선이 무엇입니까?

제자: (크게 박수친다.)

우봉선사: 그게 다인가요?

제자: 지금 이 자리에 앉아 선사님의 말씀을 듣는 것입니다.

우봉선사: 제 말이 쉬운가요, 어려운가요?

•－•－•

제자: 선이 아닌 것은 무엇입니까?

우봉선사: 저 벽은 무슨 색입니까?

제자: 흰색입니다.

우봉선사: 고맙습니다.

•－•－•

제자: 이원론적인 사고에는 답이 있습니까, 없습니까?

우봉선사: 답이 있느냐 없느냐, 그 질문부터가 이원론적입니다.

•－•－•

제자: 선사님, 선사가 되시기 전에는 무슨 일을 하셨는지요?

우봉선사: 선사가 되기 전에는 선사가 아니었습니다.

•－•－•

제자: 법당에서 용맹정진을 하던 도중 커다란 거미를 보았습니다. 저는 앉아 있는 내내 속으로 "제발 저 거미가 나갔으면!" 하고 빌었습니다.

우봉선사: 하지만 그대는 계속 자리를 지켰습니다. 도망치지 않았지요.

부처님이
되는 법

제자: 선사님, 저는 이따금 제가 완전하다고 느낍니다. 모든 것이 명료해집니다. 하지만 다른 때에는 그 느낌이 사라지고 어느 것도 이해할 수 없습니다. 선사님께서는 어떻게 생각하시나요?

우봉선사: 완전함이란 감정에 휘둘리는 것이 아닙니다. 사람은 모두 다 완전한 존재이고 부처님입니다. 이해하시겠나요? 당신은 이미 모든 것을 가지고 있습니다! 제가 그대에게 없는 무언가를 가지고 있는 것이 아닙니다. 무슨 말인지 아시겠나요? 아직 잘 모르시겠다면 어떤 가르침도, 이 세상에서 가장 훌륭한 가르침도 그대를 도울 수 없습니다. 그대는 이미 완전한 존재입니다. 하지만 그 사실을 그대가 스스로 깨닫기 전에는, 그 사실에 스스로 익숙해지기 전까지는, 그 사실을 받아들이기 전까지는, 그대가 완전하다는 사실도 결코 그대를 도울 수 없습니다.

가끔 기분이 좋아질 수는 있습니다. "나는 이미 완전한 존재다. 나는 부처님이다. 아아⋯⋯." 하지만 기분은 금방 바뀔 것이고, 기분이 바뀌고 나면 내가 완전하다는 사실은 새까맣게 잊고 맙니다. 자신이 완벽하다는 것을 이해하는 것과 완벽한 존재가 되는 것에는 상당한 거리가 있습니다. 우선 꾸준히 정진하세요.

제자: 부처님이 되는 사람이 있고, 되지 못하는 사람이 있는데 그 이유는 무엇입니까?

우봉선사: 그 부처님은 무엇입니까?

제자: 모르겠는데요.

우봉선사: 맞습니다. 그게 부처님입니다.

제자: 하지만 모른다는 것조차 모르는 사람들도 있지 않습니까?

우봉선사: 그런 사람들을 전문가라고 부릅니다. 삶에는 두 가지 선택이 있습니다. 전문가가 되느냐, 아니면 오직 모르는 마음을 통해 부처님이 되느냐, 이 둘 중 하나입니다. 수행, 그러니까 정진이 중요한 이유도 바로 여기에 있습니다. 누가 어떤 말을 하든, 얼마나 잘 설명해주든, 결정은 그대의 것이기 때문입니다. 부처님의 가르침이 탁월한 것은 부처님이 단지 현자나 전문가가 한 말이라고 무조건 믿어서는 안 된다고 가르치셨다는 점입니다. 불경에 나온 말이라고 무조건 받아들여서는 안 됩니다. 진리는 스스로 찾는 것입니다. 누구에게나 진리를 찾아낼 능력이 있습니다. 그대는 설법에 왔지만, 제가 아무리 잘 설명하고 제 말이 아무리 와 닿더라도, 제 말에는 그대를 바꿀

힘이 없습니다. 어떤 것을 이해하는 것과 실제로 하는 것은 바다의 끝과 끝만큼 멀리 떨어져 있습니다. 그러므로 늘 질문해야 합니다. 불교에는 보리심이라는 말이 있습니다. 보리는 깨달음을 뜻하고, 따라서 보리심이란 깨달음을 구하는 마음입니다. 누구에게나 깨달음을 얻을 가능성이 있습니다. 문제는 보리심입니다. 그대가 여기에 있는 이유도 다 보리심 때문입니다.

일부 불교 학자들은 보리심을 깨달음의 씨앗이라고 부르기도 합니다. 이 자리에 오는 것으로 그대의 씨앗은 이미 싹텄습니다. 이제 그 씨앗에 물을 주는 일만 남았고, 이것이 바로 정진입니다. 늘 질문을 품고 수행하면 씨앗은 점차 나무로 자라납니다. 그리고 언젠가는 이 나무에 꽃이 만개합니다. 그러고 나면 (무릎을 찰싹 때리며) "아하!"라는 감탄사가 저절로 튀어나올 겁니다. 이 "아하"는 부처님의 것도 아니고 숭산큰스님의 것도 아니고 우봉선사의 것도 아니며 바로 그대의 것입니다. 그대만의 깨달음을 찾으세요. 세상이 그대를 기다리고 있으니까요.

That_s okay~
Acrylic & Oil | on canvas 180×130.3cm | 2010

마음을

가만 좀 두세요

🫛

제자: 선사님, 제게는 기억상실증에 걸린 친구가 있습니다. 불교에서는 이를 어떻게 해석하나요?

우봉선사: 불교 심리학에서는 의식을 총 여덟 가지로 분류합니다. 처음 다섯 가지는 시각, 후각, 청각, 촉각, 미각입니다. 여섯 번째로는 몸을 통제하는 마음이 있고, 일곱 번째로는 흰색과 검은색, 좋고 나쁜 것 따위를 분간하는 마음이 있습니다. 그리고 여덟 번째가 기억하는 마음입니다. 가끔은 이 마지막 세 마음이 따로 겉도는 경우가 있습니다. 그 결과로 기억상실증이나 다중인격장애같은 심리적 질환이 발생합니다. 다중인격장애가 심해지면 한 사람 안에 있는 여러 인격들이 서로가 한 일을 모르기도 합니다.

하지만 꾸준한 정진을 통해 '생각 이전의 마음'으로 돌아갈 수 있습니다. 생각 이전에는 어떤 종류의 의식도 없습니다. 생각 이전의 마음이란 의식이 생겨나기 이전의 단계입니다. 생각 이전의 마음으로 돌아가면 기억상실증, 그리고 이보다 심한 심리적 질환도 이겨낼 수 있습니다. 여섯 번째 마음과 일곱 번째 마음, 그리고 여덟 번째 마음이 다시 하나가 됩니다.

수행하는 동안은 의식을 사용하면 안 됩니다. 의식이 쉬도록 내버려두세요. 다친 팔이 나을 때까지 부목으로 감싸 안정을 취하도록 하는 것과 마찬가지입니다. 다친 팔을 계속 사용한다면 상처만 심해질 뿐입니다. 마음도 똑같습니다. 가만히 내버려두면 알아서 낫습니다. 마음을 가만히 내버려두는 것이 바로 생각 이전의 마음입니다. 이것이 참선수행입니다.

● — ● — ● — ●

제자: 저는 우유부단한 사람입니다. 우유부단한 성격을 고치는 좋은 방법이 없을까요?

우봉선사: 지난 몇 년 동안 제자들에게 전수해온 비법을 알려드리겠습니다. 동전을 던지세요. 동전을 다시 잡을 즈음에는, 자신이 앞면을 원하는지 아니면 뒷면을 원하는지를 깨달으실 겁니다. 실제로 앞면이 나왔는지 뒷면이 나왔는지 볼 필요도 없어요. 곧바로 실행하세요!

큰 관점에서 보면 대부분의 결정은 그렇게 중요하지 않습니다. 어느 쪽을 선택해도 괜찮은 경우가 대부분입니다. 중요한 점은 왜 그 선택을 하는가입니다. 자신을 위한 선택입니까, 아니면 다른 사람을 위한 선택입니까? 자신이 어느 방향으로 나아갈지를 이미 정하셨다면, 더 이상 선택의 여지가 남지 않습니다. 그렇게 해도 자기가 뭘 원하는지를 알 수 없다면 동전을 던지세요. 아무 문제 없을 겁니다.

• - • - •

제자: 제 욕망은 크게 두 가지로 나뉘어 있는 것 같습니다. 우선 '저 치즈케익을 먹고 싶다.' 또는 '저기 비키니를 입은 여자를 가지고 싶다.'와 같은 저급한 욕망이 있습니다. 그리고 '세계가 평화로워지는 것을 보고 싶다.'든가 '우리 집안이 잘되었으면 좋겠다.' 같은 고급 욕망이 있습니다. 이 고급 욕망이 선사님께서 말하시는 자비인가요?

우봉선사: 좀 다릅니다. 욕망과 자비의 차이점은 이렇습니다. 매일 아침 예불을 드릴 때 암송하는 사홍서원을 보면 "비록 중생이 수없이 많더라도 모두 다 구해내리다."라는 부분이 있죠. 이것이 자비심입니다. 이 다짐은 오직 다른 사람을 위한 다짐입니다. 이것이 자비입니다.

욕망은 나를 위한 것입니다. 방금 우리 집안이 잘되었으면 좋겠다고 했죠? 왜 우리 집안만 잘되었으면 좋겠다고 합니까? 그것은 욕망입니다. 세상 모든 집안들이 잘되었으면 좋겠다고 생각해보세요. 사람들의 집안만이 아니라 나무 집안, 고양이 집안, 개 집안도요. 이렇듯이 나 또는 나의 것이 없어야 합니다. 만일 누군가 "깨달음을 얻고 싶다."고 말한다면, 이는 깨달음을 나의 것으로 만들려는 또 하나의 욕망입니다.

대신 이렇게 말하는 사람을 떠올려보세요. 나는 나를 모르겠다. '나'는 무엇인가? 이 질문은 모든 욕망을 씻어냅니다. 깨달음을 갈구하는 자에게서는 언젠가 욕망이 자라날 수밖에 없습니다. 오직 이 질문만을 물으세요. 생각이 가라앉고 욕망이 사라질 겁니다.

생각 자체에는 어떤 문제도 없습니다. 다만 생각과 욕망을 따라 행동하는 것이 문제일 뿐입니다. 예를 들어 마음속에서 어떤 생각이나 감정이 일어났는데, 당신은 이 생각을 따르면 안 된다는 것을 잘 알고 있습니다. 참선을 하는 사람은 마음에 떠오르는 생각을 흘려보내는 법을 알고 있습니다. 어떤 종류의 수행도 하지 않는 사람은 행동을 통제하기가 쉽지 않습니다. 틀렸다는 것을 알면서도 그것을 계속합니다. 아니면 해야 된다는 것을 알면서도, 일을 미루곤 합니다. 그러고는 나중에 돌아와서 "그때 왜 그랬을까?" 하고 탄식하죠. 하지만 그토록 후회를 하고도, 그대의 행동은 바뀌지 않습니다.

저는 대학생이었던 시절 시험을 볼 때마다, 다음 시험은 벼락치기로 준비하지 않겠다고 늘 스스로에게 약속하곤 했습니다. 그 약속을 결국 단 한 번도 지키지 못한 것을 보면 저는 지독히 게을렀던 게 틀림없습니다. 충분한 수행이 없었기 때문에 게으름에게 지배당하고 말았죠.

• — • — •

제자: 선사님께서는 이렇게 말씀하셨습니다. "너 자신을 평가하려 들지 마라. 다른 사람도 평가하려 들지 마라." 이 말이 뜻하는 바는 무

엇입니까?

우봉선사: 정진하다 보면 안 좋은 생각이나 불쾌한 기분이 드는 경우가 있습니다. 사람들은 보통 이런 생각이나 기분과 맞닥뜨리는 순간 스스로를 평가하는 버릇이 있습니다. "역시 나는 안 되나봐. 아차, 생각을 하면 안 되는데! 수행은 나한테 무리인가 봐." 생각에 꼬리를 물고 생각을 이어나가는 것은 머리 위에 머리를 하나 더 얹는 것과 같습니다. 반대로 다른 사람을 평가하는 경우도 있습니다. 자기 자신의 문제를 들여다보는 것보다는 다른 사람을 헐뜯는 게 훨씬 속 편하거든요.

•－•－•

제자: 〈길에서 부처를 만난다면, 그 부처를 죽여라〉라는 제목의 책을 보았습니다. 이건 무슨 뜻인가요, 선사님?

우봉선사: 선은 자유로워지는 법을 가르칩니다. 이는 부처님께서 가르치신 것이기도 합니다. 그러나 사람들은 대부분 스승이나 생각 또는 말에 집착합니다. 이런 집착은 마치 질병과 같습니다. 저는 예전에 이런 이야기를 들었습니다. 친구 두 명이 길을 걷고 있었습니다. 그중 한 명이 넘어지자 다른 친구가 넘어진 친구를 보고 웃기 시작했습니다. 넘어진 친구가 말했습니다. "이봐, 좀 심한 거 아니야. 성경에 보면 원수가 곤경에 처하더라도 웃거나 즐거워하지 말라고 한다

고." 친구가 대답했습니다. "나도 성경에서 그 말을 읽은 적이 있어. 친구가 넘어졌을 때 웃지 말라는 말은 안 나오잖아." 물론 이건 우스갯소리지만, 안타깝게도 우리는 실제로도 이런 식으로 말에 집착하다가 말이 담고 있는 진정한 의미를 놓치는 경우가 많습니다.

자유로워진다는 것은 스스로 진리를 찾아내는 것을 말합니다. 그 어떤 유명한 사람의 말이더라도 곧이곧대로 믿지 마세요. 누군가에게 집착하는 것은, 곧 그 사람의 생각과 판단, 의견에 집착하는 것입니다. 길에서 부처를 만나면 그 부처를 죽이세요. 참으로 옳은 말입니다!

하지만 정작 죽여야 할 것은 따로 있습니다. '나 그리고 나의 것'을 만나게 되면 곧장 죽이세요. 그대의 인생이 하나의 연구소라고 생각해 보세요. 어디선가 새로운 신약을 개발했다는 소식을 듣습니다. 곧장 그 약을 만들어야 할까요? 아닙니다, 일단 시험해 보는 겁니다. 시험해보고 나서 정말 좋은 약이면, 먹을 수도 있고 주위 사람들에게 권할 수도 있습니다. 별로 시원찮은 약이면 내다 버리세요. 부처님을 죽이세요. 그대에게는 그럴 만한 권한이 있습니다. 바로 그대 스스로가 부처님이 되어야 합니다. 그렇기에 우리는 수행을 하는 겁니다.

제자: 지금 다른 사람들이 하고 있는 게 수행인가요?

우봉선사: 오늘 아침에 제가 이렇게 물어보았죠. "당신은 무엇입니까?" 그때 말문이 막혀 아무 말도 꺼내지 못하셨죠. 그것이 저희가 하는 수행입니다. 하루 두 번 법당에 모여서 하는 좌선은 물론 중요하

기는 하지만 결국 하나의 방법에 지나지 않습니다. 오직 모르는 마음을 가지는 것에 대해 이야기하는 것은 쉽지만, 실제로 모르는 마음을 가지기는 어렵습니다. 그러나 하루 10분에서 15분 정도라도 참선을 하면 생활 속에서도 모르는 마음을 가질 수 있습니다.

하루하루 어떤 행동을 하게 되더라도 늘 백 퍼센트의 노력을 다하세요. 그게 바로 온전히 깨어 있는 것입니다. 좋은 꿈이든 나쁜 꿈이든, 과거의 꿈이든 현재의 꿈이든 미래의 꿈이든, 모두 필요 없습니다. 깨어나세요! 깨달음을 얻은 사람이 되세요. 부처님이 되세요.

공안이
싫어요

제자: 선사님, 저는 공안이 싫어요. 그래서 한동안 공안 탁마에도 나오지 않았습니다. 무슨 말씀이라도 좀 해주시지 않겠어요?

우봉선사: 물론입니다. 공안이 싫으면, 지금 당장 죽으세요.

제자: 네? 무슨 말씀이신지요.

우봉선사: 공안은 특별한 것이 아닙니다. 매일 살아가면서 마주치는 순간이 모두 다 공안이에요. 공안이 싫다는 것은 살기 싫다는 말과 같습니다. 살기 싫으신가요?

제자: (웃으며) 아니요. 아직 좀 더 살고 싶은데요.

우봉선사: 좋아요. 그렇다면 좋다는 생각과 싫다는 생각을 모두 버리세요. 공안이 나타나면 본능적으로 반응하기만 하세요. 제대로 된 반응이 나타나지 않으면 다시 오직 모르는 마음으로 돌아가세요. 삶도 이와 같습니다. 난해한 상황에서 답을 찾을 수 없다면 오직 모르는 마음을 가지세요.

제자: 알겠습니다. 감사합니다.

소통

제자: 공안에 관한 질문을 하나 드릴게요. 선사님은 공안이 생활에 반영되어야 한다고 하셨는데, 좀 더 자세히 설명해주실 수 있나요?

우봉선사: 그럼요. 하루하루의 생활에 공안이 반영되지 않는다면 제대로 된 공안 수행이 아닙니다. 가끔 공안을 논리적으로 분석해서 이해하려는 분들이 있습니다. 공안을 그런 식으로 해석하는 사람은 절대 공안을 삶에 적용할 수 없습니다. 그런 사람들에게 있어서 공안은 일종의 말장난, 혹은 격언에 지나지 않습니다. 진정한 공안은 삶으로부터 오는 것입니다. 모든 공안은 사람 간의 소통을 주제로 삼고 있습니다. 스승끼리의 소통, 스승과 제자의 소통, 혹은 제자끼리의 소

통일 수도 있습니다. 그리고 이 소통에 일정한 상황과 조건을 제시합니다. 공안에 나오는 상황은 늘 약간씩 모자란 점이 있습니다. 이 모자란 점을 채우는 것이 공안 수행입니다. 공안을 완성하고 나면, 선센터의 공안만이 아니라 인생의 공안도 해결할 수 있게 됩니다.

행복한 고통,
괴로운 고통

제자: 고통이란 정확히 무엇인가요? 예전에 어디선가 고통은 사람들이 생각하는 것과는 좀 다른 것이라고 읽었던 적이 있습니다.

우봉선사: 고통에는 여러 종류가 있습니다. 육신의 고통이 있고 감정적 고통이나 정신적 고통도 있죠. 사람들은 간혹 행복하다고 느끼는데 이 또한 고통의 일종입니다. 어떤 사람이 코카인을 흡입하고 나서 기분이 아주 좋아졌다고 칩시다. 이것 또한 고통입니다. 고통은 모든 행복의 근원입니다. 그러므로 고통은 무조건 나쁜 것만은 아닙니다.

사람은 행복한 고통을 느낄 때도 있고 괴로운 고통을 느낄 때도 있습니다. 아주 행복한 사람은 그만큼 집착하는 것이 많은 사람입니다. 이처럼 집착으로부터 시작된 행복은 이미 고통의 씨앗을 품고 있습니다. 집착, 기대, 일이 이렇게 풀렸으면 하는 바램, 이 모든 것들이 고통의 씨앗입니다. '나, 나의 것'이 있는 한, 이유를 알든 모르든 늘 고통스러울 수밖에 없습니다.

제자: '나, 나의 것'을 버리고 나서 고통이 사라지는 경지가 깨달음인가요?

우봉선사: 깨달음을 얻고 나면 고통이 더 심해집니다. 고통을 원치 않는 분이라면 선수행을 하지 마세요. 수행을 하면 모든 생명체의 고통이 자신의 것이 되기 때문입니다. 자신의 고통이 사라진다고 세상에 있는 모든 고통이 사라지는 것은 아니기 때문입니다.

우리는 자비심이라는 말을 자주 꺼냅니다. 다들 자비로운 사람이 되고 싶다고 말은 하지만, 자비를 아직 잘 모르시는 분도 계신 것 같더군요. 자비심은 감정이 아닙니다. 자비심은 다른 사람을 향한 동정이나 연민이 아닙니다. 배고픈 사람을 동정한다고 그 사람의 배가 채워지던가요? 자비심이란 매 순간마다 무엇을 할 것인가를 스스로에게 질문하는 것입니다. 배고픈 사람을 보면 무엇을 해야 하나요?

예를 들어, 저는 십 년 전에 몹시 아파서 입원했던 적이 있습니다. 의사들은 제가 곧 죽을 거라고 말했습니다. 사람들은 모두 저를 걱정했습니다. 선 센터에서도 사람들이 병문안을 왔는데 그중에는 감수성이 예민한 여자가 하나 있었습니다. 이 여자가 다녀갈 때마다 완전히 지치고 말았는데, 우울해진 여자가 기운을 되찾을 때까지 위로해 주는 데 온 힘을 다해야 했기 때문입니다.

혹시 오해하실지도 모르니 예를 하나 더 들겠습니다. 선생님의 삶을 상상해보세요. 선생님도 결국 사람이기에 학생을 아낄 수도 있고 미워할 수도 있습니다. 하지만 선생님은 개인적인 호불호와는 관계없이 늘 학생들을 격려하고 칭찬하고, 공정한 점수를 매겨야 합니다. 아무리 아끼는 학생일지라도 학업이 형편없다면 그에 맞는 말을 해주고 낮은 점수를 주어야 합니다. 우리는 이를 자비심이라고도 부릅니다.

　정리하자면, 자비심은 삶의 모든 순간에 주어진 상황을 바르게 보고, 바르게 행동하고, 바른 결정을 내리는 것입니다.

Tears not to be happy
Acrylic & Oil | on canvas 45.5×53cm | 2012

욕망과
자비

제자: 저희는 정말 세상에 도움이 될 수 있을까요? 예를 들어, 굶주려 죽는 사람들은 어떻게 도와야 하죠?

우봉선사: 물론 저희는 세상을 도울 수 있습니다. 말씀하신 기아 문제를 볼까요? 굶주림은 전 세계적으로 큰 문제가 되고 있습니다. 이 굶주림은 어디에서 비롯된 걸까요? 경제 불균형 때문이 아닙니다. 배고픈 사람에게 먹일 음식이 모자라서도 아닙니다. 배고픔은 탐하는 마음에서 오는 것입니다. 집착하는 마음에서 오는 것입니다. 배고픔은 이런 마음에서 시작됩니다.

요즘 들어 생태학에 대한 이야기를 자주 하게 되네요. 부처님은 구체적으로 생태학을 언급하시지는 않으셨습니다. 하지만 어떻게 보면 늘 생태학 이야기를 꺼내셨다고 볼 수도 있습니다. 어떤 생태학일까요? 부처님은 마음의 생태학에 대해 이야기하셨습니다. 부처님은 분노와 욕망, 그리고 어리석음에 대해 이야기하셨습니다. 이들은 마음을 더럽히는 세 가지 오염입니다. 이 세 가지의 오염물질을 없앨 수만 있다면 세상의 배고픔은 모두 사라질 겁니다. 세상은 여러분을 필요로 합니다. 모두가 수행해서 깨달음을 얻어야 합니다.

욕망 때문에 이 자리에 계신 분에게는 제 말이 별다른 도움이 되지 않을 겁니다. 그러므로 말하기에 앞서 욕망과 자비심을 구분하고 넘어가겠습니다. 욕망은 나만을 위한 것을 말합니다. "설법을 들으러 가야겠어. 설법에는 뭔가 얻을 게 있겠지. 운이 좋다면 행복해지는 비결을 깨달을지도 몰라. 어쩌면 좋은 업을 쌓아서 취직하게 될지도 모르지." 이런 마음이 바로 욕망입니다.

자비에는 '나'라는 것이 없습니다. 일종의 커다란 욕망인데, 우리는 이것을 보살심, 보살의 마음이라고도 부릅니다. 내가 무엇인지를 이해하고, 다른 모든 생명체를 돕겠다는 뜻입니다. 만일 설법에서 정진에 도움이 될 만한 것을 찾는다면 이것 또한 자비의 일부입니다.

자비심과 같은 욕망은 아무런 해를 끼치지 않습니다. 이 욕망은 궁극적으로 자신을 위한 것이 아니기 때문이지요. 선수행은 욕망이라는 금속을 황금으로 바꾸는 과정과 같습니다. 일종의 연금술이죠. 욕망을 뿌리 뽑는 대신 자비로 바꾸어 나가는 겁니다. 욕망을 만물에 대한 사랑으로, 화를 자비로, 어리석음은 지혜로요.

수행하는 한, 그대가 어느 나라에서 왔는지, 무엇을 가지고 왔는지는 중요하지 않습니다. 수행을 계속하면 모든 것이 바뀝니다. 여행을 떠나기 전에 가지고 있던 동기가 여행이 끝나고 나면 달라지는 것처럼요. 사람들은 보통 아주 이기적인 이유, 고통 때문에 생긴 어떤 이유 때문에 수행을 시작합니다. 정말 거룩한 이유로 선 센터를 찾는 사람은 아주 드뭅니다. 삶에 아무런 문제가 없는 사람들이지만 정말 이 세상을 위해, 세상의 고통을 없애는 일에 조금이나마 도움을 주고 싶어 하는 사람들이지요. 어떻게든 세상을 돕고 싶어 하는 이런 사람들은 지극히 드뭅니다. 하지만 상관없습니다. 여러분들도 수행하다 보면 처음에 무슨 이유로 수행을 시작했든지, 점점 보살의 마음에 가까워지게 될 것입니다.

환생

제자: 선사님, 저희처럼 서양에서 자라나면서 기독교의 영향을 받은 사람들에게는 좀 이해하기 힘든 부분이 있습니다. 환생에 대해서 좀 더 자세히 설명해주셨으면 합니다.

우봉선사: 좋습니다, 환생에 대해 설명하도록 하죠. 환생은 그렇게 신비롭고 복잡한 일이 아닙니다. 조금만 생각해보면 환생이 얼마나 이치에 맞는 일인지 깨닫게 될 겁니다. 지금 이 순간에도 그대의 몸은 시시각각 변해가고 있습니다. 한 예로써, 지금 한 개의 세포가 몸에서 떨어져 나왔다면 몸이 전과 완전히 같다고는 할 수 없겠죠? 매 순간 변하는 것은 몸만이 아닙니다. 그대의 생각은 늘 바뀌고 있습니다. 그

대의 감정 또한 쉴 새 없이 바뀝니다. 매 순간순간 그대는 그 전의 순간과는 다른 존재입니다. 지금 그대가 '나'라고 생각하는 것은, 일 초 전의 그대와는 이미 다른 '나'입니다. 이것이 환생입니다. 아시겠습니까? 그대는 지금도 환생을 경험하고 있습니다.

제자: 잠시만요, 환생은 한 몸에서 다른 몸으로 넘어가는 것 아닌가요?

우봉선사: 이미 설명했잖습니까! 한 몸이 계속 바뀌고…….

제자: 거기에 한마디만 덧붙여도 될까요? 선사님이 무슨 말씀을 하시는지는 알겠지만, 그러니까 몸을 구성하는 세포들이 계속 바뀐다는 것은, 같은 돌을 다른 방향에서 바라보는 일과 비슷하지 않을까요?

우봉선사: 아닙니다, 제가 말하는 것은 같은 돌이 아니라는 겁니다. 같은 돌이라고 말하시는데, 같은 돌이 아닙니다! 제가 들고 있는 이 주장자를 약간 잘라낸다고 해봅시다. 떨어져 나온 주장자 조각은 주장자입니까, 아닙니까?

제자: 주장자이기도 하고 아니기도 합니다.

우봉선사: 주장자이기도 하고 아니기도 하다고요. 좋습니다. 시간을 좀 더 드리죠. 나무 조각이 주장자라고 하면 이 주장자로 서른 번 때리겠습니다. 아니라고 하면 역시 서른 번 때리겠습니다. 주장자이기도 하고 아니기도 하다고 대답하면 예순 번 때리겠습니다.

제자: 제 생각에는 변함이 없습니다.

우봉선사: 주장자의 비유를 제대로 이해하셨다면 환생도 이해하실 수 있습니다. '나'라는 생각을 좀 더 깊이 들여다보세요. 그대는 무엇입니까? 다시 묻겠습니다, 그대는 무엇입니까?

제자: (잠깐의 침묵이 흐른 후) 선사님의 말에 따르면 저는 스쳐지나가는 찰나에 지나지 않는군요······.

우봉선사: 그것은 이해에 지나지 않습니다. 저는 그대가 이해한 바를 묻는 것이 아닙니다. 그대는 무엇입니까?

제자: 그건 잘 모르겠습니다.

우봉선사: 모르겠습니다. 정답입니다! 그 마음을 간직하세요. 오직 모르는 마음을 간직하고 있으면 언젠가는 거기에서 답이 나올 것입니다. 그때는 모든 것을 이해할 수 있게 될 것입니다. 다른 사람의 생각이 아닌, 그대의 생각으로요. 아시겠습니까?

또 다른
순간으로

우봉선사: 질문하실 분?

제자: 좀 뻔한 질문인데요. 선사님, 저희같이 밥 먹을 때는 영화 생각을 하고, 영화를 볼 때에는 여자 생각이나 하는 사람들은 어떻게 해

야 하나요?

우봉선사: 시간을 낭비하지 마세요. 돈을 내고 영화관에 들어갔는데 여자 생각을 한다고요? 돈 낭비로 모자라 정신력까지 낭비하는 겁니다. 그러고 나서 집에 오면 머릿속이 또 생각으로 가득 차겠죠. 그러면 잠이 잘 안 올 거고, 그렇게 뒤척이다 보면 아침에 일어나서 예불을 드리기가 힘들어집니다.

그래서 참선수행을 하는 겁니다. 도저히 할 수 없다고 생각되는 것도 계속 노력하고, 노력하고, 또 노력하다 보면 결국은 할 수 있게 됩니다. 오늘은 '순간순간에 사는 삶'을 실천할 수 없겠지만 노력하고, 노력하고 또 노력하면 할 수 있습니다. 지금 당장이라도 할 수 있어요! 몇 초 동안은 하실 수 있으니까요, 맞죠? 몇 초 동안이라도 좋으니, 지금 이 순간에만 집중할 수 있나요?

제자: 잘 기억이 안 나는데요.

우봉선사: 한번 해보세요.

제자: 아, 됐어요! 2초 정도요.

우봉선사: 아주 좋아요. 하지만 2초 동안이나 할 필요는 없습니다. 사실 1초도 너무 길어요. 단지 한순간이면 충분합니다. 누구든지 할 수 있습니다. 한순간이 또 다른 순간으로 이어지고, 그 순간이 또 다른 순간으로 이어지는 겁니다. 그렇게 순간순간을 이어나가다 보면 하루를 그렇게 순간만으로 채울 수 있습니다. 무척 쉽죠.

귀의

제자: 어떻게 하는 것이 부처님과 불법과 승가에 귀의하는 것입니까?

우봉선사: 지금 무엇을 하고 있습니까?

제자: (방바닥을 내리친다.)

우봉선사: 그게 다입니까?

제자: 지금 방석에 앉아 선사님과 이야기를 나누고 있습니다.

우봉선사: 아주 좋아요. 그게 귀의입니다.

귀의란 보통 다른 사람의 보호 아래에서 머무는 것을 말합니다. 나는 '나 그리고 나의 것'을 모두 부처님께, 불법에, 그리고 승가에 내놓습니다. 제게는 나도 나의 것도 남아 있지 않습니다.

그렇다면 귀의란 무엇일까요? 진정한 귀의란, 무슨 일을 하든 백 퍼센트의 마음으로 하는 것입니다.

Merry go round
Acrylic & Oil | on canvas 116.7×72.7cm | 2008

주장자

우봉선사: 질문 있습니까?

제자: 선사님은 왜 주장자를 들고 계신가요?

우봉선사: 가까이 오세요. (법당 안에 모인 사람들이 일제히 웃음을 터뜨린다. 제자는 머뭇거린다.) 가까이 오면 알려드리겠습니다!

(제자는 우봉선사에게 다가오고, 우봉선사는 주장자로 제자를 때린다.)

우봉선사: 질문을 하나 하겠습니다. 지금 무엇을 깨달았나요?

제자: 선사님은 스승님이고 저는 제자라는 것을 깨달았는데요.

우봉선사: 그것도 맞는 말이지만, 요점을 놓치고 있군요.

제자: 벽은 흰색입니다.

우봉선사: 그것도 맞는 말이긴 하지만, 아직도 요점은 놓치고 있군요. 혹시 내일이 되면 답이 나올지도 모르죠.

우봉선사: 왜 여기에 오셨나요?

제자: 저희는 모두 진심으로 원하는 것이 있기에 이곳을 찾았습니다. 제가 찾는 것은 무엇입니까?

우봉선사: 제가 물어보겠습니다. 왜 여기에 오셨나요?

제자: 알기 위해서입니다.

또 다른
순간으로

우봉선사: 무엇을 알고 싶으십니까?

제자: 왜 여기에 왔는지를 알고 싶어서 왔는지도 모르죠.

우봉선사: 나쁘지 않아요. 계속하세요. 왜 여기 왔는지를 알게 되면 저한테 말해주세요.

선에는 두 가지 목적이 있습니다. 진정한 자신을 깨닫는 것과 더불어 생명을 가진 모든 것을 구하는 일입니다. 모든 생명을 구하는 일이 가장 중요합니다. 하지만 여기에 오시는 분들은 대부분 생명을 구하는 일에는 그다지 관심이 없습니다. 상관없어요. 이곳은 연금술사의 실험실이라고도 할 수 있습니다. 처음에 어떤 동기로 이곳을 찾든, 수행에 수행에 수행을 거듭하면 그 동기가 점차 달라집니다. 모든 것이 바뀝니다. 결론을 내리자면, 선 센터를 찾는 사람들이 왜 선 센터를 찾아오는지는 크게 중요하지 않아요. '100% 오직 할 뿐'을 위해 정진하다 보면 다른 생명을 구하는 일이 바로 그대의 일이 될 겁니다. 바른 동기죠. 아시겠습니까?

대충 이런 식입니다. 짤막한 이야기를 하나 들려드리겠습니다. 숭산큰스님은 처음 미국에 도착하셨을 때는 영어를 한 마디도 하지 못하셨습니다. 숭산큰스님은 그래서 새로운 것을 배울 때마다 그것을 계속 반복해서 말하고 또 말하곤 하셨죠. 한동안은 마주치는 사람에게 "나, 나의 것을 버려라!" 이 말만 하신 적도 있습니다.

숭산큰스님과 함께 로스앤젤레스에 있었던 때 일어난 일입니다. 당시 로스앤젤레스에는 작은 선 센터가 하나 있었죠. 숭산큰스님은 이 때도 선 센터에 있는 사람들 모두에게 "나, 나의 것을 버려라."라는 말만 했습니다. 하루는 사람들이 잠시 거실에 둘러앉아서 차를 마시면서 담소를 나누고 있었습니다. 다들 이야기를 나누고 농담을 주고받느라 정신이 팔린 동안, 젊은이 한 명이 저희가 예불할 때 쓰는 목탁을 몰래 주워들었습니다. 그리고 젊은이는 옆에 있는 법당으로 슬그머니 들어가서 목탁을 요란하게 두들기며 이렇게 외쳤습니다. "나는 내가 좋다! 나의 것이 좋다! 나는 내가 좋다! 나의 것이 좋다! 나는 내가 좋다! 나의 것이 좋다!" 젊은이는 숭산큰스님의 말씀이 별로 마음에 들지 않았나 봅니다.

견해

제자: 선사님, 모든 견해를 내려놓고 나서도 무엇이 좋은 업이고 무엇이 나쁜 업인지를 분간할 수 있습니까?

우봉선사: 그래요, '나, 나의 것'을 전부 버리고 나면 모든 견해가 사라집니다. 모든 견해가 사라지고 나면 바른 견해가 나타납니다. 바른 견해는 보살의 견해, 즉 보살심입니다. 보살의 견해는 어느 것에도 집착하지 않습니다. 오직 다른 사람을 어떻게 도울지, 그것만을 생각

합니다.

　의견을 가지는 것은 좋지만 지나치게 집착하는 것은 금물입니다. 이는 정직한 과학자의 마음과 같아야 합니다. 예를 들어, 어떤 과학자가 새로운 이론을 만듭니다. 이론상으로는 모든 것이 아주 잘 맞아떨어집니다. 과학자는 자신의 이론을 입증할 실험을 고안합니다. 마침내 실험을 하지만, 실험 결과는 예상과 어긋납니다.

　실제로 몇 년 전에 영국의 과학자 여러 명이 자신들의 이론을 뒷받침하기 위해 실험 결과를 조작했던 적이 있습니다. 다른 과학자들은 똑같은 조건에서 거듭 실험을 반복했지만 영국 과학자들이 발표한 결과는 단 한 번도 얻지 못했습니다. 결국에는 영국 과학자들이 실험 결과를 조작했다는 것이 밝혀집니다. 정직한 과학자는 자신의 이론에 집착하지 않습니다. 이론을 실험해 보고, 실험 결과가 다르게 나오더라도 좌절하지 않습니다. 그저 이론을 구겨서 쓰레기통에 던져넣어 버릴 뿐이죠.

　이런 접근은 의사에게도 사업가에게도, 직업과 생활방식에 무관하게 늘 도움이 됩니다. 자신이 하는 일에 도움이 된다면 그걸 삶에 적용하세요. 도움이 되지 않는다면, 아무리 숭고하고 거룩한 일이라고 해도 당장 구겨서 쓰레기통에 집어넣으세요.

Garden of eden-1
Acrylic & Oil | on canvas 45.5×53cm | 2011

행동

제자: 제 고민은 이것입니다. 행동을 취해야 하나요, 말아야 하나요? 저희는 사람입니다. 행동을 취할 두 손이 주어져 있습니다. 하지만 어떤 행동을 취하기 전에 반드시 그것을 고려해보아야 하나요?

우봉선사: 행동을 취하지 않는 것이 곧 행동입니다. 아무런 행동을 하지 않는 것은 사실 매우 좋은 행동입니다. 이것을 이해해야 합니다. 행동을 취하지 않는 것이 가끔은 좋은 행동이 될 때도 있습니다. 옛날 옛적 어떤 사람이 부처님께 물었습니다. "부처님, 부처님은 무엇을 가르치십니까?" 부처님은 아무런 대답도 하지 않았습니다. 아무런 행동도 없으셨죠. 그러자 질문한 사람은 매우 기뻐하며 이렇게 말했습니다. "감사합니다, 부처님. 부처님이 저를 구해주셨습니다."

이를 지켜보던 부처님의 제자 아난다는 이 일을 곱씹어 보았습니다. '도무지 알 수가 없구나.' 그리고는 부처님께 무슨 일이 일어났는지를 여쭈었습니다. "부처님이시여, 저는 방금 무슨 일이 일어났는지 잘 모르겠습니다. 부처님께서는 아무것도 하지 않으셨습니다. 저 남자는 대체 왜 부처님께 감사드린 것입니까?" 부처님은 이렇게 대답하셨습니다. "저 사람은 날쌘 말과 같구나. 채찍의 그림자만 보아도 벌써 달리고 있으니. 내가 아무런 행동도 보이지 않은 까닭을 아는 것이다."

이렇듯 가끔씩은 아무런 행동을 보이지 않는 것이 행동이기도 합니다. 또한 행동은 간혹 행동하지 않는 것이기도 합니다. 그리고 여기서 한 발자국만 더 나아가면, 행동하지 않는 것은 행동하지 않는 것이요, 행동은 행동이라는 것을 알 수 있습니다. 선은 결코 특별한 것이 아닙니다.

지금 이 순간의 상황이란 무엇입니까? 지금 이 순간의 상황과 어떤 관계를 맺어야 하겠습니까? 어떤 것이 바른 행동입니까? 바르게 보고 바른 관계를 맺으며 바르게 행동하면, 그대는 상황 그 자체가 될 수 있습니다. 그렇게 하고 나면 바른 행동이 보일 것입니다.

행동은 "말로 하는 것"일 수도 있습니다. 행동은 "몸으로 하는 것"일 때도 있습니다. 그리고 가끔은 침묵을 지키는 것이 행동이기도 합니다. 모든 순간에 명료한 마음을 가지는 것이 저희에게 주어진 과제입니다. 명료한 마음을 가지면 모든 것을 이해할 수 있습니다.

그대의 결정입니다

제자: 선사님, 어떻게 하면 제가 옳은 방향으로 나아가고 있는지를 알 수 있을까요?

우봉선사: 그건 그대가 결정하는 것입니다. 결정을 내렸다면 바로 실천하세요.

숭산큰스님은 오래전 미국에 계실 때 만나는 사람 모두에게 이런 말을 하셨습니다. "네 삶의 목적을 깨달아야 한다." 이것도 보나마나 영어 선생님한테 배운 걸 연습하시던 것 같습니다만, 어쨌든 숭산큰스님은 이렇게 말씀하셨습니다. "네 삶의 목적을 깨달아야 한다."

한 사람은 숭산큰스님께 이렇게 되물었습니다. "스님은 어떤 삶의 목적을 가지고 계십니까?" 숭산큰스님은 이렇게 답하셨습니다. "내 삶의 목적은 내 삶의 목적을 깨닫는 것이다." 숭산큰스님은 이제 영어를 잘하시기 때문에, 지금 다시 이 질문을 드리면 조금 다르게 대답하실지도 모르겠습니다.

어쨌든 결정은 그대의 것입니다. 무엇을 원하십니까? 세상에서 제일가는 부자가 되고 싶으십니까? 제일가는 권력자가 되고 싶으십니까? 제일 성스러운 사람이 되고 싶으십니까? 그럼 실천하세요. 하지만 원하는 것을 얻기 위해서는 늘 무엇인가를 잃어야 합니다. 이건 우주 어디에서나 통용되는 법칙입니다.

원하는 것에는 두 가지 종류가 있습니다. "나는 나를 위해 이것을 원한다." 이는 욕망입니다. 욕망을 따르면 고통을 겪게 됩니다. 고통에 크게 개의치 않는 분이시라면, 계속 이렇게 사셔도 상관없습니다. 욕망을 따르셔도 됩니다.

"이것은 나를 위한 것이 아니라, 오직 다른 이들을 위한 것이다."
이는 자비입니다. 서원이라고도 하고 보살심이라고도 합니다.

어쨌든 결정은 그대의 것입니다.

함께하는
행동과 지혜

제자: 선사님께서는 함께하는 행동에 대해 늘 이야기하십니다. 함께하는 행동이란 구체적으로 무엇입니까?

우봉선사: 배고픈 사람을 만나면 어떻게 하시겠습니까?

제자: 먹을 것을 줘야죠.

우봉선사: 그게 함께하는 행동입니다. 숭산큰스님을 만난지 얼마 안 되었을 때 함께 폴란드를 찾은 적이 있습니다. 폴란드에서 저는 숭산큰스님을 모시고 안거에 들어갔습니다. 비록 장소는 협소했지만 사람들은 많았습니다. 안거는 함께하는 행동의 좋은 예입니다. 함께 공양을 올리고, 함께 경을 외고, 함께 참선하고, 함께 잡니다. 모든 이가 매일 모든 행동을 함께합니다. 그것만이 아니었습니다. 방이 워낙 작았기 때문에 잘 때는 모두 옆으로 누워서 서로 몸을 맞대고 자야 했습니다. 자다가 누가 몸을 반대쪽으로 뒤집기라도 하면 방 안에 있는

사람들이 전부 몸을 반대쪽으로 뒤집어야 했죠. 진정 함께하는 행동이 아닐 수 없었습니다.

숭산큰스님께서는 함께하는 행동을 아주 중요하게 여기십니다. 혼자 수행하는 것은 누구에게나 가능한 일입니다. 그러나 혼자 수행하는 사람은 무언가를 잃기 마련입니다. 한번은 숭산큰스님이 매섭게 말씀하신 적이 있습니다. 어떤 사람이 숭산큰스님께 이렇게 질문했습니다. "왜 함께하는 행동이 중요합니까?" 스님은 이렇게 답하셨습니다. "지혜를 얻으려면 반드시 함께 행동해야 한다." 그러자 옆에서 다른 사람이 물었습니다. "평생을 산속 토굴에서 보내는 사람은요? 이 사람은 지혜를 얻을 수 없습니까?" 그러자 숭산큰스님께서는 이렇게 말씀하셨습니다. "그 사람은 지혜를 얻을 수 없다. 그렇다, 그 사람의 참선은 매우 강할 것이다. 그러나 지혜는 얻을 수 없다." 실로 매서운 말입니다.

스승을
찾아서

🔵

제자: 좀 다른 질문을 드려도 될까요. 선사님의 이야기를 듣고 싶습니다. 매일 하시는 이야기가 아니라 제이콥 펄의 이야기를요. 어린

아이었을 때부터 갈림길에 설 때마다 어떤 길을 택하셨는지, 이곳에 이르게 된 사연을 듣고 싶습니다.

우봉선사: 사람들은 다른 사람이 살아온 이야기를 듣는 것을 좋아하지요. 여러분이 재미있어하실지도 모르니 한번 들려드리도록 할까요.

최대한 간추리도록 하겠습니다. 전에도 비슷한 질문을 받은 적이 있는데, 그때도 이런 생각을 했습니다. 내가 언제부터 종교, 특히 선에 깊은 관심을 가지게 되었지? 그게 정확히 언제였지? 아주 어렸을 때 물에 빠져 죽을 뻔한 적이 있습니다. 흥미로운 점이 있다면 이 사건이 있고 나서 저는 큰 물음을 하나 품게 되었는데, 물에 빠졌을 때 저는 제 노력이 쓸모없다는 사실을 깨닫고 나서 허우적거리기를 그만두었습니다. 그 순간 참을 수 없는 궁금증이 일었습니다. 죽고 나면 무슨 일이 일어날까? 어떤 기분이 들까? 저 문 뒤에는 무엇이 있을까?

저희 집은 딱히 종교를 가지고 있지 않았기 때문에, 제게는 의지할 수 있는 어떤 종류의 신앙심도 주어지지 않았습니다. 그러므로 제 질문은 모든 종류의 답에 열려 있었습니다. 제가 그때 죽지 않은 이유는 당연하게도, 누군가 저를 물속에서 끌어냈기 때문입니다. 하지만 그 물음은 끝까지 저와 함께 남았습니다. '삶이란 무엇일까? 죽음은 무엇일까?' 그렇게 살아가면서 이런 류의 질문은 결코 답할 수 없다는 것을 깨달았고, 결국 어느 때부터인가 질문하기를 그만두었습니다.

또 다른
순간으로

저희 가족은 미국으로 이민했고, 저는 고등학교 따위의 기초교육 과정을 이수하고 나서 대학에 입학했습니다. 제가 대학 시절을 시작할 즈음에는 베트남전이 한창이었고, 제 또래의 젊은 대학생들은 모두 세계의 운명을 걱정했습니다. 물론 젊은이들은 언제 어디에서나 세상에 도움이 되는 일을 하고 싶어 하지만 저희들은 특히 그럴 수밖에 없었습니다. 그때 저는 정치가 세상을 도울 수 있으리라고 믿었기에 반전운동에 모든 힘을 다했습니다.

그러던 도중 일어난 일은 제 삶의 방향을 완전히 다른 곳으로 돌려놓았습니다. 언젠가 저는 친구들과 함께 대학가에서부터 시작해서 도심에까지 이르는 대규모의 반전시위를 조직했습니다. 제가 다니는 대학은 언덕 위에 있었고 도시의 번화가는 언덕 아래에 있었습니다. 친구들과 함께 도심을 향해 언덕을 내려오며 행진하는 동안, 제 안에서는 이상한 일이 일어나고 있었습니다. 저는 시위를 주모한 친구들을 바라보면서 속으로 이런 생각을 했습니다. 지금 우리는 현 정권의 지도자들에 대항하고 있다. 하지만 내 옆에 선 이 친구들이 권력을 쥐게 된다 하더라도 바뀔 것은 없을 것이다. 친구들과 저는 전쟁에 대해 같은 생각을 가지고 있었는데, 모두가 하나같이 분노로 가득 차 있었습니다. 욕망과 분노로 가득 차 있는 저희들은 결국 저희가 맞서 싸우는 상대보다 하등 나을 것이 없었습니다. 여기까지는 그렇게 괴롭지 않았습니다. 정말 괴로웠던 것은, 만일 제가 저 자신을 둘로 나눌 수

272

있고 그 둘 중 하나가 권력을 쥐고 있었다면, 대학생인 나는 정치인인 나를 증오했을 것이라는 점이었습니다. 저도 제 친구들과 크게 다르지 않았기 때문입니다. 바로 그 순간 저는 걸음을 멈추고 시위현장에서 벗어났습니다.

그때 제가 품고 있던 물음은 이러하였습니다. '이 모든 것을 바꾸기 위해서는 어떻게 해야 할까, 나 자신을 바꾸기 위해서는 어떻게 해야 할까?' 우선 정보가 필요했기 때문에 책을 닥치는 대로 읽었습니다. 철학 책, 종교에 관한 책, 심리학 책, 그리고 그중에는 불교에 대한 책도 있었습니다. 저는 그 어떤 믿음이나 신앙도 강요하지 않는 부처님의 가르침에서 깊은 인상을 받았습니다. 구체적으로 이런 부분이 있었는데, 위대한 사람이 했던 말이라고 해서 믿지 말고 위대한 책에 나온 말이라고 해서 믿지 말고 많은 사람들이 이미 믿고 있는 사실이라고 해서 믿지 말 것이며, 지금 이 책에 나온 말을 포함한 모든 말과 사실을 직접 시험해보라는 구절이었습니다. 직접 삶에서 시험해보고, 직접 자신이 경험해보고 나서 그것이 사실이라는 것을 확인하면, 그것이 진짜 사실이라는 것을 확신하고 나면 그때야 그것을 자신이 믿고, 그것이 진리라는 말을 꺼낼 수 있는 것이라고.

이 구절이 남긴 인상은 도무지 저를 떠나지 않았고, 마침내 결심했습니다. '그래, 불교다.' 불교에는 여러 종류의 믿음이 있었고, 여러 종파가 있었습니다. 저는 선불교와 티베트 불교에 대해서 읽기 시작하면서 새로운 사실을 깨달았습니다. 어떤 종류의 불교 서적이든 역설하는 공통점이 하나 있었는데, 경전의 가르침은 진정한 것이 아니며 오직 수행만이 중요하다는 것이었습니다. 그래서 저도 결정을 내렸습니다. '이 경전들은 경전의 가르침조차 진정한 것은 아니라고 말한다. 그러므로 나도 경전의 가르침을 따라 경전을 버려야겠다.'

수행은 어떻게 해야 하나? 제게는 도움을 줄 사람이 필요했습니다. 스승이 필요했습니다. 그때 마침 대학에서 저처럼 불교, 특히 선불교에 관심을 가지고 있던 선배를 만나게 되었습니다. 그 선배에게는 관심만 있던 게 아니라 수행 경력도 있었습니다. 경력이란 다름이 아니라 캘리포니아에 있는 타사자라라는 선불교 공동체에서 일주일 동안 안거에 든 것이었는데, 제 눈에는 그것만으로도 선배가 노련한 스승으로 보였습니다. (웃음) 이 선배는 수완도 좋은 편이었는데, 학교에 계셨던 신부님을 어떻게 설득했는지는 모르겠지만 매일 아침 여섯 시마다 성당을 자기 맘대로 이용했습니다. 선배는 제게 말했습니다. "우리는 매일 아침 여섯 시마다 선불교 수행을 하고 있어. 관심이 있는 것 같은데 한번 나와서 같이 수행해보는 건 어때?"

바로 다음날부터 성당에 찾아간 것은 아니었지만, 하여튼 결국에는 성당에 나가게 되었습니다. 그렇게 한 번 성당에 나가고 나자, 다음날부터는 하루도 빠짐없이 성당을 찾게 되었습니다. 심지어 다음 학년에 올라가면서는 기숙사에서 나와 선배와 함께 집을 하나 빌리고 그 집에 '젠 하우스'라는 이름까지 붙였어요. 다른 사람들 두 명을 불러서 함께 살기 시작하자 규모는 작아도 제법 선 센터 같아졌죠. 저는 단 한 번도 그 집을 선 센터로 여긴 적이 없고, 그건 그 선배도 마찬가지일 겁니다. 하지만 매일 아침저녁으로 예불을 드리고 수행하는 것부터 생활의 모든 면이 선 센터와 같았습니다.

그렇게 시간이 흐르는 동안, 선배와 저는 진짜 스승을 모시고 싶다는 이야기를 나누곤 했습니다. 선배는 저보다 한 학년 위였고, 제가 3학년을 마칠 때 선배는 대학교를 졸업했습니다. 선배와 저는 계속 이야기를 나누었고, 누구의 의견이었는지는 모르겠지만 캘리포니아 샌프란시스코에 있는 샌프란시스코 선 센터까지 히치하이킹을 하기로 결정했습니다. 우리는 샌프란시스코 선 센터와 편지를 주고받으면서 계획을 굳혀나갔고, 마침내 히치하이킹을 시작했습니다. 도착하기까지 참 많은 일들이 일어났죠……. 하여튼 우리는 샌프란시스코에 도착해서 선 센터 생활을 시작했습니다. 그게 제 첫 스승, 아니 엄밀히 말하면 스승으로는 두 번째죠. 저는 그때 처음으로 선사를 만났습니다.

샌프란시스코의 생활은 즐거웠지만, 저는 그곳에서 가르치는 것 말고 다른 수행법을 배우고 싶었고, 티베트 불교에도 관심이 있었기 때문에 버클리로 갔습니다. 버클리에 티베트 스승이 살고 있다는 것을 알고 있던 저는 편지나 전화 한 통 없이 곧장 그곳을 찾았습니다. 달랑 주소만 알고 있던 저는 일단 건물 안으로 들어갔습니다. "안녕하세요, 여기 사시는 라마분을 뵙고 싶은데요." 그러자 라마가 걸어 나와서 대답했습니다. "어이, 청년! 시간 있어?" "네." 제가 대답했습니다. "시간 있죠." "그럼 우리랑 같이 저녁을 먹자고."

제 평생을 통틀어 가장 끔찍한 저녁식사였습니다. 두 가지 이유가 있었습니다. 첫 번째로 저는 그때 이미 수년간 엄격하게 채식주의만 해오고 있었고, 두 번째로 이 라마는 미국에 오기 전 인도에서 오랫동안 살면서 매운 음식에 길들여져 있었습니다. 저녁으로 소고기 조각이 둥둥 떠다니는 엄청나게 매운 고깃국이 나왔는데 그렇다고 먹지 않을 수도 없는 상황이었죠. 안 그래도 죽을 지경인데 라마는 옆에서 집요하게 물었습니다. "맛이 어때?" 저는 "오, 맛있어요, 정말 맛있는데요."라고 대답했죠. 그러자 라마가 말했습니다. "그럼 그렇지. 나도 그 국 만드는 것을 도왔거든. 자, 좀 더 들게나."

저녁식사를 마치고 나서 이야기를 나누는 동안 제가 지금 샌프란시스코 선 센터에 있고, 여기로 올 생각도 있다는 이야기를 꺼내자 라마가 말했습니다. "원한다면 언제든지 오게. 내일 오더라도 아무런 문제없어."

저는 잠시 생각하다가 말했습니다. "그러죠, 안될 이유도 없네요. 한 번 고려해볼게요." 저는 다음날 버클리로 이사왔고 라마는 오랫동안 수행한 제자 한 명을 제게 붙여주었습니다. 하지만 선배는 샌프란시스코 선 센터에 남았어요. 그렇게 몇 달이 지나고 나서 샌프란시스코에서 그 선배를 찾는 전화가 걸려왔습니다. 저는 이렇게 말했죠. "모르겠는데요. 왜요? 무슨 일 있었나요? 지금 그쪽에 있는 거 아니었어요?" 저는 선배와 가끔 전화 통화를 했고, 며칠 전 전화에서 선배는 샌프란시스코 생활에 만족하는 듯 했습니다. 이야기를 들어보니 선배는 떠날 기미를 전혀 보이지 않다가 어느 날 아무 말 없이 사라졌다는 겁니다.

예닐곱 달이나 지났을까, 여름은 막바지에 다다라 있었고 1년 동안의 휴학도 끝나가고 있었습니다. 학교를 그만둔 것은 아니었기 때문에 이제 다시 학교로 돌아가 학업을 마쳐야 했습니다. 로드아일랜드 주로 돌아가서 길거리를 돌아다니고 있었는데, 제가 누구를 만났을까요? 첫 스승, 그 선배였습니다. 당연히 무척 반가웠죠. 잠깐 이야기를 나누면서 선배는 그때 갑자기 안 좋은 일이 생겼다고, 그러던 어느 날 모든 것에 싫증이 났고 더 이상 선 센터에 살면 안 되겠다는 생각이 들어서 다시 로드아일랜드 주로 돌아왔다고 말했습니다. 그리고 이런 얘기를 했습니다. "아, 그 얘기 했나? 며칠 전에 마트에서 한국인 스님을 한 분 만났어." 선배는 물었습니다. "스님 주소를 받아 놨는데, 오늘 저녁에 같이 찾아가보지 않을래?" 저는 "오늘 저녁은 안되지만, 내일은 괜찮아요."라고 답했습니다.

다음날 저는 선배와 함께 프로비던스의 빈민가에 위치한 이 스님의 거처를 찾아갔습니다. 저는 그렇게 제가 오늘날까지 스승으로 모시는 선사를 만나게 되었습니다. 이 모든 게 마이클 선배 덕분이죠. 예기치 않게도, 마이클 선배는 나중에 제가 지도법사가 되고 나서 이끌던 안거에도 몇 번인가 참여하게 됩니다.

누가 더
불쌍한 건지

이 이야기는 여러 해 전 어머니께서 프로비던스 선 센터를 찾았을 때 하신 것입니다. 약간의 설법으로 시작하신 어머니는 세계 2차 대전 때 유럽에서 겪었던 일들에 대해 말씀하셨습니다. 집단수용소로 가는 열차에서 밖으로 몸을 던진 일에 대해 말씀하셨지요. 대가족을 이루고 있던 시댁 식구들이 모두 죽었다는 이야기도 하셨습니다. 나치 장교가 아이를 반으로 찢는 것을 두 눈으로 직접 보았던 일에 대해서도 이야기하셨습니다. 더 이상 자세히 말씀하지는 않으셨지만, 그렇게 전쟁 내내 겪었던 비참하고 끔찍한 일들에 대해 이야기하셨습니다. 어머니는 이야기를 끝맺으면서 마지막으로 이렇게 말씀하셨습니다. 고통을 받은 사람들이 있었고, 고통을 준 사람들이 있는데 "오늘날까지도 저는 어느 쪽이 더 불쌍한지 잘 모르겠습니다."라고요.

Lullaby
Oil | on canvas 45.5×65cm | 2012

제자들의 헌사

그의 설법과 정진은 그 무엇보다 특별하다.
그는 순간에는 그 순간을 위해, 행동할 때는 그 행동만을 위해,
아무런 망설임 없이 '오직 할 뿐'이다.
이는 분명 특별한 성품이다.

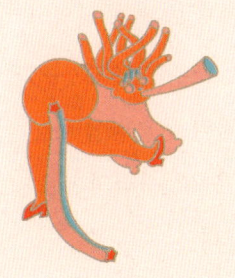

미소 짓는
얼굴

1972년의 어느 날 선 센터라는 간판이 걸린 집을 보았다. 선뜻 발을 들여놓기는 어려웠는데, 왠지 안에 들어가면 스님이 주장자를 들고 쫓아 나올 것 같았기 때문이다. 몇 주 후, 나는 용기를 내어 문을 두드렸다. 미소 짓는 얼굴을 가진 사내가 문을 열고 나를 반겼다. 이 사람이 바로 나중에 우봉선사님이 되는 제이콥 펄이었다. 제이콥은 내 첫 도반이자 가장 훌륭한 스승이었다.

제이콥은 근처에서 부모님과 함께 살고 있었고 가끔 나를 저녁 식사에 초대했다. 나는 이때 처음으로 놀라운 맛의 폴란드식 수프와 샐러드를 맛보았다. 유태인 학살과 그들이 겪어야 했던 고통에 대한 이야기도 들었다. 제이콥은 브라운대학에서 장학금을 받는 우등생이었기 때문에 제이콥의 부모님은 그가 선 센터에서 시간을 낭비하고 있다고 생각했다. 제이콥의 아버지는 특히 거세게 반대하셨다. "선을 가지고 뭘 할 수 있는데? 쓸모 있는 걸 배워야 하지 않겠어!"

그리고 지금 우봉선사님은 모두에게 사랑받고 존경받는, 훌륭한 스승이 되었다. 우봉선사님의 부모님이 이 사실을 안다면 얼마나 자랑스러워하실까. 어쩌면, 우봉선사님의 부모님은 이미 우봉선사님의 제자가 되어 있을지도 모른다.

나는 우봉선사님의 용기와 정진, 그리고 가르침에 늘 감사하고 있다.

성향선사

고마워요

· 설법을 들으러 가는 도중

우봉선사님의 설법을 들으러 가는 도중 그단스크 선 센터의 엘리베이터 안에서 우봉선사님을 처음 만났다. 난 그와 첫눈에 사랑에 빠졌다! 마치 오랫동안 만나지 못했던 친한 친구를 다시 만나는 듯한 감정이 밀려왔다. 그를 만나서 너무나 행복했고, 너무나 편안했다. 아직도 그와 함께할 때마다 이런 기분이 든다.

수년 후 나는 우봉선사님과 함께 숭산큰스님의 오랜 벗인 노승 한 분을 찾아뵈었다. 스님은 우리를 보자마자 "잘 어울리는 한 쌍이오! 억겁의 세월을 함께했구려!" 하고 외쳤다.

· 스님에서 속인으로

하루는 잠들기 전, 그가 내게 이렇게 말했다. 자신은 이미 여러 생 동안 스님이었기 때문에 이번에는 속인의 삶을 경험해보고 싶었다고. 나는 이렇게 대답했다. "그래서 내가 이번 삶에 여자로 태어난 거예요. 당신의 아내가 되기 위해!"

"고마워요, 여보."라고 그는 대답했다.

· 특별할 게 없는 선사님

폴란드에 있는 내 친구 중 하나는 그가 '하나도 특별할 게 없는 선사님'이라고 말했고, 나도 동의한다. 그러나 그의 설법과 정진은 그 무엇보다 특별하다.

그는 순간에는 그 순간을 위해, 행동할 때는 그 행동만을 위해, 아무런 망설임 없이 '오직 할 뿐'이다. 이는 분명 특별한 성품이다.

· 오직 할 뿐

다시 그림을 그리고 싶다고 어느 날인가 그에게 말했을 때, 그는 그저 "음." 하고 대답했다. 잠시 후, 집으로 돌아온 그의 손에는 수채화 물감과 종이가 들려 있었다. 아무런 말 없이, 오직 할 뿐이다!

· 참을성

프로비던스 선 센터에서 어떤 결정을 내려야 했던 적이 있는데, 선사님들은 오랜 대중공사 후에도 합의를 보지 못했다. 우봉선사님은 이 와중 생각을 넌지시 제안하기만 하고, 더 이상 밀고 나가지 않았다. 모임이 끝나고 나서 나는 그에게 왜 그토록 탁월한 제안을 끝까지 밀고 나가지 않았는지 물어보았다. 그는 아무리 좋은 것이라도 사람들이 그것을 받아들일 준비가 되지 않았다면 밀어붙이는 것은 헛된 일이라고 대답했다.

여러 해가 흐르고 나서, 어느 날 선원장님이 찾아와 그의 제안에 대해 좀 더 말해줄 수 있냐고 물었다. 오래지 않아, 모두 다 이 제안을 받아들였다.

우봉선사님은 웃으며 내게 말했다. "봐요. 사람들이 스스로 결론에 이르도록 기다리는 게 더 낫다니까요."

· 간단한 자극

수년 간 우봉선사님은 내 남편이었다. 그러나 곁에서 나의 정진을 돕는 스승이기도 했다. 여러 해의 정진 끝에 나는 여러 가지 일을 모두 정리하고, 한국에 있는 무상사라는 절에서 안거에 들어갔다. 안거에 들기 위해 나는 오랫동안 계획을 세워 어마어마한 준비를 했고, 기대에 들떠 있었지만 한편으로는 가족을 오랫동안 떠나는 것에 후회를 느꼈다. 우봉선사님이 내가 없는 동안 일어나는 모든 일을 대신 처리해 주겠다고 약속하지 않았다면 끝까지 마음이 불편했을 것이다. 그는 아무 일도 없을 거니까 이번 기회를 절대 놓치지 말라고 말했다.

마침내 한국행 비행기에 오를 날이 되었다. 비행기가 이륙하기 한 시간 전, 나는 덜컥 겁이 나서 그에게 이렇게 말했다. "아무래도 가면

안 될 거 같아요……."

말이 끝나기도 전에 우봉선사님은 내 손을 잡아채고 말했다. "그럼 가지 마요." 그러고는 나를 출구 쪽으로 이끌었다. 정말 간단한 자극이었지만, 바로 그 자극이 나를 강렬히 반대하게 만들었다. "싫어요! 가야만 해요!"라고 외치며 나는 그를 밀고 탑승구 쪽으로 달려갔다. 뒤돌아보자 그는 얼굴에 함박웃음을 짓고 있었고, 우리는 그렇게 웃으며 헤어졌다.

· 자유

우봉선사님은 속인의 삶을 접고 다시 수계를 받아 정식 스님이 되었다. 요즘은 수행과 설법에만 온 힘을 쏟고 지낸다. 속인으로 결혼해 사는 동안 우리는 두 명의 아들을 키웠다. 아이들은 성장했다. 파리에 지은 선 센터도 우리 아이들처럼 성장했다. 그리고 나도 선사로 성장해 여러 해 전에 법을 전수받았다.

오랫동안 함께 살고 함께 일한 우리는 결혼에서 벗어나 서로에게 자유를 되돌려주고 도반으로 남기로 했다. 이제 우리는 누구보다 서로를 잘 아는 벗이 되었고, 이 관계 또한 우리에게 더없이 소중하다.

"태양의 얼굴을 가진 부처여, 달의 얼굴을 가진 부처여." 마조도일이 말했듯이, 부처님의 얼굴은 바뀌더라도 우리의 관계는 늘 이어질 것이고, 우리는 늘 사람들에게 사랑과 자비를 베풀 것이다.

고마워요, 제이콥 펄, 사랑하는 나의 남편 그리고 우리 두 아들의
아빠.

　　고마워요, 우봉선사님, 나의 스승 그리고 나의 벗.

본여선사

소중한 시간

　　나는 우봉선사님을 아주 오래전부터 알고 지냈다. 불도에 귀의하
고 난 이후로는 늘 우봉선사님을 알고 지냈던 듯하다. 이야기는 뉴욕
에서 처음으로 안거에 들었던 때로 거슬러 올라간다. 안거가 끝나고
나자 뉴욕 선 센터에는 나를 빼고는 아무도 남지 않았다. 그리고 우봉
선사님이 나타났다. 그는 근처 중국 식당에서 싸 온 도시락을 들고 있
었다. 내게 인사를 건네고 나서 선사님은 곧장 밥을 먹기 시작했다.
나는 무척 배고팠고 그 사실을 들키지 않으려 노력하고 있었는데, 선
사님은 어쨌든 내게는 아무런 신경을 쓰지 않은 채 엄청난 속도로 음
식을 먹어 치웠다. 나는 속으로 '이 사람은 도대체 뭘하는 사람이지?'
하고 생각했다. (당시 나는 보살과 자비심에 대해 몰두하고 있었다.)
이 사람은 나랑 점심을 나눠 먹어야 하는데! 점심을 다 먹고 나서 그
는 내게 물었다. "배고파요? 배고프면 중국 음식을 좀 사먹어요. 요

앞 사거리에 있는 집인데, 정말 맛있어요."

맞는 말이었다. 내 생각에 집착하는 대신 자유로워져야 했다.

뉴욕에서의 생활을 마치고 나서, 숭산큰스님의 생신을 축하하고 주말정진에 참여할 겸 프로비던스로 향했다. 많은 사람들이 왔다. 그 중 잘생긴 남자 한 명은 계속 내 주위를 머물며 관심을 보였는데, 이를 눈치 챈 우봉선사님이 다가와 그 남자에게 말했다. "이 친구는 결혼한 몸입니다. 다른 곳으로 가주시겠습니까?" 이렇듯 그는 주위 사람을 지켜주곤 했다.

우봉선사님은 처음에는 숭산큰스님과 함께, 나중에는 홀로 바르샤바 선 센터를 찾아와 여러 해 동안 안거를 이끌었다. 팔레니카에 머무는 동안 선사님은 대개 안거를 해제하고 나면 내 집으로 저녁을 먹으러 오곤 했다. 존이 있을 때는 요리 솜씨가 좋은 존이 손수 식사를 준비했는데, 우봉선사님은 존의 요리를 무척 좋아했다. 한번은 선사님이 오시니 저녁을 준비해 달라고 존에게 부탁했는데, 당시 존은 어려운 일을 겪고 있었기 때문에 퉁명스럽게 대꾸했다. "싫어, 왜 맨날 나만 요리를 해드려야 해?" "선사님이 당신 요리를 좋아하잖아?" 라고 내가 대답했지만 존은 마음에 들어하지 않았다. "그럼 선사님께 직접 여쭈어보든가."라고 나는 말했다. 결국 존의 준비로 식사를 하고 나서 존은 우봉선사님에게 물었다. "왜 제가 늘 선사님에게 요리를 해드려야 하죠?" 선사님은 이렇게 대답했다. "그거야 훌륭한 요리사이 기 때문이지요. 프로비던스로 찾아오세요, 그때는 제가 요리를 해드 릴게요." 손님 대접을 잘해라, 여느 때와 같이 명료한 가르침이었다.

우봉선사님이 가끔씩 아들 매튜를 데리고 선 센터를 찾을 때마다 매튜는 내 아이들과 함께 놀았다. 한번은 내 아들 알렉스가 매튜의 장 난감을 뺏었던 적이 있다. 매튜는 울면서 "내 불도저 내 놔."라고 외 쳤지만 통하지 않았다. 결국 우봉선사님이 직접 알렉스의 방에 찾아 왔다. 나는 알렉스에게서 장난감을 돌려받으려고 노력하고 있었지만 잘되지 않았다. 선사님은 알렉스와 단 둘이 얘기하고 싶으니 잠시만 방을 비워달라고 말했다. 5분 후 선사님은 손에 장난감을 들고 나왔 지만 이번에는 알렉스가 울기 시작했다! 그러자 매튜가 알렉스에게 다가와 불도저를 건넸다. 실로 놀라운 일이었다! 알렉스는 그 일을 결코 잊을 수 없을 것이다!

내가 주지를 맡던 동안 선 센터에는 많은 사람들이 살고 있었지만 정작 아침 예불에 나오는 사람은 적었다. 나는 사람들이 매일 아침 수 행에 참가하도록 설득하기 위해 많은 노력을 다했다. 그러나 내 노력 이 좀 지나쳤는지, 종국에는 사람들이 나를 내쫓으려고 했다! 마침내 우봉선사님이 직접 찾아와 모임을 열고, 내쫓아야 할 사람은 본심선사님이 아니라 자신이 선 센터에 있는 이유를 모르는 사람들이라고 일침을 놓았다. 그러고는 선 센터에서 다른 사람과 함께 수행하는 삶이 얼마나 소중한 것인지에 대한 아름다운 설법을 펼쳤다. 이 사건 이후로, 선 센터에 사는 불자들의 태도가 바뀌기 시작했다.

폴란드의 불자들에게 있어서 우봉선사님은 늘 위대한 스승이었고, 아직도 많은 사람들이 그렇게 생각하고 있다. 선사님의 신비로운 능력에 대한 많은 이야기가 전해지고 있다. 실제로 우봉선사님은 우리 승가에 위기가 닥칠 때마다 많은 도움을 주셨다.

이런 적도 있었다. 이미 여러 해 동안 정진해 온 불자 여럿이 갑자기 오만하게 굴기 시작했다. 스스로를 선의 전문가로 칭한 이들 불자는 누구의 말도 듣지 않았고, 자신이 이미 모든 것을 이해했다고 주장했다. 결국 우봉선사님이 찾아와 선과 오만에 관한 큰 설법을 열었고 많은 불자들이 이 설법을 들었다. 그리고 또 한 번 우봉선사님의 설법은 마치 기적처럼 사람들의 마음을 움직였고, 수행하기에 좋은 분위기가 다시금 되돌아왔다.

어느 날인가 설법을 마치고 나서 나는 슬픔에 잠겼다. 내 설법이 도무지 마음에 들지 않았다. 우봉선사님은 내 우울함을 눈치채고 이렇게 말했다. "걱정 마요. 한 시간 후에는 아무도 선사님의 설법을 기억하지 못할걸요. 설법이 좋았는지 나빴는지는 크게 중요하지 않아요."

우봉선사님의 말에 마음이 놓였다. 이후에도 여러 번 비슷한 상황에 처했던 적이 있는데 그때마다 스승님은 나를 격려해주셨다.

숭산큰스님 열반 5주기를 맞아 열린 숭산행원 대종사 사리탑 제막식에 참여하기 위해 최근 한국을 찾았다. 관음선종 선사님들이 모두 참여한 가운데 행사는 성공적으로 치러졌고 마지막으로 다과회가 열렸다. 우봉선사님은 향천사에서 겨울을 보내실 계획이었고, 함께 있던 향천사 스님들은 한번 찾아오라고 나를 초대했다. 썩 마음에 드는 제안이었고, 일주일 후에 나는 우봉선사님을 따라 한국의 전통적인 사찰 생활을 시작하게 되었다. 한국 스님들은 이미 몇 번의 전생을 함께해 온 듯이 모두 친절했고 편안했다. 향천사의 스님들은 사람을 재고 따지거나 보상을 기대하는 대신, 오직 사람으로 만나 사람으로 대했다. 의사소통은 결코 쉽지 않았지만, 그렇게 많은 대화가 필요하지는 않았다. 너무나 소중한 기회를 제공해주신 우봉선사님과 향천사 스님들에게 감사하고 싶다.

향천사에서는 4시부터 일과를 시작했지만(대부분의 한국 사찰에서는 일과를 새벽 3시에 시작한다) 우봉선사님은 새벽 세시부터 정진을 시작했고, 다음날 아침부터는 나도 선사님과 함께 아침 수행에 참여했다. 안거 기간 동안 선사님과 함께 많은 시간을 보냈는데 뒤돌아보니 내게 가장 소중했던 것은 바로 이 시간들이었다. 앞으로도 계속 우봉선사님과 함께 수행하고 싶다. 선사님의 명료함과 현명함이 앞으로도 많은 불자의 삶에 등불이 되기를 기원한다.

우봉선사님에게 다시금 감사하고, 생신을 축하드린다.

본심선사

사제지간의
신뢰

1990년 바르샤바 여름안거에서 우봉선사님을 처음으로 만났다. 선사님을 인터뷰하는 동안 나는 깊은 인상을 받았다. 고개를 절래절래 흔들며 "아니야! '오직 모르는 마음'을 계속해요!"라고 말하던 우봉선사님의 모습이 아직도 생생하게 떠오른다. 선사님이 무슨 말을 하는지는 잘 이해할 수 없었지만 기분이 나쁘지는 않았다. 선사님이 나를 소중히 여기고, '오직 모르는 마음'을 경험하고 이해할 수 있도록 돕겠다는 마음이 느껴졌기 때문이었다.

몇 달인가 지나 우봉선사님은 내게 전화를 걸어 숭산큰스님이 베를린에 오실지도 모른다고 말했다. 파리와 프랑크푸르트의 안거가 취소되어서 일정을 바꾸게 되었다고 설명했다. "베를린에서 준비를 해주실 수 있겠어요? 숭산큰스님, 수봉선사님, 대봉선사님, 무상선사님과 저까지 모두 다섯 명입니다. 2주 후에 도착할 거예요!"

뭐라고, 2주 후? 물론 준비는 쉽지 않겠지만, 이런 분들을 모시게 되는 것은 내게도 아내 남회에게도 큰 영광이었다. 마침내 우리 부부는 숭산큰스님, 수봉선사님, 우봉선사님을 위해 베를린에서의 첫 용맹정진, 그리고 대학 강의와 텔레비전 인터뷰를 준비할 수 있었다. 한 가지 문제는, 당시 서베를린에서는 중요한 회담이 열리고 있었기 때문에 도무지 호텔에 방을 잡을 수 없었다. 결국 이 존귀한 선사님들을 우리가 살던 기숙사로 모시게 되었다. 물론 중요한 것은 이게 아니다. 2주 동안 아내와 나는 선사님들을 맞이할 준비를 하는 데 온 힘을 써야 했지만, 그 치열한 과정은 너무나 즐거웠고 게다가 새로운 사람들을 만나고 친구들까지 사귀게 되었다. 무엇보다 나는 스승님들을 만나게 되었고, 특히 우봉선사님은 내 삶을 이끌어주셨다.

　그때부터 우봉선사님이 나를 믿는다는 사실을 느끼게 되었다. 당시에 나는 스스로도 나 자신을 믿는 데 어려움을 겪고 있었기 때문에, 누군가 나를 믿어준다는 게 너무나도 소중하고 특별했다. 스승님은 2000년에 나를 지도법사로 인가해주셨고, 오늘날까지 나를 믿고 계신다. 스승님은 내가 독일인이라는 사실에도 개의치 않고 제자 중 나를 처음으로 지도법사로 인가하셨다. 그렇다, 바로 우리 독일인들이 나치정권 아래에서 스승님과 스승님의 가족들에게 뼈저린 고통을 안겼다. 나는 이 사실을 최근에야 알았는데, 알게 되자마자 바로 스승님께 당시 어떤 일이 일어났는지를 여쭈었다. 우봉선사님은 많은 이야

제자들의
헌사

기들을 하셨지만 이 이야기 중 어느 것도 마음에 담고 있지는 않다고 말씀하셨다. 나는 슬프고 부끄러웠다.

어떤 스승님을 모시느냐, 그리고 사제지간이 얼마나 원활한가는 제자가 성장하고 선을 이룩하는 데에 필수불가결한 영향을 미친다. 매서운 눈과 밝은 지혜를 지니고, 자비를 베풀며 깨달음을 몸소 실천하시는 당당하고 믿음직한 스승님을 만난 것은 내게 있어 참으로 다행이다. 이런 연유로 나는 늘 스승님을 존경해 왔고 앞으로도 계속 스승님을 존경할 것이다. 딱 한 번을 제외하고 말이다.

그렇게 오래된 일은 아니다. 당시 우봉선사님은 한국에서 다시 스님이 되기 위해 노력하고 계셨다. 아내와 이혼하고 가족을 파리에 남긴 채 떠날 채비를 마치던 우봉선사님은 감정적으로도 경제적으로도 절망 속에 잠겨 계셨다. 나 역시 스승님처럼 한 명의 가장이기에 스승님의 행동을 쉽게 이해할 수 없었다. 우봉선사님의 가정은 내게 있어서 하나의 이상이었기 때문이었다. 그리고 선사님이 저버리시는 것에는 가족만이 아니라 유럽의 선 스쿨도 있었다. 이제 유럽의 승가는 누가 이끌어야 하지? 우리 지도법사들은 누가 이끌지? 나는 이제부터 누구에게 가르침을 구해야 하지? 선사님은 가장으로서의 의무를 마치고 나면 출가할 거라고 아주 오래전부터 내게 말해오셨지만, 막상 그렇게 하시자 나는 절망과 혼란, 그리고 불신에 빠져들었다.

294

여러모로 내게 힘든 시간이었다. 나는 선사님의 입장을 직접 듣기로 결정했다. 나는 솔직하다 못해 무례할 정도였지만 선사님은 결코 자비심을 잃지 않고 내 질문과 의심에 모두 답해주셨다. 아주 사적인 질문까지 모두 답해주셨다. 선사님은 단 한 번도 "날 시험하는 게냐! 이건 너랑 상관없는 일이다!"라고 외치지 않으셨다. 스승님과 이야기를 마치고 나서 나는 다시 스승님을 100% 믿을 수 있었고, 우리의 사제지간이 아직도 신뢰로 가득 차 있다는 것을 확인할 수 있었다.

우봉선사님은 지금 한국의 승려가 되셨기에 대부분의 시간을 한국에서 보내시지만, 유럽의 승가를 이끌고 지도하는 일 역시 계속하고 계신다. 선사님은 지난 20년간 유럽에서 많은 업적을 이루셨고 덕분에 지도 및 책무에 관한 권한의 일부를 제자들에게 무리 없이 인계하실 수 있었다. 유럽의 지도법사들은 지금 문제없이 승가를 이끌어나가고 있으며 선사님에게서 점차 많은 권한을 인계받고 있다. 최근 들어 우봉선사님의 유럽방문은 뜸해졌는데, 이 덕분에 나를 포함한 지도법사들은 오히려 성장하게 되었다. 스스로도 몰랐지만, 우리는 더 이상 기대지 않고 두 다리로 서서 '오직 모르는 마음'을 실천하며 자신을 믿을 준비가 되어 있었던 것이다. 우봉선사님이 떠나신 일은 결국 가장 거룩한 가르침이었다. 스승님께 다시 한 번 감사드린다.

무경

나는 바르샤바 선 센터에서 수행하던 도중 우봉선사님을 처음 만났다. 바야흐로 3개월에 걸친 1990년 하안거의 마지막 주였다. 마지막 주에는 우봉선사님과 두 번에 걸쳐 공안 탁마를 해야 했다. 대담실 문 앞에서 나는 손에 땀이 가득 차고 부들부들 떨릴 정도로 긴장했지만 한편으로는 흥분되어 있었다. 마침내 나는 대담실로 들어가 절을 하고 자리에 앉았다. 선사님의 크고 평온한 눈이 미소지은 채 나를 바라보고 있었다. 그 순간 나는 마치 오랫동안 사귀어온 친구를 만나는 듯한 느낌이 들었다. 눈을 바라보는 것만으로도 긴장이 풀리고 편안해졌다. 그 순간만큼은 강인해 보일 필요도, 명료한 사람인 척할 필요도, 심지어는 긴장할 필요도 없었다. 그 사건 이후로 나는 우봉선사님에게 강렬한 호감을 느꼈다.

나중에 남편과 내가 베를린에 선 센터를 짓고 나서 선사님은 주기적으로 베를린을 방문해 법회를 열었다. 두 번째인가 세 번째로 베를린을 방문했을 때 선사님은 미국에 사는 아내를 위해 나랑 마지판이 든 초콜릿을 사러 나갔다. 백화점까지 걸어가고 오는 데에는 도합 30분 정도가 걸렸다. 그동안 우리는 한 마디도 하지 않았다. 말할 것도 말할 필요도 없었다. 보통 사람들은 침묵의 불편함을 깨기 위해서라도 서로에게 말을 건네는 버릇이 있다. 그러나 우봉선사님과 함께 있는 동안에는 침묵조차 대화나 웃음처럼 자연스러웠다. 선사님은 침묵을 통해 자연스러운 마음가짐에 머무르라는 소중한 가르침을 내게 전수해주셨다.

수많은 경전은 모든 생명체가 동시에 깨달음을 얻는다고 가르치는데, 나는 그릇된 마음가짐을 가지고 있었기 때문에 실로 오랜 기간 동안 이를 이해할 수 없었다. 마침내 나는 우봉선사님의 설법 도중 선사님에게 이렇게 여쭈었다. "선사님, 어떻게 모든 생명체가 동시에 깨달음을 얻을 수 있죠?"

선사님은 곧바로 내게 물었다. "지금 서 있는 바닥이 무슨 색이죠?" 나는 갈색이라고 대답했다. 그러자 스승님은 대답했다. "그래요, 바닥은 제게도 갈색이랍니다." 단순한 대답이었지만 내게는 세상이 송두리째 뒤흔들리는 듯했다. 바닥은 내게도 갈색이고 선사님에게도 갈색이다. 이렇듯 깨달음은 늘 동시에 이루어진다! 우봉선사님의 가르침은 날이 잘 선 칼처럼 언제나 단순하고 매서웠다. 선사님은 몇 마디의 말만 가지고 진리를 가르치셨다.

우봉선사님은 예전에 회사에서 일하는 동안 배운 법칙에 대해 말하신 적이 있다. 모든 것을 단순하고 어리석게 생각하라는 법칙이다.

선사님이 우리를 지도하는 방식이 명료하고 강력한 것은 어쩌면 선사님의 이런 배경 때문일지도 모른다.

베를린에 선 센터를 열긴 했지만 처음 삼사 년간은 주말정진을 위해 다른 장소를 빌려야 했다. 주말정진을 할 때마다 선 센터의 물건들, 예컨대 방석이나 카펫, 냄비 따위의 주방도구, 심지어는 불상까지 옮겨야 했다. 어떤 주에는 물건을 들고 70개가 넘는 계단을 올라야 했던 적이 있다. 게다가 그곳은 평소에 도서관으로 쓰였기 때문에 우리는 열 개의 책상과 40개의 의자를 다른 곳으로 옮겨야 했다. 우봉선사님은 고된 일도 마다치 않고 우리와 함께 무거운 짐을 날랐다. 유난히 무거운 책상을 들던 도중 선사님은 흔히 말하는 허리디스크, 의학적으로 말하자면 척추간판돌출증에 걸리고 말았다. 굉장한 통증 때문에 가만히 앉아 있기조차 힘들고, 심지어는 누워 있을 때에도 아프다. 선사님도 똑같았다. 그러나 선사님은 평소처럼 얼굴에 미소를 띠고 주말 내내 35명가량 되는 불자들 모두와 공안 탁마를 하셨다. 즉, 이틀 내내 가부좌를 틀고 계셨다. 어떻게든 도움을 드리고 싶어서, 나는 휴식 시간에 선사님이 계신 대담실을 찾아가 허리를 주물러드렸다. 그때야 나는 선사님이 아주 작은 움직임에도 엄청난 고통을 받는다는 사실을 깨닫게 되었다. 우봉선사님의 삶과 가르침은 늘 그래왔다. 선사님은 어떤 상황에도 개의치 않고 오직 모든 존재를 고통에서 구출하는 데에만 온 힘을 쏟았다.

늘 멈추지 않고 우리를 이끄시는 우봉선사님에게 삼배를 올린다. 감사합니다, 우봉선사님!

무착

–우봉선사님의 환갑을 축하하며

60년 전에 위대한 분이 태어났다.

그의 사자후는 개와 꽃 그리고 사람과 부처를 꿰뚫는다.

날카로운 마음과 밝은 지혜는 천둥과 번개 같지만

그가 보여주는 것 중 새로운 것은 하나도 없다.

스스로의 진실된 본성을 들여다보는 순간

번뇌는 모두 넓은 하늘로 흩어진다.

그는 그렇게 60년을 살아왔다.

우주 전체가 그에게 고개를 숙여 감사한다.

무경

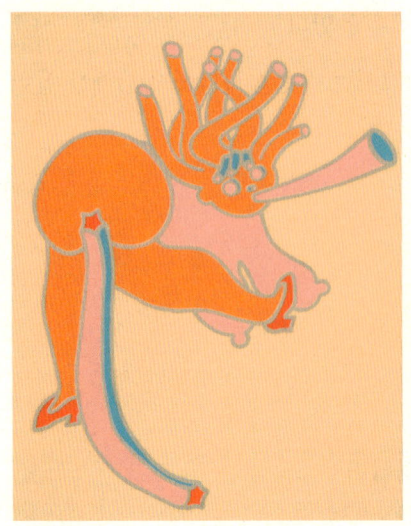

Mato is pants-soiler
Acrylic & Oil | on canvas 53×45.5cm | 2008

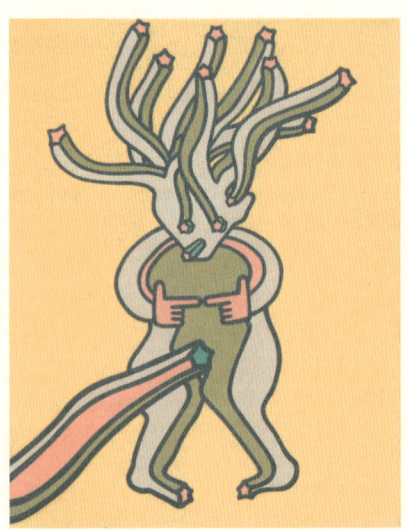

A shameful Mayo
Acrylic & Oil | on canvas 53×45.5cm | 2008

잡초

첫 결제에 들던 때, 나는 너무나도 지쳐 속이 텅 빈 껍데기 같은 상태에 이르러 있었다. 얼마 전에 끔찍한 일이 지나갔기 때문이다. 나는 어떤 종교단체에 홀딱 빠져서 모든 것을 내놓았다. 그 종교단체는 결국 하나의 재앙으로 끝났고, 나는 스스로가 폭풍 속에서 정처 없이 흔들리는 잡초라고 생각했다.

당시에는 법무 지도법사라고 불리던 우봉선사님이 안거를 이끌고 있었다. 나는 종이 울리자마자 대담실 안으로 달려 들어갔다. 나는 선사님과의 첫 대면에서 울음을 터뜨리고 말았다. 종교단체, 그리고 내가 그토록 사랑하고 존경하던 스승, 다시는 보고 싶지 않은 스승에 대해 말했다. 스승에게 배신당한 느낌이 든다고 말했다.

그때 우봉선사님의 말은 내 삶의 흐름을 모조리 바꿔놓았다. "스승도 나쁘고 제자도 나쁘다면 나쁜 상황입니다. 스승은 좋은데 제자가 나쁘다면 그것 또한 안 좋은 상황입니다. 그러나 스승이 나쁘고 제자가 좋으면 그것은 좋은 상황입니다. 조, 그대의 스승은 나빴지만 당신은 좋은 제자예요."

그때까지 나는 스승에게 버림받았다는 감정에 매여 있었다. 그러나 우봉선사님을 만나고 나자, 나를 버린 스승을 향한 자비심이 내 안에서 자라나기 시작했다. 그러나 무엇보다 중요한 것은, 나 자신을 향한 자비심과 용서가 자라나기 시작했다는 것이다.

우봉선사님과의 첫 만남을 통해 나는 종교단체에 있는 동안 일어난 모든 일을 다시 평가할 용기를 얻었다. 오늘날 나는 지도법사가 되었고, 가끔씩 우봉선사님이 해 주신 말을 그대로 제자들에게 전해주곤 한다.

조 포터

신선한 공기
한 모금

우봉선사님과 여러 해 동안 수행해 오는 동안, 내 '노력하는 마음'이 크게 바뀌게 된 계기가 있었다. 어떤 이유로 선사님에게 화가 났는데, 이 사실을 어떻게 말해야 할지 고민했다. 우봉선사님께 말해야 할까? 뭐라고 말해야 할까? 선사님이 화를 내면 어떡하지? 간추려 말하자면, 나는 바깥세상으로 나가는 모든 말과 뜻을 걸러내는 거대한 벽에 다다랐다. 마침내, 나는 이 벽을 뛰어넘어 모름과 공포 그리고 걱정과 슬픔의 계곡으로 내 몸을 던지지 않으면 앞으로 나아가지 못할 것이라는 걸 깨달았다. 이 벽을 뛰어넘지 않는 한 정진에는 아무런 의미가 없었다. 계속 어둠 속에 머무를 수는 없었다.

내가 왜 화났는지, 그리고 선사님이 어떤 행동을 취해주셨으면 좋겠는지를 설명하는 첫 편지를 다 쓰고 나자 나는 다시 자유로워지는 것을 느꼈다. 그렇게 나는 여러 장의 편지를 썼다.

그리고 나는 기다렸다. 선사님은 답장을 쓰기나 할까? 거친 언행으로 답하지는 않으실까? 선사님은 슬퍼하고 계실까? 혹시 화가 나신 건 아닐까?

선사님의 답장은 반응이라기보다는 응답에 가까웠다. 경이로울 정도로 공정했고, 경이로울 정도로 부드러웠다. 편지의 첫 문장은 내 안부를 물어보는 내용이었다. 그 문장을 읽는 순간, 내 심장이 덜컥 내려앉더니 곧 편안함이 내 영혼을 감쌌다. 우봉선사님은 솔직함과 용기를 인정하는 진정 위대한 스승이다. 신선한 공기 한 모금이 내 몸으로 흘러들어왔다.

조 포터

 주식

어느 날 나는 파리 선 센터에 도착했다. 문을 연 우봉선사님의 얼굴에는 이상한 표정이 떠올라 있었다. "안녕하세요." 우리는 인사를 나누고 나서 곧장 사업 얘기로 들어갔다. 이야기하는 동안 선사님은 아주 편안해보였고 대화에만 몰두했다. 이야기를 마치고 나자, 선사님은 내가 오기 직전에 주식거래에서 많은 돈을 잃었다는 사실을 알게 되었다고 말했다. 우봉선사님은 단지 나를 돕기 위해 스스로의 경제난을 순식간에 의식의 저편으로 제쳐둔 것뿐이었다.

쿤 페르묄렌

'오직 모르는 마음'과의 만남

나는 열아홉 살 때부터 불교에 흥미를 가지고, 스즈키 슌류가 쓴 선심초심과 같은 책을 읽으며 명상을 해본 적이 있었다. 스물한 살이 되던 해에는 인도를 여행하면서 티벳에서 수계를 받은 서양인 승려 몇 명을 만나게 되었다. 이때 처음으로 불교에 귀의하는 것을 진지하게 생각해보았다. 독일에 돌아온 후 나는 티베트의 까규파에서 수행을 시작했다. 곧이어 나는 종교와 철학을 공부하기 위해 베를린으로 향했다. 공부하면서 배운 내용들은 매우 흥미로웠지만 내가 진정으로 찾던 것은 아니었다. 그러던 와중 친구를 한 명 사귀게 되었다. 우리는 불교, 특히 선불교에 대해 많은 이야기를 나눴다. 한때 샌프란시스코에 있는 선 센터에 머물렀던 그 친구는 소토 선불교의 추종자였다.

어느 날 그는 이렇게 말했다. "오늘 인류학박물관에서 선불교에 관한 강의가 열린대. 오늘 수업이 끝나면 가보려고 하는데, 함께 가지 않을래?" 나는 그를 따라갔다. 처음에는 제자 한 명이 발표를 했고 그 다음에는 법무 지도법사님이 사람들의 질문에 대답했다. 지도법사님은 사람들에게 "당신은 누구십니까?"라고 물었고 사람들은 "저는 학생입니다." "저는 회사원입니다" 같은 식으로 대답했는데, 나는 여기에 무슨 의미가 있는지 도무지 이해할 수 없었다. 내가 무슨 질문을 했는지, 질문을 하기는 했는지의 여부도 잘 기억나지 않지만, '오직 모르는 마음'이라는 말을 여기서 처음 들었다는 사실은 아직도 기억하고 있다. 지도법사님은 '오직 모르는 마음'이 생각 이전의 지점에 붙여진 이름이라고 설명했다. 나는 '생각 이전의 지점' 같은 표현을 그때 처음 들었다. 나는 이 말이 무슨 뜻을 가지고 있는지가 무척 궁금했다. 지도법사님은 계속 설명을 이어나갔고 나는 점차 '오직 모르는 마음'을 이해할 수 있었다. 오직 모르는 마음의 경지에 오르고 나면 모든 것이 처음부터 알지 못했던 것처럼 단순해진다. 이는 순수한 본성이고 이곳으로부터 바른 견해, 바른 생활과 바른 수행이 비롯된다고 말했다. '만드는 것'에서 오는 게 아니라 '만들지 않음'에서 오는 것이라고.

이 가르침은 곧장 깊숙이 와 닿았다. 당시 나는 시각적인 수단을 이용하는 참선법을 따라 수행을 하고 있었는데, 약간의 어려움을 겪고 있었다. 법사님은 정의관과 도덕관을 주제로 다투는 사람들을 부드럽고 사랑스러운 눈길로 바라보며 사람들이 오직 모르는 마음을 가지도록 끊임없이 노력하고 있었다. 가만히 앉아 오직 모르는 마음을 지키는 것이야말로 참된 수행이라는 생각이 들었고 법사님이 말하는 경지에 이르고 싶다는 마음이 생겨났다!

법사님은 굉장한 이야기도 여러 개 들려주셨다. 그중 절간에 불을 지른 노파의 이야기는 유난히 뇌리를 떠나지 않았다.

옛날 옛적 십 년 동안 스님 한 분을 모신 노파가 있었습니다. 노파는 스님이 깨달음에 가까워졌는지 알고 싶어서 미모가 출중한 딸을 시켜 옷가지와 선물을 스님께 드리도록 했습니다. 딸은 암자에 도착해서 스님께 인사하고 이렇게 말했습니다. "십 년 동안 정진해 오신 스님을 격려하는 뜻에서 어머니가 음식과 옷을 보내셨어요."

"진심으로 고마운 일입니다." 스님이 답했습니다. "이토록 오랫동안 저를 도우신 당신의 어머님이야말로 진정 훌륭한 보살이십니다."

그 순간 딸은 스님을 꼭 껴안고 스님에게 입을 맞춘 후 이렇게 말했습니다. "이제 기분이 어떠세요?"

"차가운 돌 위의 썩은 나무여. 겨울에는 온기가 없소." 스님은 이렇게 대답했습니다.

딸은 스님에게서 떨어진 후 허리를 크게 숙여 인사했습니다. "스님은 정말 훌륭하신 분이세요!"

행복과 존경심으로 가득 찬 딸은 집으로 돌아와 무슨 일이 일어났
는지를 어머니께 들려 드렸습니다. "엄마, 엄마! 이 스님은 정말 심지
가 굳으신 분이에요. 마음이 흔들릴 줄을 몰라요! 깨달으신 게 틀림
없어요!"

"심지가 굳든지 마음이 흔들릴 줄 모르든지, 훌륭한 스님이든지 아
니든지는 상관없단다. 얘야. 난 스님이 뭐라고 말했는지가 궁금하구
나. 스님은 뭐라고 말하셨니?"

"아아, 스님의 말은 너무나 아름다워요, 엄마. 스님은 '차가운 돌
위의 썩은 나무여. 겨울에는 온기가 없소.'라고 말하셨어요."

"뭐라고?" 노파는 소리쳤습니다. 노발대발한 노파는 커다란 몽둥
이를 들고 곧장 암자로 달려가 스님을 사정없이 두들겨 패며 외쳤습
니다. "꺼져라! 여기에서 나가라! 내가 십 년 동안 마귀를 도왔구나!"
그러고 나서 노파는 암자를 불태워 없앴습니다.

이야기를 마친 법사님은 이렇게 물었다. "이 스님은 무엇을 잘못했
을까요?" 나는 이야기에 나온 딸처럼 이 스님은 훌륭하다고 생각하
고 있었는데! 스님을 때려서 내쫓을 만큼 노파가 화를 낸 이유는 도
대체 무엇일까? 이게 법사님과 나의 첫 공안 탁마이었다.

두 달 후 숭산큰스님이 지도하는 주말정진에 참여할 기회가 생겼
다. "아무것도 만들지 않는" 주말정진은 혁신적이었다. 정진이 끝날

즈음 다섯 개의 화두를 받았다. 여름이 끝나기 전에는 법무 지도법사님(나중에 우봉선사님이 된다)과 함께 브라티슬라바에서 용맹정진에 참여했고, 그 다음에는 법사님을 따라 바르샤바에서 여름안거에 들었다. 여름안거를 해제하고 나서 지도법사님은 내게 이렇게 말했다. "좀 휴식을 취하는 게 어때요." 1992년의 여름 나는 우봉선사님과의 첫 만남에서 배운 "오직 모르는 마음"과 "오직 나아갈 뿐"에 점점 빠져들고 있었다. 오늘날에도 나는 이 가르침이 최고의 만병통치약이라고 생각하고 있다.

아르네 섀이퍼

우봉선사님과
함께 천릿길을

무경 지도법사님과 무착 지도법사님을 카티아 헤이스가 대담하다.

카티아 헤이스: 우봉선사님은 어떻게 유럽 관음선종을 이끌게 되셨나요?

무경 지도법사: 숭산큰스님은 1990년대에 유럽 관음선종을 이끌 인물로 우봉선사님을 지목하셨습니다. 당시 우봉선사님은 가족과 함

께 미국에 살고 계셨습니다. 90년대에 유럽 관음선종은 곤경에 처해 있었습니다. 동유럽 특히 폴란드에는 이미 큰 승가가 조직되어 있었지만, 서유럽에는 스페인과 파리에 있는 조그만 모임이 전부였습니다. 그나마 사정이 나았던 독일에도 프랑크프루트와 도르스텐에 각각 지부가 하나씩 있을 뿐이었죠. 결국 우봉선사님은 80년대에 지어진 바르샤바 선 센터로 향하셨습니다.

무착 지도법사: 롤란드와 저는 같은 해에 여름안거에 참여하려고 바르샤바 선 센터를 찾았죠. 그때 우봉선사님을 처음 만났습니다.

카티아 헤이스: 첫 만남은 어떠셨죠?

무착: 무척 흥미로웠죠. 처음 만났는데도 마치 오랜 친구를 만난 듯한 기분이 들었습니다. 너무나 편안한 분이시죠! 그저 그곳에 앉아서 미소를 짓고 계셨지만, 우봉선사님의 큰 눈은 제 깊숙한 곳을 꿰뚫어보는 듯했습니다. 선사님과 같이 있는 것만으로도 기분이 좋아졌어요. 안거가 끝나고 나자 제게 염주를 선물하셨어요. 아직도 그 염주는 소중히 간직하고 있답니다.

무경: 저는 안거를 마치고 나서 아내 남희와 함께 베를린으로 돌아갔어요. 돌아가는 동안 아내와 저는 독일에도 비슷한 것을 짓고 싶다는 생각을 했죠.

카티아 헤이스: 그 다음에는 어떻게 됐나요?

무경: 대여섯 달 후 우봉선사님이 파리에서 전화를 거셨습니다. 승

산큰스님과 수봉선사님을 비롯한 다른 선사님들과 함께 계셨죠. 선사님들은 파리에서 용맹정진을 열기 위해 한창 준비에 열중하시던 도중이었습니다. 당시 서유럽 관음선종은 다른 한국인 비구니 스님이 지도하고 계셨습니다. 숭산큰스님은 이 비구니 스님과 파리에서 만나셨는데, 결국 두 분은 각기 다른 승가로 갈라서게 되었죠. 이에 따라 파리에서의 용맹정진도 취소할 수밖에 없었습니다. 물론 그렇다고 선사님들이 바로 한국행 비행기에 오르신 건 아닙니다. 대신, 우봉선사님은 베를린에 사는 저와 아내에게 전화를 걸어 2주 안에 용맹정진을 위한 준비를 해줄 수 있겠느냐고 물었죠.

무착: 저희에게는 너무나 놀라운 일이었어요! 우봉선사님은 저희를 딱 한 번 만났을 뿐이지만 전적으로 신뢰하셨어요.

카티아 헤이스: 짧은 시간 동안 용맹정진을 준비하는 데 어려움은 없으셨나요?

무착: 물론 쉽지는 않았어요. 일을 빨리 처리해야 하다 보니 임기응변도 많았습니다. 용맹정진을 할 장소로는 댄스 스튜디오를 빌렸죠. 파리에서 베를린으로 오는 비행기 표는 선사님들 측에서 준비하셨습니다. 저희는 선사님들을 위해 호텔에 숙소를 잡아드리려고 했지만, 당시 베를린에서 열리던 회담 때문에 방이 하나도 남지 않았어요. 마침내 유명하신 큰스님들은 저희가 살던 기숙사의 방 하나에서 머물게 되셨죠. 친구들에게서 매트리스를 빌려 잠자리를 마련했습니다.

무경: 안타깝게도 저희 기숙사에는 몸을 씻을 만한 곳이 없었습니다. 저희는 선사님들을 근처의 자그마한 공중목욕탕으로 모셔야 했습니다. 아내 남희와 저는 이런 생활에 익숙했지만, 숭산큰스님과 우봉선사님, 수봉선사님을 비롯한 선사님들은 이 괴상한 일을 꽤나 번거롭게 여기시는 듯했습니다. 서베를린의 생활이 이런 식이라고 상상하신 분은 없으셨을 테니까요.

카티아 헤이스: 결과는 어땠나요?

무착: 성공적이었습니다! 매우 혼란스러웠던 건 사실이지만, 그만큼 강렬한 경험이었어요. 롤란드는 용맹정진을 준비하느라 바쁜 와중에도 숭산큰스님을 위해 텔레비전 방송사와 인터뷰를 잡아드리는 것을 잊지 않았어요.

카티아 헤이스: 정말 열정적으로 일하셨군요……. 우봉선사님도 만족하셨나요?

무착: 그럼요! 우봉선사님은 이어지는 2년 동안 베를린을 자주 방문하셨어요. 저희들은 베를린만이 아니라 콜로뉴, 심지어는 스위스까지 따라다니며 행사를 기획했습니다. 선사님을 모시고 자동차로 이동한 거리만 해도 수천 킬로미터가 넘을 겁니다. 게다가 그때 저희에게는 차가 없었기 때문에 친한 친구에게서 차를 빌리는 경우가 많았습니다. 배가 고플 때에는 눈에 보이는 가게 앞에 차를 세우고, 빵과 치즈를 사서 그 자리에서 바로 식사를 했습니다. 길고도 고된 여정

이었지만 우봉선사님께서는 단 한 번도 불평하지 않으셨습니다. 정말이지 너그러우신 분이에요. 아주 즐거웠습니다.

카티아 헤이스: 우봉선사님은 다른 유럽국가를 여행하실 때에도 이렇게 고생을 많이 하셨나요?

무경: 글쎄요. 하여튼 유럽 전역을 돌아다니신 건 틀림없습니다. 여기저기서 우봉선사님을 초대했어요. 우봉선사님은 기존의 선 센터를 발전시키는 것뿐만이 아니라, 아예 새로운 사람들을 모으셨어요. 이런 식으로 여기저기에 새로운 승가를 조직하고 선 센터를 설립하셨습니다.

카티아 헤이스: 1992년에 미국에서 파리로 이사해 오신 걸로 아는데, 맞나요?

무경: 2년간의 활동 후, 선사님은 유럽의 관음선종을 이끌기 위해서는 유럽으로 이사해야 한다고 결정을 내리십니다. 장기적으로 볼 때 미국에서 살면서 유럽 관음선종을 이끈다는 것은 불가능했으니까요. 처음에는 독일로 오실 계획이었습니다.

무착: 저희는 무척 흥분했습니다. 우봉선사님과 함께 이곳저곳에 땅을 찾아보고, 땅 주인과 이야기를 나누고, 건축가들과 자세한 비용을 계산해보기도 했어요. 으리으리한 절이나 사원을 세우리라는 꿈에 젖어 있었죠!(웃음)

카티아 헤이스: 베를린에 사찰을 세우겠다는 꿈이 이루어지지 않

은 까닭은 무엇인가요?

무경: 아시겠지만, 베를린에 사찰을 세우겠다는 꿈은 이뤘어요. 하지만 우봉선사님과 선사님의 가족을 모시겠다는 꿈은 결국 이루지 못했죠. 선사님은 파리로 향하셨습니다. 저희도 그 이유는 잘 몰라요.

카티아 헤이스: 현재 유럽에는 14개국에 걸쳐 약 50개에 달하는 선 센터와 관음선종 모임이 있는 걸로 알고 있습니다. 우봉선사님이 계시지 않았더라도 관음선종이 유럽에서 이렇게 발전했을 거라고 보시나요?

무경: 아니요, 불가능했을 겁니다. 우봉선사님이 꾸준히 지도와 설법 그리고 용맹정진과 안거를 이끄시지 않았다면 결코 이렇게까지 성장하지는 않았을 거예요. 무엇보다 선사님이 명료한 마음과 끈기 그리고 신뢰로 사람들을 이끌며 수행하도록 용기를 북돋지 않으셨다면 지금의 유럽선종은 없을 겁니다. 우봉선사님을 따른 사람의 대부분은 선사님의 지도에 따라 꾸준히 정진하는 동시에 다른 사람들에게도 가르침을 베풀었습니다. 우봉선사님은 유럽 관음선종을 이끄실 만한 인재이십니다. 선사님 정도의 인물이 아니라면 유럽 선종을 순조로이 발전시키는 동시에 규모를 키우기는 어려웠을 거예요. 하지만 저는 우봉선사님의 가장 큰 업적은 바로 제자들이 자라날 수 있도록 늘 저희에게 자유를 주신 점이라고 생각합니다. 현재 유럽에는 우봉선사님의 밑에서 법을 인가받은 선사님이 모두 여덟 분 있으십니

제자들의
헌사

다. 우봉선사님의 가르침은 유럽에서 꽃으로 피었고, 지금도 새로운 꽃망울들이 자라나고 있습니다.

신통력

우봉선사님은 몇 년 전에 홀로 100일 동안 외진 곳에서 안거에 드신 적이 있다. 안거 기간 동안 선사님은 아무와도 만나지 않았고, 흰 쌀밥만을 드셨다. 안거를 3주 정도 남긴 시점에서 선사님이 쓰시던 전기밥솥이 고장나고 말았다. 그러나 겨우 20일을 남기고 안거를 깨실 수 없었던 선사님은 밥 대신 찬물에 불린 쌀로 식사를 대신하셨다.

선사님은 그렇게 100일의 안거를 마치셨지만 종국에는 심하게 앓아 한동안은 병원 신세를 지셔야 했다. 그러나 사람들은 몸져누운 우봉선사님에게 실망하는 대신 오히려 선사님의 100일 안거에서 큰 감동을 받았던 듯하다. 그중 신통력에 관심이 많던 한 여자는 선사님을 찾아와 이렇게 물었다. "선사님, 혹시 안거하시는 동안 신통력을 얻지는 않으셨나요?" "얻었죠." 여자는 눈을 휘둥그레 뜨고 말했다. "어떤 종류의 신통력이죠, 선사님?" 여자는 호기심으로 가득했다.

우봉선사님은 벽을 가리켰다. "보세요, 벽이 하얗죠."

우봉선사님은 이 이야기를 해주시면서 세상의 모든 것은 있는 그대로가 하나의 신통력이라고 했다.

선사님의 가르침은 이렇듯이 늘 간단하면서도 직설적이었고 어찌 보면 세속적이었는데, 진리를 가리킨다는 데에는 항상 변함이 없었다. 한번은 공안 탁마를 하는 동안 우봉선사님께 질문을 했다. 그러자 선사님은 내 뒤를 가리키셨다. 내 뒤에는 불상이 있었고, 그 앞에 놓인 꽃병에는 꽃이 한 송이 들어 있었다. 그러고는 "단 위에 꽃이 있구나."라고 말씀하셨다.

선사님이 알려주시기까지 나는 내 뒤에 꽃이 있다는 것을 미처 모르고 있었다. 정말 간단한 답이었다. 꽃병과 꽃은 다음날에도 대담실 불단 위에 그대로 놓여 있었다. 나는 꽃을 가리키며 선사님께 여쭈었다. "선사님, 이 꽃의 어디가 특별하죠?"

선사님은 한시의 망설임도 없이 "꽃이 하얗구나."라고 말하셨다.

이게 바로 하나도 특별할 게 없는 선사님의 신통력이다.

피터 보케

브라티슬라바를
향해

이느 날인가, 비엔나에서 설법을 마치신 우봉선사님과 함께 기차를 타고 브라티슬라바로 향했다. 열차의 빈 칸에 앉은 지 얼마 안 되어서 젊은 여자 두 명이 나타나 양해를 구하고 자리에 앉았다. 한 명은 히피처럼 옷을 입고 기다란 막대를 들고 있었다. 히피 여자는 우봉선사님의 옆자리에 앉았다. 열차는 곧이어 비엔나를 떠나 오스트리아 북부의 평원을 가로지르며 움직였다. 우봉선사님은 신발을 벗고 가부좌를 튼 채 소설을 읽기 시작했다. 선사님 옆에 앉은 여자도 책을 읽고 있었는데, 명상 스승으로 널리 알려진 스리 친모이의 책이었다.

잠시 후 우봉선사님은 여자에게 물었다. "어느 나라 사람이세요?" 여자는 슬로바키아에서 왔다고 대답하고서는 선사님에게 똑같이 되물었다. 우봉선사님은 폴란드에서 태어나 미국에서 살다가 지금은 파리에서 살고 있다고 설명했다. 여자의 손에 들린 스리 친모이의 책을 보고 선사님은 "아, 스리 친모이는 미국에 사는 동안 나한테 시를 써준 적이 있어요."라고 말했다.

여자는 선사님을 이상하다는 듯이 바라보다가 말했다. "그럴 리가 없어요. 스리 친모이님은 매우 바쁘신 분이에요. 어쩌면 스리 친모이님의 제자가 대신 쓴 것일지도 모르죠."

우봉선사님은 차분히 대답했다. "글쎄, 글은 제자가 썼을지 몰라도 사인은 친모이가 했던데요." 여자는 여진히 우봉선사님을 미심쩍어하며 친모이님은 다른 사람에게 시를 써줄 여유가 없다고 고집했다. 그러자 우봉선사님은 미소 지으며 대답했다. "친모이는 그것 말고도 시를 한 편 더 보냈어요. 그제야 저도 시로 답했지요. 그런데 그 다음 부터는 제게 편지를 보내지 않더군요." 객실은 웃음으로 가득 찼다.

열차가 행선지에 다다를 즈음 슬로바키아 여자는 우리에게 왜 브라티슬라바로 향하는지 물었다. 우리는 브라티슬라바는 잠시 거쳐 가는 것뿐이고, 목적지는 타트라 산악지대라고 말해주었다. 그러자 여자가 다시 물었다. "타트라에서는 뭘하실 건데요?"

우봉선사님은 "참선을 하러 갑니다."라고 대답했다. "어떤 참선인데요?" 여자가 호기심에 물었다. "우리는 선불교 수행자입니다." 선사님이 설명했다. "거기에는 지도하는 선사님도 계시겠죠?"

"아마 오실 거예요." 대답하는 우봉선사님의 얼굴에는 미소가 떠올라 있었다. "그 선사님은 어디 출신이시래요?" 궁금증을 참지 못하고 그녀가 물었다. "파리 출신이라는군요." 우봉선사님이 말했다.

약간의 침묵과 숨죽인 웃음소리가 지나간 후에야 그녀는 비로소 이해했다. "오, 당신이 그분이시군요!"

루보르 코슈트

　나는 어릴 때부터 아버지의 손에 이끌려 절을 찾곤 했다. 정확히 왜 그랬는지는 잘 기억나지 않지만 하여튼 나는 절이 썩 맘에 들었고, 가끔씩은 아버지를 졸라서 절을 찾기도 했다. 어린아이었던 내가 무슨 깊은 불심이 있어 절을 찾았을 리는 없고, 아마 밝은 분홍색의 종이연등이 그 이유였을 것이다. 대웅전 처마에서 일주문까지 이어지는 줄에 빽빽이 매달린 종이연등. 그 아래에서는 온 하늘이 분홍색이었다. 날이 저물면 연등은 스스로 빛을 내기 시작했다. 절 곳곳을 메운 연등 불빛에 아무것도 모르는 어린 마음이 현혹된 게 틀림없다. 얼마 진엔가 친구와 함께 청계천을 찾았는데, 곳곳에 밝혀진 연등을 보니 마음이 묘하게 편해졌던 것도 어쩌면 무의식에 새겨진 추억 때문 아닐까.

그런 내가 불교에 관심을 가지게 된 것은 어쩌면 당연한 걸지도 모르겠다. 특유의 게으름으로 절은 거의 찾지 않았지만, 불교 관련 서적에는 어느 정도 주의를 기울였다. 법정스님의 글로 시작해서, 불교 개론도 몇 권 뒤적여보고, 몇 년 전에 크게 흥행했던 현각스님의 〈만행〉, 그리고 최근에는 혜민스님의 글에 이르기까지, 불교는 내게 늘 멀고도 가까운 것이었다. 스님들이 출간하신 수필집의 마음을 어루만지는 사려 깊은 글을 볼 때마다, 나는 이 스님들의 삶이 궁금해졌다. 이런 글을 쓰는 분들이 평생을 바치는 종교는 대체 어떤 종교일 것인가. 감동이 클수록 호기심도 컸다. 그 호기심을 이기지 못하고 정식 경전이나 불교 개론을 열어 보았지만 한결같이 처음 열 장을 넘기지 못했다. 스님들의 수필집은 계속 읽었지만, 불교에 대한 호기심이라는 갈증은 그때마다 더해져만 갔다.

그렇게 불교 탐구도 이미 시들해진 요즈음, 우연한 계기로 이 책의 번역을 맡게 되었다. 불교 이론에 이미 데인 적이 있었기에 만반의 준비를 했다. 우봉스님이 간접적으로라도 등장했을 만한 책, 그리고 우봉스님의 스승이자 관음선종의 개산조 숭산큰스님에 관한 책은 모두 모아 놓은 다음 불교용어사전을 곁에 두고 번역을 시작했다.

함부로 자세한 것까지 이야기하고 싶지는 않다. 우봉스님의 말씀대로 머리로, 논리적으로는 책의 내용을 얕게나마 이해하고 있지만, 내가 그 깊은 가르침에는 닿지 못했다고 생각하기 때문이다. 그리고 개인적으로 나는 옮긴이가 책 내용을 미리 말하는 것도, 책 내용에 대해 왈가왈부하는 것도 무척 싫어한다.

옮긴이의
말

그러나 이 책을 읽어보실, 혹은 이미 읽으신 독자 여러분께 약속한다. 불교에 대한 나의 해묵은 갈증은 이미 해소되었다고. 이 책은 결코 딱딱하지 않다고. 번역은 끝났지만, 나는 이 책을 곁에 두고 오랫동안 그 내용을 곱씹어보고 싶다.

책을 번역하면서 숭산큰스님의 일대기 〈삶의 나침반〉, 현각스님의 〈만행〉 그리고 〈선의 나침반〉을 참고했다. 무엇보다 박영의 교수님이 쓰신 〈실용 한-영 불교용어사전〉 덕분에 생소한 용어와 용례도 정확히 옮길 수 있었다. 한국 불교의 세계 보급을 위해 힘써 오신 교수님께 진심으로 감사드리고, 사전의 인용까지 흔쾌히 허락해주신 점에 다시 한 번 감사드린다.

2012년 9월 2일
한재희 합장